黒鍵 繭

イラスト:白蜜柑

JN067332

ビリオネア・プログラム

汝、解と黄金を求めよ

「――将来的には結婚を視野に、俺と交際しないか？」
しぐま　しどう
獅隈志道
Shido Shiguma

せりざわ　ありか
芹沢在歌
Arika Serizawa

「…………はっ？」

いせみ　るかこ
院瀬見琉花子
Rukako Isemi

「協力？　……いいえ、従属よ。
主従関係はこっちが上で、そっちが下――理解した？」

「Do or Die. やるか、やられるか――
お前は、どっちにするんだ？」

気丈でクールな在歌のイメージが剥がれ落ちて、
今の彼女は、十五歳の女子らしい弱音を吐き続けていた。
それは、ずっと張り詰めていたからこその反動なのかもしれない。

CONTENTS

ビリオネア・プログラム
汝、解と黄金を求めよ

黒鍵 繭

MF文庫J

口絵・本文イラスト●白蜜柑

Introduction 拝啓、クラウンジュエルの箱庭より

我が校への進学を考えていらっしゃる皆様方――初めまして。

私（わたくし）が、私立長者原（ちょうじゃばら）学園理事長、長者原茉王（ちょうじゃばらまお）です。


はてさて、時に――皆様はお金を、どのようなモノだと捉えていますか？

欲しい品々を手に入れるためのモノ？ 自己へ投資し、研鑽（けんさん）に繋（つな）げるためのモノ？

そういった認識も、当たり前に正しい。

ただ、それ以上に、私は……人類史上最悪にして、最良の発明だと考えています。


貨幣制度が布（し）かれなければ、ユダがたったの銀貨三〇枚でイエスを裏切ることもなかったかもしれません。また、大きく富める組織体が存在しなければ、核爆弾をはじめとする大量殺戮（さつりく）兵器の数々だって生まれなかったでしょう。高度な科学技術を運用できるような国家が、そもそも繁栄しないのだから。経済的な豊かさを求めて、誰も争わないのだから。

　つまるところ、人の醜さや悪辣さの根底には、いつの時代も金融資本が介在していたわけですね――極端な論であり、何もかもは、自然の成り行きでもあるのでしょうが。

一方で。お金は遍く不幸をもたらしながらも、それに匹敵するほどの幸福を運び、ヒトという種の進化に絶大なる貢献をしてきました。蛇口を捻れば水が出る。フットボールで熱狂できる。未踏の空間に無人探査機を飛ばせる。そんな、現代人にとっては当たり前すぎて見落としてしまうような営みにも、やはり資本が介在しています。便利さも、遊興も、知的探究心も、育んだのはいつだってお金であり、それを扱う誰かだったはずです。

功罪。お金は良きにしろ悪しきにしろ、想像を遥かに凌駕する可能性を孕んでいます。そして、それら未知なる未来を内包するからこそ、所詮は紙や金属片、口座残高に並ぶ数字の羅列に過ぎないものに、私たちは特別な意味を見出すのでしょう——受け入れるだけのキャパシティに、不足はありませんよね？　なんせ、紀元前から二〇二四年現在に至るまで、お金はあらゆるモノに変換できる、万能の器で在り続けてきたんですから。

故に、誰もがそれを求めます。付随する、無限の可能性を手中に収めるために。清濁併せ呑んだうえで、それでもなお、自らの望む野望へと繋げるために……。

……ええ、ええ。それは皆様だって、例外じゃないでしょう？

既にご存じかと思いますが、我が校は一般的な高等学校と一線を画します。

受験戦争を勝ち抜くための精鋭を作り上げる、なんてことは有り得ません。

クラブ活動で実績を上げることで、学園の名を売ってほしい、ともお願いしません。

この学び舎（まなびや）に集う学生らに求めることは、ただ一つ——。

莫大（ばくだい）な資本を能動的に生み出し、それを巧みに扱える人間になっていただきたい。

自らだけの個性をマネタイズするも良し。他者と協力することで財を成すも良し。場合によっては、変則的な手段も歓迎します——枠組に囚（とら）われない人材もまた、宝ですから。

我々が惜しみなく投資し続けるのは、自由で柔軟な発想を育てるため、でもあるのです。

……これらが夢物語ではないことも、皆様は理解できているはず。

およそ、高校生では積み上げられない額が。はては、億万長者（ビリオネア）にも届きうる道が。それを実現するための課程（プログラム）が——この学園には、確実に用意されていますから。

願わくは、今年の入学生からも先達に匹敵する傑物が現れるのを祈りつつ——さて。

覚悟、できていますか？　巨万の富によって象（かたど）られた場所で、戦っていく心積もりは？

……譲れない野心があるなら、是非ともここで、結果で証明してみせてください。

どんな篩（ふるい）にも挫（くじ）けない、そんな貴方（あなた）を——我々は、心から待ち望んでいます。

$

「――噂(うわさ)はかねがね聞いてるケド、とはいえ強烈だ」

真紅のSUVのハンドルは握ったままで、彼女は、ぽつりと呟(つぶや)いた。

「億万長者の一道楽の割には、そこそこ刺激的なメッセージかもしれませんね」

「そこそこレベルじゃナイナイ。保護者の目だって、当然あるでしょ？　受験者向けのウェブページに載っける内容なら、もうちょい手心ある方が、ウケだって良(い)いでしょうに」

俺のスマホとのミラーリングで車内に垂れ流されていた映像へ、彼女は彼女なりの主張を続けてくる。話の種にと、事前に保存しておいた動画をご覧いただいたわけだが――この食いつき具合なら上手(うま)いこと、雑談テーマの一つにはなってくれそうだな。

「あくまでソフトな体裁を取り繕うべき、と……なるほど。言われてみれば、確かに」

「でしょ？」

「ええ。妙齢にして麗しき理事長の、あのマットブラックのドレス姿は……年端もいかないキッズ(学生)に見せるには、あまりにセクシーすぎる代物でしたからね」

「……え、人の話聞いてた？　刺激的って、そういう意味じゃないからね？」

「いやあ、しかし――歳(とし)を重ねることで生まれる深みある美しさというのも、やはり存在するんでしょうね。そして、それは理事長のみならず、貴女(あなた)にも該当していて……」

「あのさぁ」

……ブロンドのロングウェーブ。ラフなのにクレバーな雰囲気。時差ボケを一切感じさせない快活とした表情。運転する彼女はまさに、理想的な大人の女性といった具合で。

そんな彼女は苦笑いとともに、助手席に座っている俺を、横目でチラリと見てくる。

「機内でも思ってたけど……キミってホント、変わってるよね」

「どういった意図の発言かは知りませんが、まずはポジティブに捉えておきましょう」

「褒めてるわけじゃなくって、純粋な感想ね。例えば、ほら。その歳で留学志望ってのはそこそこ珍しいだろうし、ファミリー抜きで一人で渡航してるし、何より……普通の高校生は会話の最中にいきなり、ワタシのこと口説いてこないでしょ？」

「一応、まだ俺は諦めてないってことは伝えておきます。連絡先の交換も、同じく」

「だーから、手出したら年齢的に、こっちが捕まるんだっつの——後、言ってなかったけどワタシ、もう結婚してるし」「……What?」「仕事柄、普段は指輪、外してるんだよね」

衝撃的な情報が、突如としてぶち込まれた。クロエの職業は医療研究者で、関連して学園にも用がある、とだけは聞いていたが……どうも彼女は、既に祝福されているらしい。

「ま、そゆことだからさ。でも、だいじょぶだいじょぶ。キミみたいにイケメンで積極的な子なら、いつかはきっと、良い娘が見つかるよ——たぶん、わかんないケド」

「…………だと、良いんですがね。しかし、これはまた、大変失礼しました」

名残惜しさはありつつも。しかし略奪愛なんてのは、スマートじゃあないよな？

迅速にラインを引いた俺に対し、彼女は――クロエは運転席側の窓を、腕が通るぶんだけ開けていた。ゆるりと流れ込む外気の奥には、渋谷の繁華街が朝日に照らされている。

クロエ・ローレンスと知り合ったのは、LAから日本へと向かうフライトの中。

機内サービスで一本目の映画を見終えた辺りで隣席の彼女から話しかけられ、お互いが日系アメリカ人であるという点から話が弾み、更には、入国後の目的地が同じだったことまでも明らかになった結果、こうしてヒッチハイクよろしく、彼女の運転するレンタカーへ同乗させてもらっている。

……とんでもない偶然。それこそ、誰かの脚本かと疑ってしまうくらいには。

ただ、羽田周辺に常駐するタクシードライバーではなく、クロエのような美女に目的地まで送ってもらえる――これほどの幸福の前では、俺たちの出会いが天文学的確率かどうかなんてことはファッ〇ンどうでもよかった。こういうことも、稀にあるんだろうさ。

まあ、幸、不幸を微調整するかのように、友人からその先へ進む権利は与えられなかったわけだが……It is what it is. 引く時は引けるのも、魅力的な男の条件だ。

「そういや――シドーは、さ」

法定速度で置き去りにされる街並みを眺め、メンタルの切り替えを図っていた最中。

「どうしてわざわざ、あんな学園に入学しようと思ったの？」

クロエは、今まで触れてこなかった、俺のパーソナルな部分へと踏み込んできた。

……別れが近いから、なのかもしれない。

共通の目的地。長者原学園には、十五分ほどで到着する距離まで来ている。

「紆余曲折ありすぎて、一言で説明するのは難しいんですが……強いて言うなら、そうですね。俺自身の願いを達成するため、になるんでしょうか」

「へえ。なら、あそこでジャパニーズドリームを掴むぞ！って感じだったり？」

「それは……いいえ。生憎、俺は金なんてものが大嫌いなんでね」

「…………へ？　だったら……余計、どうして？」

信号待ちの折。クロエは大げさに、両手を持ち上げるジェスチャーをしてくる。

おそらくは、学園の存在をある程度、認知しているからこその戸惑いなんだろう。

だが、しかし。裏腹に俺は、一切の言葉に詰まることもなく二の句を続けた。

あの学園の存在目的とは、相反する願望が。

それこそが――獅隈志道という人間の、行動原理の全てなのだから。

「金じゃ手に入らないモノが、どうしても欲しかった。ただ、それだけです」

長者原学園
Chojabara Academy

長者原学園は、東京都渋谷区代々木に位置する国家経済特別指定教育機関。シンボルカラーは山吹色。2020年より、長者原茉王が二代目理事長として就任。

設立年月日：2000年2月10日　**設置者：**学校法人長者原学園　**在校生人数：**627人

教育方針：

資本を能動的に生み出せるのに加え、既存の価値観に縛られない柔軟な発想を持った人材を学生間の研鑽によって育成することを目的としているため、学生らの資質をどのようにして社会的な利益創出に繋げるかを思考させるカリキュラムを実施している。

著名な出身者：

浅篠和泉/起業家・インダストリアルデザイナー/一期生
国実則秋/実業家・メガバンク取締役常務執行役員/三期生
蜂木修羅/投資家・プログラマー/六期生
弓波ロヴェル/現代美術家/十期生
入谷大輔/経営者・スポーツ選手/十四期生
立川唯/法学者・大学助教授/十七期生
常倉飛鳥/ミュージシャン・音楽プロデューサー/二十二期生
鷹司湊/二十四期生

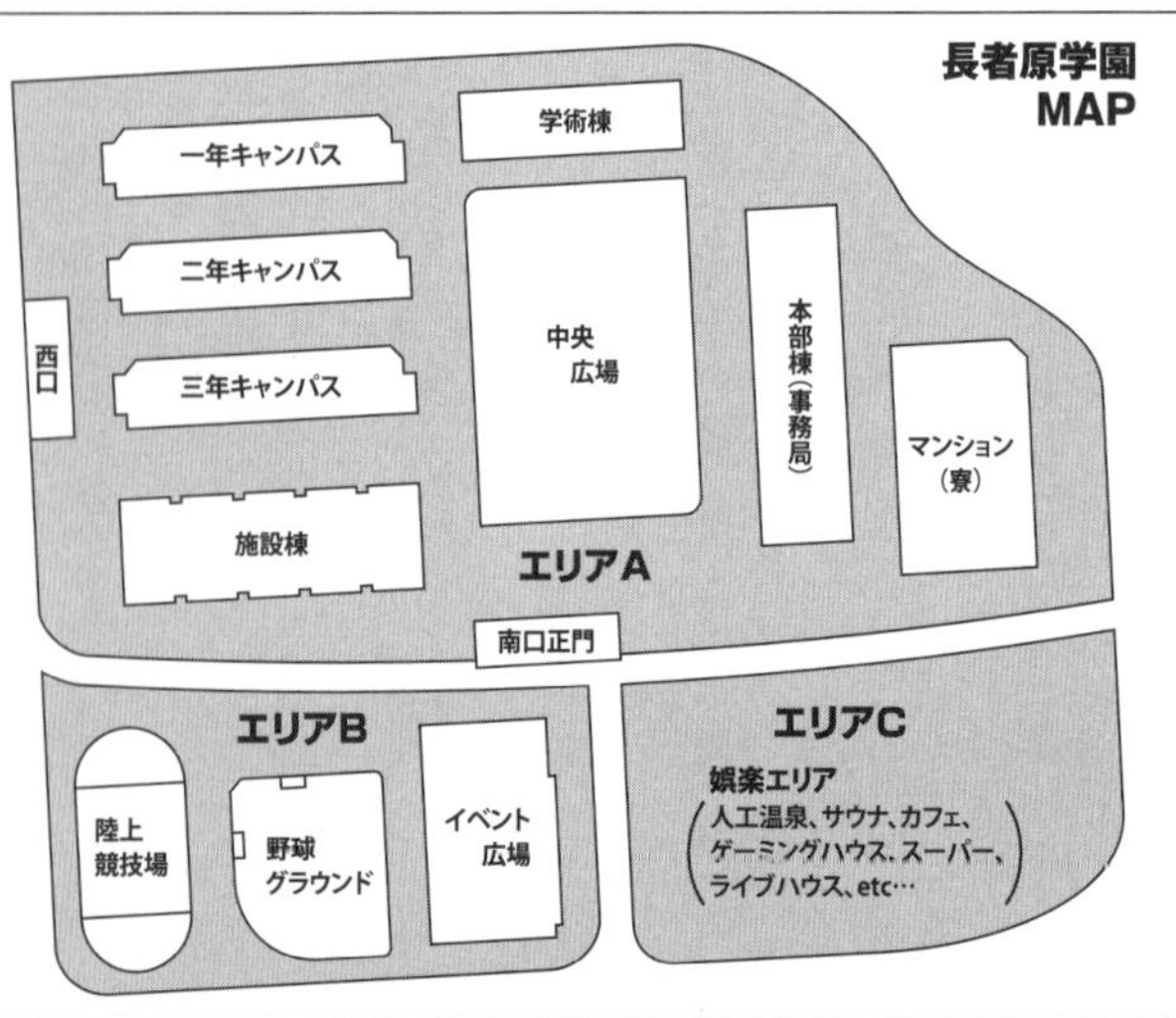

Chapter1　わずかな金で満足すること、これも一つの才能である

私が抱いた感想は、ごくシンプルなもので——この学園は、何もかも満たされている。

最初に目を惹(ひ)かれたのは、文字通り視覚的な美しさ。複層ガラスとモノトーンが基調となったキャンパス群のデザインは、何かの研究機関にも似た落ち着きを放っていた。

一方で。空間の合間に植樹された緑や、足を休めるための東屋(あずまや)、在校生徒らの憩いの集まりに適した中央広場など、些細(ささい)なホスピタリティすらも欠いていない。施工の際には高名な建築家らによる熾烈(しれつ)なコンペが行われたそうだけれど、その成果はまさに珠玉だった。

……施設の絢爛(けんらん)さや機能性は、それだけじゃなくて。元々は官有地だった一帯が買い上げられ、豪奢(ごうしゃ)な箱庭が構築された現在は明確な意図から、エリアごとに細分化されている。

図書館や芸術センターといった、学術的施設が収容されているエリア。グラウンドや屋内運動場が配備され、主に体育会系の催しに適したエリア。もっと言えば、人工温泉やサウナ、ゲーミングハウスやコンセプトカフェのような、娯楽の提供を目的としたエリアすら存在する。文化的生活の様々が敷地内で完結する程の待遇が、ここには用意されていた。

そんな、東京都渋谷(しぶや)区のほぼ中心に居を構える、贅(ぜい)の限りが尽くされた学園。

私立長者原(ちょうじゃばら)学園。総資産約1000兆円を誇る、源流は財閥の血を引く長者原グループが母体となって運営する教育機関であり——私のような入学希望者にとっての、憧れの

学舎(まなびや)だ。

$

三月二日。学園内商業娯楽エリア《ストリート》に位置するカフェテリアのテラス席。

「芹沢在歌(せりざわありか)、だったか」「――はい」「芹沢、か……」

読みかけだった新書に栞(しおり)を挟んで、それをカフェテーブルに置きながら。

山吹色のブレザーの上に純白の白衣を羽織り、着席していた彼――長者原(ちょうじゃばら)学園三年、鷹司湊(たかつかさみなと)は、私に同席を求められても一切、動じていなかった。むしろ受け入れてくれたうえで、何か別のことまで考えているように見えたくらい。

「……これは邪推だな。早速だが、本題に入らせてもらう」

居直って。彼は、まっすぐに私を見据えて――。

「芹沢。君が気にかかっているらしい『この学園は本当に入学する価値があるのか?』という件についてだが――間違いなく、ある。少なくともオレ個人は、そう考えている」

早々に、結論から述べてくれた。

「知っての通り、長者原学園は学園内でのあらゆる活動を通じて、未成年でも合法的に大金を扱うことができる場所だ。日本はもちろん、世界に目を向けてもこんな場所は他に存在しない――運営資金力や政府との折衝の観点から鑑みるに、安直な模倣も無理だろう」

……鷹司先輩が言う『金』は、そのままの意味だと思う。日本円。紙幣であり、硬貨。

簡潔に言ってしまえば、この学園では全ての部分において『お金』が介在していた。

曰く。学力試験や校内行事、課外活動など、与えられた場で評価される活躍や功績を残した生徒には学園側から個人への投資的意味合いで、まとまった報酬金が与えられる。

曰く。生活必需品や衣食住の確保、並びに学園へ在籍し続けるための在籍税や卒業要件として必須となる学園への寄付金など、収入だけでなく支出もシビアに課される。

曰く。ゼロサムゲームの延長線上として他生徒と競い合うことで、勝者はより富み敗者はより貧するようなシステムが、法的にも問題ない規則として公に定められている。

そして、曰く――未成年の学生というまだ未熟な立場でもあらゆる事業を営むことが可能で、積極的に稼ぎ資産を積み上げる行為が、学園側から奨励されている。

……理想の桃源郷か、それとも、謀略渦巻く伏魔殿か。どこか物々しい印象を持ってしまうのは、学園内で動いている金額が一万とか十万とか、そんな次元じゃないから。

百万、千万、時には億を超える程の額が飛び交い、しかも、それら大金を扱うのがまだ、成人すらしていない学生たち――荒唐無稽で聞く人が聞けば笑ってしまいそうな話だけれど、何もかもが事実。二〇〇〇年代初頭、時の首相が日本の経済成長を促すための長期的施策の一つとして承認したのが、長者原学園という名の『国家経済特別指定学園』だった。

「高校生にそんなことをさせるなど、前代未聞。先行きが不透明であり、何より健全ではない……といった批判も、未だ根強いが。ただ、結果は出続けている」

図ったかのように。先輩は机上の新書の隣、自らのスマートフォンを手に取った。

件の機種は、長者原学園第一期の首席卒業生が立ち上げた企業が制作、生産している国産携帯端末。現在は国内シェアの50％近くを占めているなど、そんな統計も出ている。

……たったこれだけでも、この学園には確かな存在意義があったと言っていいくらいの偉業だったし、そうでなくても卒業生の功績は、多種多様な業界へ及んでいた。

個人でＡＩの革新的な運用体系を作り上げ、数多のスポンサーを獲得した技術者。

現代美術界の若き天才として、世界各国のコレクターへ衝撃を与え続ける画家。

地方リーグに属する球団の経営権を買い、自らも選手としてプレーする野球選手。

そんな、学園の掲げる教育方針をそのまま体現したかのような卒業生らの存在は、紛れもなく今の日本経済を、自らが生み出した資本によって支えるプロスペクトで――。

「僭越ですが。先輩のような方の存在で、世論も変わりつつあると思います」

――今年の首席卒業生である鷹司湊にも、輝かしい未来が約束されているはず。

「在籍三年間で１００億円近くの個人資産を積み上げ、卒業後は民間の医療研究法人を立ち上げることが決定している……報道機関の受け売りで、恐縮です」

これもまた、この学園でしか有り得ないシステムによるものだった。在校生が積み上げた資産は在学中の段階で自由な用途に費やせるうえ、卒業時には収めるべき寄付金を除いた資産が丸ごと個人へ譲渡されるという、破格の前提で成立する産物。だから、チープな表現をするなら『稼げる学園』と、そういった風に捉えている人も、相当数いる。

いくらなんでも、桁違いすぎるとは思うけれど……とにかくここは、そういう場所。

「驚いたろう？　100億という数字だけを切り取れば、尋常ならざる額だからな」

「ええ、それは勿論……ただ。私はそれよりも、先輩の志に感銘を受けました」

癌の特効薬を作りたい——先輩はとあるインタビュー記事で、生涯目標を語っていた。険しく、途方も無い目標。だけど、その目的のために学園で資産を成し、目前に迫る卒業後には満を持して行動に移そうとしている点は、私にとって眩しすぎる姿だった。

その道のりに、どれだけの苦難や挫折があっても——彼は進み続けようとしている。

私からの賛美の言葉に、彼はただ謙遜するだけで。

「……種銭を作っただけで、まだ何も成していないんだ。そう、持ち上げてくれるなよ」

「だが、一例としては適切か？　……でだ。オレか、他の卒業生のような多種多様な目的を持つ人材が輩出されてきた事実こそ、個人的な確信の裏付けになる」

あくまで主観であることに注意しつつも、鷹司先輩は続けた。

「普通は不可能だ。だが、金という絶対的な尺度を定義することで、ありとあらゆる学生の受け皿として機能できる。何かに特化した才能を持つ人間もそうだし、逆に、何も持たない人間も金さえあれば許容される——何故ならここは、金が全てだからだ。金で実現できないことはなく、金で解決できない問題もない。社会の縮図、そう考えてくれていい」

「縮図、ですか」私の鈍い反応に、どこかザラついたモノを察したのかもしれない。

露悪的な表現だがな、と。先輩は薄く自嘲しつつも、それでも取り消さなかった。

「想像してみてくれ。学生が社会に出た時、勉強ができたりスポーツが達者なだけで評価されるか？　崇高な理念や夢を持っているとして、それが無条件に尊重されるか？」

「……残念ながら、されないでしょうね」

「そうだ。個人が素晴らしい能力を持っていようが、切実な努力を積み重ねようが、そんなものは誰も、見向きもしない。結果よりも努力が大事だとか世の中は金じゃないだとか、それらは綺麗事に過ぎず……なら、人々の本質的な価値基準は、一体どこにある？」

こちらの答えを聞くより先に、先輩は断言した。

「金を生み出すことだ。どんなに取り繕っても、結局は金に帰結する。よって、すべての概念はそれ単体ではなく、結果的に創出される資本によって、その価値も定められるべきであり——もっとも、他のすべてを蔑ろにしていいわけじゃない。個人が取り組むためのモチベーションは不可欠だろうし、そもそも、オレ自身の動機もそうだからな」

微かに表出した先輩の個人的な部分が、その後の語気をより強いものにしてくる。

「が、それらを押し通したいのであれば必然、この国の懐を潤せるとも証明しなければならない。理想論だけで回るほど、この世界の値段は安くないからな」

「……ええ、その通りだと思います」彼の主張ごと飲み干すように、私はグラスに注がれたトニックウォーターに、ストローで口を付けた――喉元を通る炭酸が、やけに痛い。

「総括だ。この学園での三年間は何にも代えがたい貴重な経験で、一貫している教育方針もまた、正しい。各々の個性や能力を伸ばすのは個人に一任しつつ、万事に共通するルールである『資本を生み出し扱うことへの意識』を、我々に叩き込んでくれるのだから」

語る鷹司先輩は、私と三歳しか離れていないとは到底思えない程、大人びていた。

大人だから――この学園で時を過ごしたから、導き出した考えなんだと思う。

「さしあたり、今の芹沢が求めている内容は、こんなところだろうか……失礼」

先輩のスマートフォンの着信が鳴って。手短に通話を終えると、先輩は席を立った。

「米国のビジネスパートナーから、連絡が入った。悪いが、この辺りでいいか？」

「了解しました――その、この度は本当に、ありがとうございました」

私の定型文じみた感謝の言葉に、鷹司先輩は「会計は済ませてある」と返してきて。

……何から何までお世話になってしまったのが、それがやっぱり、申し訳なくて。

ただ。最後の最後に先輩は、私の方からもお礼を返す機会をくれた。

「……芹沢。オレからも、君に聞いてみたいことがあるんだが、良いか？」

「ええ、勿論です」むしろ率先して協力したいくらいだった私は、次の言葉を待つ。

「君がもし、この学園に入学できたとして――そして、金を手にした先で、どうしたい？」

「…………」

「プライベートな話だ。伏せたいなら、それでも構わない。だが、君のような入学セレクションを受ける前の人間にこそ、オレは問いたい」

発言の後、それまで以上に場の空気が引き締められた。野次馬的な興味じゃないというのは言葉にされなくても伝わってくる。不用意な返答は、彼の失望を招くだろうことも。

だから。この場を設けてくれた先輩へ、最大限の感謝を示すためにも――私は告げた。

「この国の総理大臣の椅子を、この学園で得られるすべてのモノを正しく使ったうえで掴み取る――それが私の、たった一つの本懐です」

$

「……ふぅ」カフェから離れ、ストリートの大通りを一人で歩く――出がけに口に入れたラムネ菓子と春の匂いが混ざって、清涼感が肺から全身へ、緩慢に広がっていた。

流石（さすが）に……緊張した。長者原（ちょうじゃばら）学園の在校生という時点で身構えてしまうくらいなのに、私が運良く巡り会えた相手は、学園をトップで走りきった鷹司（たかつかさ）先輩。本人は特別な意識なんてしていないだろうけど、どうしても、プレッシャーのようなものは感じてしまった。

そういうのを事前に予想できていて、それでもなお、彼に声をかけたのは——。

最終確認がしたかった。ここなら、お金を扱うことでしか得られない知見や資本を使いこなすための実力が培われて、最後には、それに相応（ふさわ）しい人間になれるんだってことを。

『でも——大丈夫。今年の首席があの人なら、私の選択はやっぱり、間違ってない』

口内のブドウ糖が溶け終わるのと同時に、決意が、自分の内だけで反響する。

鷹司先輩へ口にした目標も、根ざす熱量にも、何一つとして偽物は混じっていない。

だったら、後はそれらを実現するに値する、明確な結果を残し続けるだけ。

その手始めに。私は明日からの入学セレクションを絶対、一番で通過してみせ——。


「……金払わなきゃいけねぇなんて、んなこと、オレは聞かされてねぇな」


——低く唸（うな）るような怒声は、穏やかな昼下がりにはおおよそ、そぐわないものだった。

「セレクション受ける奴（やつ）は、施設を丸ごとタダで使えるって話だろうが。違（ちげ）ぇか？」

「そ、それは恐らく、ストリート以外のエリアでの話なんじゃないでしょうか……あの、このままだとその、無銭飲食という形になってしまうというか、なんというか……」

声の方。二階建ての大衆イタリアンの入口付近で、二人の男女が向き合っている。

片方は、深緑のエプロンを着用した女子店員。在校生か、外部からアルバイトとして働きに来ている学生なのかも――ただ、露骨な狼狽えようが、なんとなく後者を思わせる。

もう片方は、体格の良い男子。少し距離が離れたところからでもわかるくらい身長が高くて、学園の在校生とは違う黒のブレザーを着崩している。そんな彼の目つきは獣のようにギラギラとしていて、第一声も相まって、どこか粗暴な印象を受けてしまった。

「……あいつ、絶対ヤバい奴よな」「ま、ウチらの身分的に普通は、大人しくするよね」

「あれ、セレクション組の人？」「へえ……今年のは、随分イキが良いんだな」

通りすがる人たちは、一様にただ、見ているだけで。

……でも、責めるのはお門違い。誰だって他人の面倒事には関わりたくないだろうし、その場に居合わせただけの人に必要以上の主体性を要求するのは、酷だろうとも思う。

だけど……うん。だいたいの状況は把握できたし、これからすべきことも理解できた。

私の掲げる正しさは――決して、目の前の状況を見逃さない。

「――施設利用のルールは、そちらの店員の方が仰っていた内容で合っているわ」

男子学生と女子店員。二人の間に割って入りながら、私はすぐさま、言葉を紡いだ。

「ストリート内の商業店舗の多くは、学園と提携している企業が運営している。土地やテナントを間借りする形式になっているだけで、ある種、学園の管轄外。だから、利用代金も無償にはならない――オリエンテーションの際に、説明は受けているはずよね？」

「……あ？　誰だよ、テメェ」「君と同じ、入学セレクションを受けに来た学生よ」

仮に目の前の男子が大人や在校生だったとしても、私の取る行動はなんら変わっていなくて――それでも。立場上の共通項があるなら、なおさら、彼を放置できなかった。

「いきなり来た分際で、ごちゃごちゃうるせぇな。オレは、んなこと知らねぇよ」

「知らぬ存ぜぬで通そうとしても、事務局員を呼ばれて困るのは間違いなく君の方よ」

「チクるってか？　あーあー、だりぃなぁ……そもそも、テメェに関係ねぇだろうが」

「誰かがトラブルを起こすことで、他のセレクション受験生へ向けられる目が不当に厳しくなるかもしれない。そういった観点で言うなら、まったくの無関係じゃないわ」

「……面白ぇ。本格的に、ぶっ飛ばしたくなってきた」

言って。彼がおもむろに身を前に出してきたことで、私と彼との間にある大きな身長差を実感させられた。その目的が威圧にあることも、容易に想像できてしまう。

「なぁ。オレも、金が無ぇわけじゃねえ、そういう事じゃあねぇんだよ。事前に聞かされてた話と違ぇ理屈を押し付けられんのが、気にくわねぇんだって……わかんだろ？」

「だ、代金については今、先輩の店員の人にも相談しますんで、いったん穏便に……」

横で為されるがままだった女子店員は諫めようとしてくれていたけれど、彼女の提案はた。

たぶん私にしか聞こえていない。頭に血が昇っている様子の彼は、見向きもしていなかっ
圧で諦めるようなら……初めから、仲裁になんて入ってない。

「わかってもらえるまで、何度でも伝える。君にも善意の心があるなら、店員の方に謝罪したうえで代金を支払いなさい。今ならまだ、ちょっとした諍いで済ませられるはずよ」

「…………ああ、そうかよ。本当にご立派だなぁ、テメェは……」

私の発言を聞いた男子は、如実にうんざりとした態度を作って——。

「——あ」刹那。風景が急に、スローモーションに映った。男子学生は平手を振り上げていて、殴打されるんだろうなと直感してしまって、ただ、それを避けようにも難しくて。

私はただ、反射的に両の目を閉じるだけで、精一杯で……。

「……っ！　…………………？」

……ばすん、と。風圧を伴った軽い地鳴りが、私の目の前で、急に響いた。

「な、なんだ、テメェ……どっから湧いて出て……」

「——ご覧の通り、上からだよ。一ヶ月ぶりのチートデイ兼最後の散財だというのに、なかなかどうして、穏やかじゃあない様子が見えたんでな」

同時に、ぱらぱらと一万円札が数枚、空中から揺れ落ちてきて……ううん、違う。

あれらはたぶん外貨、１００ドル札か何かだと思う。それに、イタリアンの二階の窓ガ

ラスが一枚だけ開いているのも見えたから、たぶん、あそこを起点に風に流されてきたはず。

……状況を、どうにか思考できるだけの冷静さが戻ってきてくれて。

そこでようやく、私の意識は紙幣と一緒に飛び降りてきた、彼へ及んだ。

「外傷は無いな？　身体を脅かされたことによるメンタルは――安心しろ。至高のオールマイティである俺なら、すぐにこの経験も、心地良い思い出に上書きしてやれる」

言って。彼はくるりと振り返り、半身で私を一瞥してくる――彼もまた、かなりの長身だった。それに、ストレートに伸びた髪は暗色のところどころにブロンドが混ざっている。

ミックスルーツ、なんだろうか？　シャープな輪郭や端整な顔立ちからも海外の面影が感じられて、そして、そんな彼が浮かべている表情は、不遜さと爽やかさが均等に混ざり合ったようなものだった。総じて独特の雰囲気を、眼前の彼は醸し出している。

「さて――Do or Die.　やるかやられるか、なら――俺は当然、前者を選ぼうか」

ネイティブな英語の発音と共に、彼は確かにそう、口走って。

その時の私には――その言葉の意味も彼のことも、何一つわからないままだった。

$

どうもこうも、一触即発な雰囲気らしいが？

そんな緊迫した場でも俺は、背後に佇んでいた彼女へ、視線を向けてしまった。

……Brilliant.

ラピスラズリの原石にも似た、鮮烈にしてナチュラルな美しさを彼女は有している。肩先ほどの長さに揃えられた健康的な黒髪に、瑞々しさを存分に含んだ肌。5フィート4インチ付近といった身長に伴う姿勢の良さもまた、図抜けたビジュアルを明瞭にしていた。

付随して。何よりも際立っているのは、瞳。しなやかな肢体とは対照的に、どこか芯の強さのようなものが垣間見える。引力に似た逆らいがたい魅力を、彼女は秘めていた。

途方も無く、綺麗で美しく。それだけでない何かをも、内包していると直感できて。

だからこそ、もっと彼女のことを知りたい——疑いなく、そう思えた。

「What's your name?」「……え？」「名前だ。まずはそこから、教えてくれないか？」

急に俺から話しかけたこともあって、彼女は少々、面食らった様子。

ただ。唐突さがむしろ功を奏したようで、こちらの質問には素直な答えが返ってくる。

「——在歌。芹沢在歌、よ」

「セリザワ……アリカ、か。耳心地の良い、スイートな名前だな。よく似合ってるよ」

「……私たち、初対面よね？」

流れのまま。ファーストインプレッションをより濃密にしたいところ、だったが……。

「なんなんだ、畜生が……どいつもこいつも、鬱陶しいんだよ……」

……心底から機嫌が悪そうな男子学生を延々、放置しておくわけにもいかないか。

「アリカ——在歌。状況を見るにお前は、目に付いたトラブルを解決したいんだよな？」

「それは……ええ、もちろん」「なら、この場は俺が引き受けよう」「えっ」

聞いて、即座に捲し立てる。

イエスもノーも、この俺——獅隈志道がそうと決めた以上は、不要な返答なのだから。

「正当防衛の名の下に制圧するか、事務局に始終を説明して突き出すか、他には——要は金を払いたくないのか？　なら、代金を誰かしらが負担すれば、一応は収拾が付くな」

着地した際。スラックスから飛び出した紙幣を一枚だけ、地面から拾い上げる。

「俺には不要な代物だ。だから、在歌が望むならドブに捨ててやってもいい」

「……不要？」在歌は男子学生の様子を気にしつつも、引き続き小声で返してくる。

「第一、それってドル紙幣よね」「なんか問題か？」「ここじゃ、使えないと思うけど」

…………………Oops.　そういえば、ここは日本だった。

「外貨両替機とかってのは、ストリート内にあったたっけな……」

「一応、コンビニエンスストアはあるけれど……って、いいえ、そういうことじゃない」

やり取りの末。在歌は凛然とした声でもって、宣言してくる。

「必要以上に誰かが傷つかないように。そのうえで――ルールに則った解決をしたいの」

「……純粋な説得、な。聞いておいて言うのも何だが、そりゃ一番難儀だな」

ただ。それでいて、何故だか――それは最も、彼女らしい主張に思えてしまって。

「OKだ――おい、そこのツーブロック。諸々、聞いていたな？　なら、既に出ている結論も、芹沢在歌がお前にすら温情を持っているということも、余程のstupidじゃない限りは、理解してくれるよな？」

「……温情だと？　……くだらねえ。こっちはセレクションなんて、どうだって……」

「そうか。お前にもなにがしか、背景事情があったりするのか……だが、そのフラストレーションは別の手段で解消すべきだったはずだ。少なくとも他人に、とりわけ女性に手を出して発散するなんてのは、ファッ〇ン最悪も良いところだろ？」

「言い回しが、いちいち気色悪ぃな……説教なんて聞きたかねぇんだよ」

「ああ、そうだ。どうしても何かを痛めつけたいなら、自分の筋肉を相手にするのはどうだ？　……筋トレは良いぞ？　手っ取り早くマイルームでも始められるうえに、日に日に変わっていく自らの肉体を眺めるのは、それだけでセロトニンが分泌されるからな」

「ふざけんのも大概に……」

ついでにお勧めのプロテインでも教えてやろうかと思ってはいたものの、彼は怒りの臨界点を、いよいよ超えそうになっているらしい。わかったよ、結論を言おう。

「黙って払え――ちなみに、さっきと同じような原始的な手段に訴えるのは止めとけ。問題が積み重なるだけで誰も良い気分にならないうえに、何より俺が、それを許さない」

その気になれば強硬手段にも対応できるというのは、口先だけのペテンではなく。

「それでもなお、リアルファイトをしたいと言うなら――先攻は、譲ってやるよ」

首の関節を右左と鳴らして、こちらは構わないというスタンスは決して崩さない。

いつだかに観た映画のように、素手の一対一で相手を無力化する。在歌や女子店員に降る火の粉を払うためなら、俺は喜んで――件の映画の、主演俳優の真似事をしてみせよう。

「あ、あいつ、二階から落ちたのに大丈夫なのか？」「大丈夫だからガチ喧嘩しようとしてんじゃねえの？」「てか、あの金髪の人、めっちゃ格好よくない？」「なんか留学生っぽいよね」「そんなん言ってる場合じゃないだろ」「事務局に連絡した方が良いのかな……」

「……」「……」「……テメェらの顔、覚えたからな」

粘り強い説得が効いたのか、はたまた、人の目が集まりすぎたことを嫌ってか。

男子学生は五千円札を地面に叩き付けた後で、歩幅大きく、遠ざかっていった。

覚えたからな、か……その台詞は、できれば女性から聞きたい言葉だな、と。

未だ紙幣が散らばったままの地面を眺めながら、俺は小さく苦笑してしまった。

「本当に、ありがとうございました……どうやって感謝すればいいか、その……」

「チップは遠慮しておく。俺はそんなくだらないものが欲しくて、動いたわけじゃないからな――それより、シフトは夜まで？　春休みの間、ずっと？　なら、連絡先だけでも」

　女子店員から平身低頭の礼を受け、俺自身の会計を終えるついでに一言二言、彼女とも言葉を交わした後。その場には俺と、芹沢（せりざわ）在歌だけが残された。

「助けてくれて、どうもありがとう……それと、これ」

　在歌も感謝の言葉を伝えてきて、ついでに、ドル紙幣をまとめて俺に手渡してくる。

「いや、うっかりしていた。そりゃ日本なら、円が流通してるに決まっているよな――コンビニで両替できなかったら、俺も、あのツーブロック（男子学生）と同じになるところだったよ」

「……止めに入った人が同じことをしたら、冗談にもならないでしょうからね」

　ごもっともなツッコミをしつつも、在歌は表情を、ほんの少しだけ和らげていた。

「何にせよ。君のおかげで、比較的平和な落とし所に着地したと思う。お店への迷惑も最小限のもので済んだはずだし、それに、君の仲裁が無かったら――」

「間違いなく、在歌は痛い思いをしていただろうな。まさにグッドタイミングだった」

　ふんすと腕組みしながら。俺は、いたく自然な相槌（あいづち）を打ったつもり……だったが。

「そんなことは、問題じゃないわ」

「……？　どういう意味だ？」

「そのままよ。私が暴力を受けるのはともかくとして、そうなった場合、彼(男子学生)はもしかしたら、入学セレクションを受ける前の段階で学園から追い出されていたかもしれない」

「……ダメなのか？　トラブルの火種を持ってきたのは、あいつ自身だろ？」

「そうかもしれないけれど……でも、ここにいる時点で彼だって、何か志を持って、やって来ているはず。だから、被害者は勿論(もちろん)、加害者が出るのも絶対に避けたくて……それも含めて君のおかげよ。本当に、感謝してもしきれないくらい」

……在歌(ありか)は馬鹿真面目に、しかもあっけらかんと、そう言い放ってきた。

自分はどうでもよくて、他人の幸福こそが、あの場での最優先事項だと――。

「――そんな訳、ないだろうが」

どうにも耐えられなくなった俺は、思わず在歌の両肩に自分の手を置いてしまった。

「ちょ、ちょっと……」

「よく考えてみろ。顔に傷が残ったらどうする？　あの場は丸く収まったとして、逆恨みされ、後で酷(ひど)い目に遭ったら？　……美しい女性が涙を流すのは個人の悲劇である以上に、俺にとっての大いなる損失なんだぞ？」

「き、君にとって？　よくわからないけれど……いや、わかったからその、距離が……」

「だいたい――自分を守れない奴(やつ)が、どうして他人を守ることができる？」

「………」俺の心からのアドバイスを聞いた在歌は、一度逡巡(しゅんじゅん)するかのように視線を逸らして、ふるふると首を小さく横に振って、それから。

「そう、ね……もう少し上手いやり方が検討できるよう、今後も努力してみる」

微妙に釈然としない回答だったものの、伝えたいことは概ね、理解してくれたらしい。

彼女の肩から手を離し、ようやっと一息吐き……と、いったところで。

「……それじゃあ、私も君もセレクションを控えているわけだから、この辺で」

「さて。随分遅れてしまったが、こっちも自己紹介をしようか」

意図せず言葉が重なったものの、続く会話の主導権は、こちらがきっちりと握った。

「――俺の名前は獅隈志道。出身はロサンゼルス、趣味はボディメイクと映画鑑賞だ。ストロングポイントに関しては、いかんせん多すぎて挙げるのが難しいんだが……強いて言うなら顔面か？　他の要素と違って、相対しただけでわかってもらえるだろうからな」

「……」「目を点にして、どうかしたか？」「色々と、気になる点はあるのだけど」

こほんと一度、咳払いをしてくる在歌。

「とりあえずは君も、入学セレクションを受けに来た学生ってことで良いの？」

「なんだ、最初に聞きたいことがそれなのか？　……ま、お察しの通りなんだけどな」

肯定しながらも――俺はお互いの立場について、改めて振り返ってみた。

ここ、長者原学園に入学するための手段は、はっきり二つに限定されている。

一つ目。ＡＯ入試。中学三年生の夏頃という早い時期に第一次出願が受け付けられ、面接や小論文、その他、個人が刻んできた社会的な実績や保有する資質を、書面・対面の両方で評価。最終的には四桁近い出願者の中から、学園側が選出した学生が合格対象となる。

二つ目。一般セレクション。こちらに関しては前者と異なり、完全に一発勝負。また、編入や補欠合格といった救済措置も無いらしく、ここで振り落とされてしまえばもう二度と、この学園に足を踏み入れられなくなる。事実上の、最終関門ということだな。

そして、当該セレクションを受験する学生は、三月一日から三月七日までの一週間、学園に滞在するスケジュールが組まれていて——初日となる昨日はオリエンテーションを兼ねた学園の概要説明や、学力・体力考査などのタスクが、忙しなく行われていた。

で。今日も十六時からは、とある説明会が予定されている。

……もっとも、ただの説明会、ってわけじゃあないはず。

なんせ——セレクションの合否に直結するのは、明日からの五日間だと言うんだから。

「無事にお互い名乗り終えたわけだが。早速、俺から在歌に伝えたいことがあるんだ」

「……乗り気はしないけれど。助けてもらった以上、少しだけなら話を聞いてもいいわ」

若干の戸惑いを見せていた在歌へ、俺は再び、口を開いた。

俺にとって本当に大切なことを——明確に、言葉にした。

「——将来的には結婚を視野に、俺と交際しないか？」

「…………………………………………は？」

「後、ついでに時間まで、俺と一緒に学園内を巡らないか？」

「……ま、待って、ついでで括らないで、それに話を勝手に進めないで」

例の説明会までは、まだ二時間ほど余裕がある。加えて、入学セレクションの受験生が学園敷地内を散策することは、オープンキャンパスの一貫としてなのか許されていた。在歌や他の受験生とおぼしき連中ががうろついていたのも、俺がトラブルの発生現場を見かけたのも、元を辿れば今がフリータイムという部分に帰結する、というわけだ。

「ちょうど食事も終えたところだ。ソロ徘徊よりかはコミュニケーションを交わす相手が欲しかったし、何より、それが在歌のような美しい女子なら……文句の付けようがない」

Do you understand?　理解してくれたなら、さあ行こうぜ——と。

一通り俺の提案を聞き終えたであろう在歌は、とことこと歩き始めていた。

……行き先は告げずに。俺の誘いに対して、容認も拒絶もしないままで。

「これほど強く、危機意識が発動することってあるのね……良い経験になったわ」

何やら学びを得ていたらしい在歌。その後ろを、子ガモのように付いていく俺。

「聞くまでもないだろうが、念のため返事はしてくれ」

「言うまでもないことだと思っていたのだけど。悪いけれど、謹んで遠慮する」

……WTF。そして、またかよ。

二つの驚嘆と同時に――そこでようやく、俺は彼女の異変を察知した。

繊細な変化だったものの、在歌はどこか怪訝な表情になっている。そのせいでさっきまであった小さな団欒は消え失せ、しかも俺を見る目は、あのツーブロックへのそれと同じような毅然とした――下手すれば、より険しさを帯びたものに変わっていた。

「……前提として、君には感謝してる。仲裁に入ったのは私が勝手にやったことなのに、君はトラブルをわかったうえで協力してくれた。だから正直、嬉しい気持ちもあった」

「助けになったなら、俺も喜ばしいよ。なら、結婚を視野に……」

でも、と。自分の心に蓋をするかのように、在歌の態度は硬化してしまう。

「それとこれとは、話が別。君も私も、各々が各々の目的のために、ここじゃなければいけない理由があって、入学セレクションにも臨もうとしているはず――そうでしょう?」

「……ま、一応は、そうなるな」

在歌はそこで、ほっと一息吐いていた。その仕草はさながら、地球に不時着した宇宙人とようやく言語交流が行えた時のような、ヘビーな苦労を伴った挙動にすら見える。

「その点をわかってくれるなら……そんな意味がわからないこと、言わないで」

「意味がわからない——どこがだ？　俺は在歌と交際してみたいと心から思って、それを口にしただけだ。それとも、俺では満足できないのか？　だとしたら、贅沢なんてもんじゃあないな。この獅隈志道を振るだなんて、余程の事情が無いなら有り得ない選択だ」

それこそ、既に永遠の愛を誓い合った相手がいる——くらいの話じゃない限りは。

「内容の話じゃなくて、この場でそんな提案することがおかしいでしょうって話をしてるのよ……そもそも、その過度な自信は、いったいどこから来てるの？」

「俺自身から無際限に。できるなら、発電に使ってもらいたいだけのエネルギー量だよ」

「ああ、そう……それだけ魅力的だって自負があるなら、そんな君のことを気に入ってくれる人を見つければ良いわ。私以外の相手を、できれば、ここ以外で」

「……午前中は、そうしていたんだけどな」

いきなり三時間ほど前を想起させられたせいで、俺はうっかり、首を傾げてしまう。

「ただ、俺が交際を求めた女子は皆が皆『緊張してるし』『君のことよくわからないし』『噂されたら恥ずかしいし』なんて消極的なことばかり返してきて……あまり国民性がどうのと括るのも良くないだろうが、しかし、日本の女子はあまりにシャイすぎないか？」

「内気かどうかはともかく、ほとんど正論でしょうに……え？」

ぴくり、身体を小さく反応させる在歌。

「さっき、その……結婚を視野にどうこうって、言ってたと思うんだけど」「言ったな」

「でも、午前中に君は、他の女の子にも声をかけていたって」「かけてたな」

「……顔が良ければ何でも許されると思っているのなら、それは大間違いよ」

「急に褒められてしまうと、流石に照れるな……」「褒めてないっ」

どうやら価値観の相違が発生していたらしく、在歌の顔は紅に染まっていた。

「誰かれ構わず手を出そうとするなんて、そんなのおかしい。間違ってるわ」

「誰でも良いわけじゃないぞ？　より知りたい、交際したいと思えた女子だけに、だ」

「……判断基準は？　外見だけ、とかなら……悪いけれど、幻滅する」

「最たる例は、まあ、ビジュアルになるんだろうな。否定はしないさ」

顔や身体が美しいと思える女子は、やはり魅力的だ。オフコース、当然のこと。

「ただ、それだけじゃあない。俺は内面や精神性も同じくらい大切だと思っているし、そもそも、外見の善し悪しはイコールで、個人の努力が形になったモノとも捉えられるはずだろ？　男が髭や眉を整えるのも、女性が化粧をするのも、俺が日頃から筋トレに勤しむのも、全ては努力――そして、努力できる人間は、人として美しいと思わないか？」

「……」俺のロジックにある程度の妥当性を感じたのか、在歌は別軸の反論をしてくる。

「じゃあ、複数の女性に同じ事を言うのは？　客観的に見て、それは誠実じゃない」

「一人に固執して、ひたすらに想い続けるのが美徳だと――不自由じゃないか？　サムライの娘じゃあるまいし、運命の赤い糸は、待っているだけじゃ見つからないぞ？　それにそもそも、男女関係における客観正誤を判別できるほど、在歌は経験豊富なのか？」

「……」またしても黙る在歌。別段、言葉でやり込めたいわけじゃないのにな。

「わかった。君の軽薄さについては、もう、そういう人だってことで納得する……」

ただただ公式を暗記するかのような口ぶりで、芹沢在歌は眉をひそめていた。

「窓から飛び降りてまで私を助けたのも、大方、恩を売るためだったんでしょうね」

「……いや、それは違う。単純に、お前や店員を助けたいと思ったから助けただけだよ」

「今さら、取り繕うための嘘なんて――」

「誰かのためになりたいと思うことに、具体的な理由が必要なのか？」

「……」この短時間で、早くも三度目の沈黙。在歌は口下手な方なのかもしれない。

「だいたい、強請る気なら初めから、そうしている。助けてやったんだから俺と交際しろ。ベッドで一夜を共にしろ――それで、はたしてこれはスマートか？　……ファッ〇ン有り得ない。獅隈志道はこんな強引な手段を選ばないし、選ぶ必要も無いからな。自分自身の魅力を最大限にアピールしていけば、自ずと、相応しい女性だって見つかるはずだ」

「い、一夜って……そ、そういうの、初対面の相手には避けるべき表現よ」

「そうか。なら今後は注意するよ」「許可無く今後を作らないで」

はぁ、と。溜息を挟んだ後で、在歌はまだまだ否定の言葉を並べ立ててくる。

「仮に。私と君が必要以上に打ち解けたところで、意味なんてないじゃない」

「対人関係にまで意味を求めると、心が荒んでしまうぞ？」

「……ねえ。この学園の、去年のＡＯ生とセレクション生の合格者比率は知ってる？」

俺のアグレッシヴさを華麗にスルーしつつも、在歌は急に、話を変えてきた。

「さあ、どうだったっけな」「95：5よ」「や、やけに早いな……暗記してるのか？」

「年間の入学者数定員は、毎年二百人程度。そして、そのうちのたった5％だけが、セレクション生——それだけ厳しい倍率だってこと、わかってくれた？」

「どうせどちらかは落ちるんだから、親しくなったところで無駄だろって？　……狭き門だってのは理解できたが、それは今、この瞬間の対人交流を諦める理由にはならないな」

「受かるだけの自信も、君にはあるってこと？」

「あると言えば、あるな。したくもないことですら、俺にはできてしまうんだから」

「なんだか、答えになっていないような気が……いえ、もういい」

相互理解を放棄するとでも言いたげに。在歌は遂に、会話を断ち切ろうとしてくる。

「ちゃんと、助けられたことへのお礼は言ったから……これ以上、私に付き纏わないで」

「へえ。普段は美人だが、怒った顔は可愛いんだな」「ば、馬鹿にしてるの？」

なんともまあ、頑固な在歌だったが。俺のセンサーは、強くなる一方だった。

魅力溢れる容貌。節々から感じる知性。他人を気にかけ率先して行動できる正義感。

もしかしたら、彼女こそが——俺の目的のための、運命の女性、なのかもしれない。

「わかった。ここまで言って懲りないようなら、本気で事務局員を呼ぶから」

「自分を引(ひ)っ叩(ぱた)こうとした相手にすら、躊躇(ちゅうちょ)していたのに？」

「君の場合は厳重注意でセレクションの受験自体はできそうだし、なんの憂いもないわ」

「……それはまた、計算高くて何よりだよ」

ともあれ。次の言葉は、選ぶ必要がありそうだ。これ以上に触れたら爆発しそうなラインというのはそれなりに関知できるつもりだし、それが今だってことも肌感覚でわかる。

よって。俺は掘り下げるためでなく、あくまで裏付けるために——その問いを投げた。

「……ところで在歌。余談で一つ、引っかかっていた点を聞いてもいいか？」

「何」

「いや、な。違ったら悪いんだが——お前の父親、今の日本の首相か？」

$

注意はしていたはずなのに、見事に爆発した……もとい、答えは返ってこなかった。

どうもこの話題は、芹沢(せりざわ)在歌にとっての一発アウト級の質問だったらしい。彼女の表情は完全な無になった末、一言も発さず、俺の下から去ってしまった。

だから。それが事実で、彼女がどうしてここへ来たかを知るのは——まだ、先の話だ。

Chapter2　汝(なんじ)、解と黄金を求めよ

クロエと別れ、長者原(ちょうじゃばら)学園へ初めて足を踏み入れた、昨日。

受験者確認の際、自分のスマートフォンを事務局に預けるのと引き換えに、学園側からは便宜上、個別の携帯端末の貸与を受けていた。

Libertas(リベルタス).　この学園の第一期首席卒業生が作り上げた国産携帯端末には、果実ともヒューマノイドとも異なる、ラテン語で自由を示す名が冠されている――トリビアはおいておくにしろ、それを常に持ち歩き無くすなと念を押されたら、従うしかないよな。

と、いうわけで。体内時計だけでなく端末でも確認すると、現在時刻は十五時三〇分。

場所は学園事務局本部棟、第一カンファレンスルーム――。

「入学セレクション、今年は何やると思う？」「わかんないけど、とりあえず五日間ってのは長いよね」「普通は学力考査が試験の代わりになるんだろうけど」「体育科じゃあるまいし、体力考査っているか？」「シャトルラン、ガチきつかったわ……」「なあ、ストリートの方、行ったか？」「行った行った。いやあ、マジでなんでもあってビビったわ」

室内には円卓が順々に配置されていて、それを囲むようにして大勢の学生らが、起立したままで待機していた。構図としては、会食形式のパーティー会場に近いだろうか？

加えて。どこか煌びやかな印象に比例して、場の空気もそこまで重苦しくない。

この場に集まっている学生は、皆が皆、入学セレクションの受験生。よって、大なり小なり張り詰めた緊張感に包まれているのが、自然と言えば自然なのかもしれないが……。

「お飲み物、いかがですか？」「ああ、どうも……ミネラルウォーター、ありますか？」

声をかけてきた男性ウェイターから、グラスを受け取りつつ――こういった部分部分での細やかなサービスが利いているのかもな、なんて、漠然とした納得をしてしまう。

なんなら、学園側は俺たち受験者に最大限の配慮と歓待をしてきていた。滞在先の斡旋だったり、自由時間によるリラックスだったり、その他、枚挙に暇がないレベルで。

これだけ丁寧に扱われたら、抱えていた緊張がいくらかは、解きほぐされるのかもしれないな――で。どうも特定の円卓に集まれと割り当てられているわけではないらしく。

よって。俺は一番に目についた卓へ、ゆるりと近づいていった。

「グッドアフタヌーン。さっきぶりだ、な……」「…………」

起立していた在歌は俺に、黒く光沢を帯びた銃火器のような視線をぶつけてきて。

そのまま、手に持っていたラムネ菓子の袋を、心なし強めに引き裂きながら一言。

「ここはもう、定員オーバーよ」「せ、席は無いんだよな？」「皆まで言わせないで」

ブドウ糖の塊を放り込んだきり、在歌の口は、固く閉ざされてしまった。

「……風の噂で、総理大臣の娘が受験しているとだけ耳にした。フルネームを聞いた時点で在歌(ありか)だろう、とも思っていた」「……」「迂闊(うかつ)だった。その点は、謝罪させてくれ」

あそこまでの過敏な反応は想定していなかったが、とはいえ非礼は詫(わ)びるべき。

それに、彼女は俺と違って、この入学セレクションに対して非常に前向きな姿勢を見せていた。だったら、説明会でも可能な限りは集中したいはず。

彼女に対する興味は捨て切れていないものの……この場は引こうか。

そうでなくとも、考える時間が必要なのかもしれないしな。いきなり俺ほどの男に誘われたら、驚きが先行してしまうのも頷(うなず)ける——ああ、そうか。異様に断られ続けていたのは、つまりはそういうことだったのか。ここに来て、ようやく理解できたよ。

深慮の末。俺は在歌から離れ、うろうろ室内を一分ほど歩き回って——。

最終的に、その卓へ誘(いざな)われた。

「……壮観だな。The devil wears Prada(プラダを着た悪魔)でもいるのか?」

他の卓の周りには一定数、受験者の姿が散見されるものの——ここだけは違った。

まるで空間ごと切り取られたかのように人気(ひとけ)がなく、代わりに、卓の上には各種ハイブランドのロゴが印字された紙袋が大量に、乱雑に置かれている。

その持ち主がいったい誰なのかは、一目瞭然だった。

「参考までに教えておくと、その辺の事務局員に言えば、荷物の類(たぐい)は預けられるぞ?」

伝えると。その卓で唯一の滞在者だった彼女が、面を向けてくる。

「………………あら」

気付いてすぐ。彼女は付けていたオーバーサイズのサングラスを、前頭部に引っかけた。拍子にヘーゼル色の瞳が露わになり、淡いツーサイドアップの先端が僅かに揺れる。

――深窓の令嬢という形容表現は、きっと、彼女のためだけにあるんだろうな、と。

なんとなく、そう思った。

風格と気品はありながらも、どこかあどけなさの残る童顔。格好は純白のワンピースを思わせる見慣れない制服で、両の指にはリングが一つずつ。頭から爪先までの言い知れないゴージャスさは本人そのものからも、服装やアクセサリーからも伝わってくる。

ともすれば、不用意に近づくのが躊躇われるほどに、彼女はキュートで……。

……振られに振られ続け、終いには在歌にも追い出されてしまった傷心の俺を、そんな彼女にどうしても、癒やして欲しくなってしまった。

「ここ、良いか？　……THX。ようやく俺も、腰を据えて待機できるよ」

「まだあたし、返事してないんだけど……でも、ええ、良いわよ？」

快く滞在を許可してくれた彼女は、紙袋の林立する卓の上から、自らのグラスだけを手に取っていた。ドリンクのチョイスがアイスティーな辺り、余計にお嬢様感が際立ってるじゃあないか……なんてことを考えていたら、不意に向こうから声をかけられた。

「あなた、帰国子女でしょ」

……おいおい。それはこれから、俺の方から教えようと思っていた情報だぞ？

「さしあたっては、思考プロセスを披露してもらおうか」

「そうね。わかりやすいのは香り、かしら？　香水にしろルームフレグランスにしろ、日本のモノはできるだけ主張を抑えがちだから、そのぶん海外製のモノは目立つ――あ、嫌な匂いだって言ってるんじゃないわ。むしろ爽やかで、良いセンスしてると思う」

上品な所作で、グラスの紅茶を含み。その後も彼女は、俺の一言二言しか発していない単語の発音だとか、染めたにしては自然すぎる髪のブロンドだとか、ＦＢＩ捜査官でも目指しているのかと疑いたくなるだけのプロファイリングを披露してきて、最後に。

「――観察眼には、特に自信があるの」

白く、細い指先。薄桃色に艶(あで)やかなネイルは、彼女自身の目元へと当てられていた。

「……大正解だよ。俺はＬＡ(ロサンゼルス)のハイスクールから、ここに来ている」

「へえ。アメリカからも、入学手続きってできるんだ……その割に、日本語流暢(りゅうちょう)ね」

「母が日本人なんだ。もっとも、向こうじゃ基本的に、英語話者(ネイティブスピーカー)の立場だったけどな」

「バイリンガルってことね……ふぅん。じゃあ、結構頭も良い感じ？」

「良いし、頭脳以外も何もかも、良いぞ？　それが本当か確認したいなら、セレクションが終わった後にデートを一度二度すれば、いくらでも理解できるだろうが……どうだ？」

「……お誘い、どうもありがと。だったら、前向きに検討させてもらおうかしら」

これまでの経験を生かし、当社比で控えめに口説いてみたわけだが。

悪くないどころか好感触だったようで、彼女はその表情を、無邪気に綻ばせてくる。

「あたし、院瀬見琉花子――あなたは？」

「獅隈志道。以後があることに期待しつつ、とりあえず今は、よろしくな」

「志道、ね……うん。こちらこそ、どうぞよろしく」

イセミルカコ――琉花子はどこか満足そうに、それでいて柔和な笑みを作っていた。

「当たり前だけど、色んな所から受けに来てるみたいね。あたしも神戸からだし」

「お互いに、遠路はるばるご苦労なもんだ」

「ほんとほんと。ま、あたしの方は、そんなに長いフライトじゃなかったけど」

「俺と違って、そっちは国内線だろうからな――で、机の上の荷物は全部、実家から？」

「まさか。午前中、銀座の方にショッピングに行ってて、その成果物ってとこね」

「学園から出ていたのか？　それはまた、肝が据わった大物ムーブだな」

「だって、つまんなそうだったし。見て回るのは勧められてただけで、強制されてたわけじゃないいし。それに――見学なんてのは入学した後で、いくらでもすれば良いでしょ？」

「……ま、そうかもな。それに安心してくれ。咎めようなんてことは、思っていないさ」

この場で知り合った琉花子と、とりとめのない談笑を交わしながら。

同時に俺は、ファンタスティックな達成感を覚えていた——というのも、これ以上の説明をするまでもなく、院瀬見琉花子は類い稀なる美少女だったから。この国に来てからはやんわりと拒絶されがちだったぶん、こんなにも華やかな女子と穏やかに会話ができている現実は、俺にとって熱烈歓迎、喜ばしすぎるシチュエーションでしかない。

それに、だ。そりゃ場合によっては二度と会うこともなくなるんだろうが、ただ、だからと言って最初から壁を作り周囲を寄せ付けないというのは、獅隈志道の流儀に反する。

特別な理由なんて、無くても良い。そうじゃなくても、人と人との出会いは、無条件で尊ばれるべきものに違いないはずで……どうだ。見ているか、芹沢在歌！

得意気なまま俺は、琉花子との会話の隙間を縫って——彼女の姿を視認した。

「……………な、何をやってるんだ、あいつは」

直前の冷ややかな反応からして、こっちを見ているわけないことは重々わかっている。

だが——澄ました顔で待機しているだろうという予測は、ド派手に外れていた。

「………………………」

陣取っていた円卓の前で在歌は——両の手でトランプらしきものを、忙しなく動かしていた。自分の頭がおかしくなったのかと何度か目を擦ってみたものの、彼女の近くに陣取っていた他の受験生連中が露骨に困惑している図も相まって、まごうことなき、現実。

どっから持ってきたんだ。何で持ち歩いてるんだ。まさか武器なんて言わないよな？

「……ま、まだ自由時間だしな。それがあいつのチル手段なら、しょうがない……のか？」

「ねえ。どうせ暇なんだし、もっと志道のこと教えてくれない？」

「うん？　……ああ、良いぞ。むしろウェルカムだよ」

揺れる意識は、琉花子の声で引き戻された。

……しかし、どうも彼女は、俺に興味津々らしい。そうだよな。この場が入学セレクションという前提があったとしても、これが普通の反応だ。いやぁ、安心できる。

「すごく体格が良いように見えるけど、何か運動してたの？」

「運動自体は、常日頃からやってる。ただ、アメフトやらバスケやらの集団スポーツは一度もやったことがないな。この肉体は主に、ジム通いと規則正しい生活習慣で作り上げた」

「それだけで？　だったら余計、凄いわね……」「ＨＡＨＡ。ま、弛まぬ努力の産物だな」

ぐにぐにと。琉花子は特に許可を得ることもなく、俺の右の二の腕を鷲掴みにしてくる。

「…………………………」「……そ、そんなに俺の身体は、触り心地が良いか？」

計、二〇回近くは揉みしだかれている。悪い気はしないが、その没頭っぷりにはどこか病的なものを感じざるを得ない。俺の魅力は、時として人を惑わしてしまうのか……？

「……うん。とりあえず、最初のハードルは合格ね」

しかも、知らんうちに何がしかを通過していた——詳細内容は不明だが、奇しくも俺が凄いということだけは、ごちゃごちゃと説明を受けなくてもわかってしまう。

「……凄いかどうかの話をするなら、お前も相当、ナイスバディだが」

自分自身の尊さを再確認しながらも。俺は院瀬見琉花子の全身を、再度眺めた。

——感服にして、眼福。彼女の双丘は銀河系に匹敵するだけの豊満さを誇り、スカート裾部分から広がる大腿部は、ふにっとしている。ふむ。生ハムの原木と太腿は太いほうが俺好みだと自覚していたが、またしても、その嗜好性が強化されてしまったな……。

ひとしきり、感動していた俺。

一方で琉花子は、自身の胸辺りに視線を落としてから……さらりと訊ねてくる。

「そっちも、触りたい？」

……どうも彼女は、随分と奔放な性格をしているらしい。

「日本には、据え膳食わぬは男の恥、という言葉があるそうだな」

「ふぅん……なら、別に良いわよ」

「ジョークを真に受けるなよ。第一、こんな場所じゃムードも何もあったもんじゃない」

「冗談じゃなくって、普通に提案……まあでも、タダってわけにはいかないけどね？」

琉花子が半身ほど乗り出してきたこともあって、俺のシトラスの香水は彼女のフローラルブーケの香りに、完膚なきまでに蹂躙されてしまう——いつの間にか、琉花子の手は俺の二の腕から手首へと添えられていた。こちらの脈拍でも、測ろうとするかのように。

そうして。琉花子は両の眼に、言い知れない妖しさを揺蕩わせながら――。

「ねえ、獅隈志道。あなた――」「そこの二人」

野太い声が割り込んできたことで、俺も琉花子も、咄嗟に振り返ってしまった。

「公衆の面前だ。不純な行為は、場を選んで行っていただきたい」

「……俺たちの年齢を考えると、そもそも推奨してはいけないような気もしますがね」

「わかっているなら、余計に控えてくれ――それと、卓上の物品について、手荷物検査は通っているのか？　事務局の承認が無い場合、すべてこちらの預かりになるはずだが」

筋骨隆々の男性事務局員は、自らに与えられた職務を速やかに行おうとしてくる。

ま、俺がわざわざ口にしなかっただけで、こうなることは目に見えていた。なんせ、自分名義のスマートフォンすら、事務局側に預けなければいけないくらいだからな。学園側が不要だと判断した物品の持ち込みは、固く禁じているんだろう。

……トランプは、良いのか？　いや、良いからこそ、在歌は弄ってるんだろうが……。

「言っただろ？　頼めば預かってくれるって」

ともあれ、この場は大人しく指示に従っておけと、俺は琉花子に、そう促した。

「……っ、うっせーな……これからだってのに邪魔すんじゃねーよ、クソカスが……」

……Oh.

琉花子は事務局員への恨み言を、舌打ちと共にぼやいていた——瀟洒で可憐な人物像はハリケーンの通過後のように木っ端微塵に吹き飛んでいき、代わりに侮蔑に近い冷淡さと口調が変わるほどのバイオレンスさが、今の彼女からは、ひしひしと伝わってくる。

なるほど？　綺麗な薔薇には棘があるように、彼女は表と裏があるタイプ、と。

それも個性であり魅力、なんだろうが……度が過ぎるのは、少しばかり考え物だな。

『…………』『……いやぁ、モテる男は辛いもんだよ』

遠方からの視線に肩を竦めてみせると、彼女は再び、視線を手元に戻してしまった。

——在歌の方も、まったく脈が無いわけじゃないのかもしれないな。

$

琉花子の紙袋が回収されきった辺りで、ちょうど、十六時ジャストになった。

時間は厳守され、学園の事務局員らが列を成し、室内に入場してくる。

……スーツ姿の大人の群れ、だけではなく。

そいつらを先導するように歩く二人の人間が、こちらに強烈な印象を与えてきた。

「おーおー、お集まりだねぇ……」

一人は、ダークベージュの長髪をなびかせた痩せぎすの青年。頭から爪先まで黒ずくめの他の事務局員と違い、たった一人だけグレーのスーツを着用しているそいつは、遠目からでもわかるだけの陽気な様子でうろうろと、こちらを観察している。

「ハハッ……いいね。大志を抱く若者が、この場にはこんなにもいるわけだ！」

……偶然、一瞬だけ目が合った気もしたが。ただ、好意的というよりかは見世物を眺めるかのような眼差(まなざ)しだったこともあって、俺はすぐさま、注意をもう一人の方へ移した。

「――ファイルマンさん。無意味に騒々しいのは、内輪の時だけにしてもらえますか」

学園の在校生であることを示す、ブライトイエローのブレザー。飛び級を疑ってしまいそうなくらいに小さな体躯(たいく)は精巧緻密なアンティークドールを彷彿(ほうふつ)とさせ、右目にだけ付けられた銀のモノクルが、彼女の無機質でレトロな美しさをまとめあげ、演出している。

つまりは、ファッ〇ン可愛(かわい)らしい女子生徒であり――そんな彼女はカンファレンスルーム前方のステージ上まで細やかに歩を進めた後で、俺たちの方へ向き直ってくる。

今にも演説が始まりそうな空気、だったわけだが。

……マイクの位置、合ってなくないか？

「あ、ちょっとちょっと！　彼女は見ての通りプリティなサイズで他の人と違うんだから、事前に踏み台かなんか用意してあげなくちゃダメじゃないか――ね、羅栖奈(らずな)ちゃん？」

「……貴方(あなた)がノンデリなのはどうでもいいんですが、とはいえ少し黙っててくれます？」

ドタバタと。事務局員らのコミカルな動きによって、重厚な台が用意され。

アシンメトリーの前髪に触れてから、彼女は満を持して、第一声を発してきた。

「三三五名の、入学セレクション受験者のみなさん――初めまして。長者原学園新二年生、呉宮羅栖奈です。この度は、どうぞよろしくお願いします」

風体の割にハスキーな声。おお……これが所謂ギャップ萌え、というやつだな？

……それで？　事務局員を差し置いて本当に彼女が――呉宮が、この場を回すのか？

「在校生がこのような立場にいることを、不思議にお思いの方もいらっしゃるでしょう。ですので最初に、明確に伝えておきます」

ただ。そんな俺の一般的所感は、彼女の次の発言によって速やかに拭い去られた。

「自分は、長者原学園内総資産ランキング十傑《ビリオネア》の一人です。相応の自負と責任を持って携わる所存ですので、皆さんの考えるような懸念は起こりません――また、今回のプログラムの考案者でもありますから、答えられる範囲内で質問にも回答します」

「あ、あの人が、例の？」「なら、たった一年で、そんだけの額稼いだってことよな？」「噂じゃ、もう10億近く積み上げてるらしいぜ……」「ま、マジで言ってんのかよ？」

……い、いや、ビリオネア、か。一介の学生に対する渾名にしては、少々テクニカルすぎる気もするが――いかんせんそれは、単なるニックネームじゃあないんだっけな。

長者原(ちょうじゃばら)学園の在校生は、自身が保有する個人資産を学園側にリアルタイムで捕捉されているらしい。動く金額が大きいだけ、数字は厳密に管理していく必要があるんだろう。

そのうえで。各生徒の累積資産額は常態的にランキング形式で開示されており、そしてビリオネアとは、その学内番付で、上位十名に位置づけている学生らの呼称だった。

ビリオネア。読んで字の如(ごと)く億万長者であり、そしてこの学園では、別の意味も持つ。卒業時に学園側から譲渡される資産は数十億超えが当然で、学園内でも絶大な力を持つ最高権威者のライセンス——このレベルになると、自らの資産によって学園内に擬似的な条例を発布したり、ストリートの土地に自身の好む企業の店舗を誘致したりといった、組織レベルの施策すら可能とのこと。学内ピラミッドの頂点。それこそが、選ばれし十名。

呉宮羅栖奈(くれみやらずな)が、それほどの実力者なら……不足ある進行なんて、しないんだろう。

呉宮の背後には、薄型のスクリーンが下りてきていた。

「事前に説明されていたように、皆さんには明日からの五日間を使い、来年度のセレクション生を選抜するためのプログラムへと、臨んでもらうことになります」

一切の無駄がなく、それでいて機械的に、呉宮は口を開き続ける。わかりやすい権威ってのは、人を統率するには格別な前提なんだろうが——この場も例に漏れず、呉宮羅栖奈が俺たちに対し説明を施すという見慣れない構図は、この時点であっさり浸透していた。

「ステージ上のスライド、もしくは各々に貸与している携帯端末でPDFファイルを開き、2ページ目を閲覧してください。十六時ちょうどに、自動送信されているはずです」

かくして。少しの間を空けてからスクリーン上に、アジェンダが表示された。

『EXプログラムNo.20　プログラム名：黄金解法』
・総受験者数：335人
・開催期間：3月3日～3月7日
・開催エリア：事前禁止区域を除く、長者原学園敷地内全域
・エリア開放時間：8時～18時
・当該プログラムにおける合格予定者数：3名

「……なんか、ゲームの説明みたいだな」「これが、例のプログラムってやつか……」「つか、三人しか通らないのかよ！」「今年の倍率、エグくね？」「というか、ほんとに五日もやるんだ」「敷地内って、どういう意味？」「ヤバい、胃が痛くなってきた……」

ざわざわと。誰が言い始めたでもない喧騒(けんそう)が、少しずつ伝播(でんぱ)していた。

「順を追って説明しますので、ご静粛に」

一方、ホスト側の呉宮は微動だにせず、スクリーン上のスライドを進めていく。

「まずは、我が校におけるプログラムとは何か？について整理しましょう。学園事務局側から在校生に対して課す、特色競争課題——それこそが、プログラムです。学生に資本を扱うことを強制し、学生間の競争をもって、より実践的な経験値を積ませつつも意識付けを行う。都度都度で内容は異なりますが、潜在目的は常に一貫しています」

……これらに関しても、事前に聞かされていた話と相違ないもの。

もっと言えば、在校生が大きく富む理由への、一つのアンサーともなっているはずだ。

「余談ですが。プログラムで得られる報酬金は、他の手段で得られる金額よりも圧倒的に、高額で設定されています——規模の大きいものならば、一度のプログラムで1億近いキックバックが与えられることも決して珍しくありません。ですので、今後の人生での成功を強く求める人ほど、プログラムでの勝利は、必要不可欠な概念になっているでしょう」

「い、1億……そんだけあれば、なんだって手に入るよな」「いやいや。この学園ならそれ元手に、もっと増やせるんじゃない？」「ウチからしたら、1億でも充分なんだけど」

「では、本筋に戻りましょう。各々の端末で『黄金解法』という同名のアプリケーションを起動してください。先ほどのファイル同様、それぞれの端末へ配信されています」

……ま、流石(さすが)に見るか。

『端末名：獅隈志道(しぐましどう)　受験者識別番号：42』

『学力考査順位：2位　体力考査順位：1位　現在資産額：￥500万』

所定のスタートページには受験者本人のパーソナルデータがつらつらと記載されていて、情報羅列の最後には、現在資産額なる数字が記されていた。

「特に『現在資産額』という部分に注目してください……確認、しましたね？」

言って。呉宮は一呼吸ぶんの間を空けた後で――決定的な台詞を告げてくる。

「皆さんがすべきことは、いたってシンプルです。五日後、つまりは本プログラム終了までに、ありとあらゆる手段を用いて、資産額をより多く積み上げてください――そして、最終的な上位三名へ、入学の権利が与えられます」

「…………へ？」「それって……お金を稼げってこと、だよね？」「い、いきなりかよ！」

「ただし、今回のプログラムにおいて、実際の日本銀行券や硬貨を用いることはありません。あくまで名目上の数字として認識していただくよう、お願いします」

一部の受験者らの動揺に、どこかズレた補足をしてくる呉宮。

……俺としては、５００万という数字が気にかかるところだが。ゼロじゃないのか？

「なお、昨日実施した学力考査と体力考査で十番以内の順位を獲得した方には、それぞれの考査で２５０万円ずつの事前報酬金が加算されています。よって、既に最大で５００万円のアドバンテージを得ている受験者も、わずかながらいらっしゃいます――ご参考までに」

「規模がデカすぎて、あんま頭に入ってこねぇ……」「……なんかそれ、ずるくない？」

「さて。では具体的に皆さんが、どのようにして資産を積み上げるか、ですが。本プログラムにおいては、指定エリア内に偏在する問題カードを探し出し、当該アプリの機能を用いて解答するという『メインコンテンツ』が存在します――例題を、表示します」

『No.ex１・徳川幕府十五代目将軍は誰か？・正答報酬金：１００万円』
『No.ex２・関東に本拠地を置くプロ野球チームを二つ答えよ・正答報酬金：80万円』
『No.ex３・「シシリエンヌ」を作曲したフランスの音楽家は誰？・正答報酬金：50万円』

場が更に過熱し出した渦中、例題が三問、スクリーンに表示されていた。

「ひゃ、１００万って……！」「あんな簡単なの解いただけで、嘘でしょ？」

「額があれぐらいってことは、アドバンテージ持ってる奴、かなり有利よな？」

……ずっと、気になってはいたが。一個横の卓の連中の声がガンガン耳に入ってくる。

映画館で騒ぐ迷惑客じゃあるまいし、どうせ驚くなら、最後にまとめて驚いてくれ。

「問題を正答すると、正答者の端末上の架空口座へ報酬金が振り込まれ『現在資産額』が増加します――ただし、一つの問題につき正答報酬金を得られる人間は最初の一人のみであり、解答権も一度だけ、という点は覚えておいてください」

トライ&エラーは不可であり、誰かが正答済みの問題を再び解答することもできない。

……これもまた、Do or Die. 性質として、奪い合いが前提になっているらしいな。

「問題の解答にも、端末並びにアプリケーションを用います。加えて、それら以外のプログラム進行に必要な行為は、過不足なく行えるようになっています――が、逆に言えば不要と判断された行為や機能は、事務局側で制限をかけています。端末に搭載されている通話機能や、新たなアプリケーションのダウンロード、などですね――ご理解の程を」

「……安易に答えを調べるとかってのは、させないわけね」

傍にいた琉花子は、サングラスのレンズを拭きながらも、そう呟いていた。

端末の検索エンジンなんかが使えてしまうと、問題を解くというギミックの意味がなくなってしまうわけだからな。納得、というよりかは、当然の処置だろう。

――その後も細々とした説明が、呉宮の口頭とスライドによって行われ。

「禁則事項について説明します。『他者の心身を著しく脅かす行為』・『受験者間で個別に取り決めた契約の不履行』・『指定エリア以外への侵入』以上の三つが本プログラムにおける禁則事項であり、これらは確認され次第、無条件で失格となります。入学後に発覚した場合でも遡って同様の処分が下るため、くれぐれも、犯すことのないようお願いします」

時間にして十五分にも満たない、手短な説明だった。

「以上で、本プログラムにおける事務局側からの概要説明を終了しますが――何か質問等、ございますか？」

共通言語で説明されていた以上、言ってる内容は勿論、理解できる。

ただ、すんなり飲み込むには時間がかかる、といった受験者が、どうも多いようで……。

「……いいですか？」

そんな中。先陣を切って右手を挙げたのは、古風な学生服姿の男子学生だった。

「合格者が三人というのは、例年と比較しても極めて少ない総数だと思うんですが……絶対数は、今以上に増えないものなんですか？」「基本的に、増減はありません」

食い気味に。更には、些細な希望的観測すらも、根元からへし折る解答だった。

「AO入学生との兼ね合いもあり、本年度の入学セレクションでは、三人のみとなっています。ただし、最終的な資産額が並ぶことで三位以上の受験者が三名以上出た場合は、その全員に入学の権利が与えられますが——あまり、考える必要はないでしょうね」

「…………わかりました。ありがとうございます」

男子学生はどこか考え込む素振りを見せつつも、それ以上は食い下がらなかった。

「……馬鹿かよ。んなもん、ちょっと考えりゃわかんだろうが……」

次いで。毒づきながらも琉花子が、付近の事務局員へマイクをよこせと示していた。

「禁則事項を破ったら、一発アウト。そこまではいいわ——そのうえで聞くんだけど、事前に決められたこと以外は本当に、何をやっても、いいの？」

「例えば？」「そうね……普通なら犯罪になるようなこと、とかは？」

　──場に、緊張が走った。

「具体的な行為の内容については、ここでは触れないわ。けど、あんたが言ってることって、そういうことだって受け取って、本当に良いのよね？」

「……事務局側の判定基準は、先ほど示しています。それらをどう解釈し、どう行動に移すのか？　それもまた、皆さんの自由です」

「…………わかった。もういいわ」

　確認の後、琉花子は手に持っていたマイクを、目の前の円卓の上に置いていた。

　緩く口角を上げ、愉快なことを聞いた、とでも言わんばかりに──。

「……ちょっと待ってください」ただ、戦々恐々とした話題は、そこで終わらない。

　伸びやかな声が──在歌が、マイクも使わず呉宮に対し、口を挟んできた。

「先述の例が許されてしまえば、場合によっては無法地帯になる恐れがあるんじゃないでしょうか。教育機関の入学セレクションとして、それは真っ当とは言い難いのでは？」

「……」一喝するかのような物言いに、呉宮はただ、沈黙を貫いていて。

「他にも多くの疑問がありますが、そもそも、説明が不十分ではありませんか？　問題の総数や平均難易度はどうなっているのか、問題カードの実物がどんなものなのかも不透明なまま──セレクションに臨む側として、十分に納得できないままでは困ります」

「……そ、そうだよ。ダメだろ、さっきのは」「あれが許されるなら、なんでもアリってことになるじゃん」「だいたい、こんなわけわかんないことで入学できるかどうか判断すんのも、意味わからねえよ」「あんたら、ちゃんとウチらのこと考えてくれてんの？」

芹沢在歌という美しきファーストペンギンが先陣を切ったからか、受験者連中は口々に文句を言い始めた。なんなら話が、プログラムの内容そのものへと波及している始末。

……さて？　ビリオネアたる呉宮は、はたしてどんな手段で、この場を収めるんだ？

「なるほど、そうですか……」

場の混乱っぷりを俯瞰していた呉宮は、気だるげに息を吐いてから――。

「であれば――今年のセレクションは行わずして、全員不合格にしましょうか」

――彼女が選んだそれは、身も蓋もない言葉による弾圧だった。

「は、はあ!?」「そ、そんなこと、できるわけないだろ」「馬鹿じゃねえのか！」

「で、でも、あの人ビリオネアだし、もしかしたら、そういう権限もあるのかも……」

一切の阿る素振りを見せず、呉宮はやはり、静かな口調で告げてくる。

「デバッグ、という作業工程をご存じでしょうか。リリース前のゲームにおけるバグを発見し、その不具合理由を根本から除去する――言ってみれば、必要不可欠の作業です」

こいつは急に何言い出すんだと、当惑する受験者を尻目に呉宮は、詳らかに続けた。

「本プログラムもまた、それに近いかもしれませんね。目に明らかなバグだらけのプログラムコードを吟味し、最後には、ほんの僅かな上澄みだけを残そうと試みる――この際、はっきり言いましょう。投資する価値の無いバグは、この学園に必要ありません」

ファッ〇ン悪し様な物言いは、呉宮羅栖奈の辟易っぷりを雄弁に示している。

「ＡＯ入学とセレクション入学とで入学手段が分かれているのも、それが理由です。学園側が本当に欲する人間、資本を生み出せるような資質を持つ人間を、率先して引き入れるために――今年のＡＯは例年よりも豊作だったようで、お眼鏡に適う人材の相当数は十二分に確保してあります。だから我々は、セレクションなんてやらなくても何ら困りません」

……誰も、止めないんだろうか？

何気なく、ステージに突っ立っていた事務局員らの方へ目を向けたが、制止しようとする人間はいなかった。グレースーツの青年に至っては、微妙にニヤついている始末。

雁首揃えた事務局員たちが、この状況でも黒子に徹している以上は――言い方は異なれど、学園としても、同じような考えなのかもしれないな。

「立場を弁えてください。皆さんは学園側が欲しがらなかった人材であり、あるいは、ＡＯでの入学を志すほどの熱量が無い学生なんです。才覚にしろ意識にしろ、現時点では劣っていると判断するしかなく——その評価を覆すためには、自らが即戦力だと結果で証明する他ないでしょう？　子細説明されずとも、与えられたカードで戦うべきでしょう？」

一思いに語ると、呉宮羅栖奈（くれみやらずな）の声量は小さく、より感情の乗ったものに変わった。

「だいたい、一から十まで説明しようと思えば、できるに決まってるでしょう。それをしない意図すら汲（く）み取（と）れないバグばかりなんですか、今年のセレクション生は……だからあてぃしは、手厚く受け入れる必要なんて無いって言ったんです。どんだけコストかけたところで、結局はつけあがらせるだけなんですよ、まったく……」

いくらか愚痴を漏らしてから。呉宮は再度、受験者の意思を見極めようとしてくる。

やるのか、やらないのか。本当に覚悟があるのか、それとも、ないのか。

「……まだ、何か？」

ほぼほぼ暴言に近い反論だったものの、本質を突いていたからか、なんなのか。

「わかったよ、やりゃいいんだろ、やりゃ！」「無条件で落ちるよりかはマシだし……」

「例題も、そんなに難しくなさそうだったからね」「つか、要は問題解きゃ良（い）いんだろ？」

燃え広がった抗議の火は、そこでようやっと、鎮火された。

「他に質疑応答がなければ、解散とします——また、最後になりますが、今回の入学セレクションプログラムで用いるアプリケーションは、学園と提携するＩＴ企業『スティグマ・ソリューションズ』様に制作を協力していただきました。そして、彼が実業家であり当該企業の代表でもある、ノーヴェンバー・ファイルマンさんです」

呉宮からの紹介を受け。ファイルマンとやらは、やけに溌剌とした表情でステージ中央に立ち、俺たちに向かって、軽く会釈をしてくる。一言二言、頼まれているらしい。

「どうもどうも、ご紹介にあずかりました！　実業家ってことで、普段は手広く、色々やらせてもらってる感じですね！　アプリ作ったり、南の島の再開発やったり、後は……そうそう。最近だとLaplus&Companyさん、なんかともお仕事させてもらったりしてます！」

Laplus&Company――ラプラス社。

深海調査からコンビニの経営までなんでもやる、世界最大の企業体。経済規模で言うと、この長者原をも上回るレベルの組織、だったっけか……そんなところと仕事をしている辺り、相当なやり手なんだろう。どことなく図々しい雰囲気もあって、ある意味納得だな。

「実業家って聞くと、大抵は堅苦しいイメージを持たれがちなんだけどさ。ただ、ボクに限ってはフランクなのが好みで、人とのコミュニケーションも大好きでね！　もしプログラムの最中に見かけたりしたら、ぜひぜひ一声かけてくれると……」

「その話いります？」「……もしかして、いらない？」「自分語りは不要です」

苛立たしさを引きずる呉宮を尻目に、ファイルマンは明るい声で語りかけてくる。

「ま、不安になってる人だったり、不親切だなぁって感じてる人も、いると思うんだけどさ。少し厳しい話をするなら、世の中そんなもんなんだ。誰も丁寧に説明なんてしてくれないし、信用していた人から詐欺られちゃうこともある。ボクも似たような経験したことあるから、わかるんだけど……っと失敬。アイスブレイクは求められてないんだったね」

癖なのか、話題転換の折にファイルマンは、パチンと指を鳴らしていた。

「ただ、ボクも事務局の人たちも、もちろん羅栖奈ちゃんも、あなた方の健闘を祈っていることは本当です。というわけで……勝つことで、己の優位性を示してください！」

何をかくそう——黄金は、勝利してこそ手に入るものだろうからね！　と。

……その言説を、この場の全員が従順に受け入れられたかどうかは定かじゃない。

唯一。入学にはプログラムを通るしかないという事実だけが、横たわっていて——。

「…………わかっていたつもりだが。本当に、金の話ばかり、なんだな」

金、金、金。聞くだけ嫌になる、資本によって支配された世界の話。

そんなモノばかり求めても、人は幸せになれないのに。

そして、そう考えている俺自身すら、その内側の住人であるという事実に。

……湧いて出た嫌悪感を誤魔化すため、左手だけをスラックスのポケットに突っ込む。

無造作に押し込まれ、くしゃくしゃになった紙幣。冷たく固い、硬貨の手触り。

それらはいっそ、燃やし捨ててしまいたいだけの——確かなリアリティを持っている。

Chapter3　Negotiations in the High Class

昨日今日含めて一週間にも及ぶ長丁場の滞在先は、事前に決められていた。

プリンセスホテル渋谷。長者原学園南側正門入口から歩いて三分ほどの場所に位置するハイクラスへ、今回の入学セレクションの受験者は宿泊することになっている――ちなみに、滞在費や交通費などの諸経費は学園側が持ってくれているため、受験者側に対しての金銭的な負担は一切、発生していない。誰もが無償で、ＶＩＰ待遇を受けられる。

……これらも全部、大人の粘着質な政治によって、生み出されるものなんだろうな。

というのも、日本に存在する大企業の多くは長者原グループと、良好な間柄でいたいと考えているはず。系列企業数は忘れたが、総従業員数は確か、日本の総人口の数%、だったか――その辺の詳細は抜きにしても、絶大な影響力を有しているのは紛れもなく事実。

よって「ここ使いたいんだけど良いか？」くらいの申し出なら請け負うことで、関係を持つ、維持しようとする。格式高いホテルが学生に貸し切られるのも、ファイルマンのような外部の重鎮がプログラムに一枚噛んでいるのも、全部が全部、繋がっているんだろう。

つまりは、日本の王とも呼ぶべき長者原氏。そんな連中が直々に運営している教育機関なら――一筋縄ではいかない課題を突きつけるのも、それ自体はなんら、不思議じゃない。

$

入学セレクションプログラム【黄金解法】の概要が発表された、約一時間後。

ハイクラス五階。前日から宛がわれていた部屋に戻ってすぐ、全身を床に放り投げた。

うつ伏せのまま——両腕に少しずつ体重をかけていって、最後には完全な倒立を作る。

……らしくもなくナイーヴになってしまった後は、身体を動かすに限るよな。

「問題を探し解け……とにかく資産を積み上げろ、か」

頭に血が巡っていくのを感じつつも、思考をプログラムにも向ける。

誰よりも資産を積み上げ、五日後の結果発表の際には、上位三名へ名を連ねればいい。

勝利条件はそれだけで……ただ、単純だから簡単かと言われたら、そうじゃない。

そもそも、問題という部分に絞っても考えるべき事は多い。通常の学力入試と違って内容や範囲を予想できないうえ、示された例題から判断するなら、より総合的な教養が求められるのかもしれない。全部が全部、あの程度の難易度である保証もないしな。例題は露骨に易しい類で、蓋を開けてみれば頭がパンクするだけの難問ばかりの可能性すらある。

加えて。その問題が隠されていると言うのだから、厄介も厄介。

一冊の本の中。テーブルの裏。テニスコートのネットの端。

問題カードの形状によっては、ファッ◯ンふざけた場所にすら隠せてしまう——それこそストリートのような商業活動が行われている区域や、在校生の寮代わりのマンションなんかの例外区域は事前に弾かれていたものの、それでも、広大な学園敷地内を隅から隅まで探し回らなければならないというのは、想像するだけで疲労困憊ものだ。

さて。

そんな諸々を考慮したうえで、俺の今後の方針は既に固まっていたわけだが……。

「……来たな？」こんこんと、打鍵音のような響きが聞こえてすぐ、倒立体勢を解除。

彼女の来訪を予期しつつも、出入口へ近づいていった。

「――ごきげんよう」

重厚なドアの前。ほんの一〇分ほど前に、俺の方からも連絡を返した相手。

受験者識別番号99番――院瀬見琉花子が上目遣いを作って、そこに立っていた。

ベッドメイキング後の皺一つ無かったセミダブルに、今は琉花子が腰を下ろしている。

「何から話そうかしら……そうね。さっきの説明会、どう思った？」

密室に男女が二人きりという構図を、何一つ気にする様子はなく。引き続き日課の筋トレ（次はプランクにした）に打ち込む俺へ、彼女の方から話題を振ってきた。

「あたしは――こいつら全員、馬鹿なんじゃないの？　って思ってたわ」

「ＨＡＨＡ、いきなり辛口だ、な……待て。あまりに直球すぎて、腹筋がつる……」

「だってそうでしょ？　文句ばかり言う奴は確定で無能。焦ってる奴も論外。で、思考停止した連中にちょっと突かれたからってムキになってた呉宮とかいうメスガキもそうだし、偉そうに立ってただけの事務局員も同じ。みーんな、端から端まで馬鹿ばっかり」

いっそ笑えてくるだけの、トキシックな暴言の連発。

ただ、それを誰が窘めるよりも先に、彼女自身の次の言葉が機先を制した。

「でもね——志道は違った。ずっと落ち着いていて、周りの人間や状況にも一切流されてなくて、むしろあの段階で、どう動くかを考えていたはず……ね、そうでしょ？」

「……さ、どうだろうな。まったく別の話、例えば——どうして人はこんなにも金に固執してしまうんだろう、なんて哲学的なことを、一人思い耽っていたのかもしれないぞ？」

俺にとっては答えの無い難題で。思考を蝕み、切っても切り離せない宿命でもあって。

だが、聞いた琉花子は自分の頬に人差し指を当てて、きょとんとするだけだった。

「そんなの簡単じゃない。金さえあれば、どんなものも手に入れられるから……でしょ？」

「…………………」

「だいたい、煙に巻こうとしても無駄よ。志道のこと、観察してたから——何かを隠したいなら、金額についての話が触れられた時点で少しは驚く演技をするべきだったわね。あそこで微塵も動じてなかったのは、色んな意味で含みがありすぎるもの」

「……なるほどな。そう、捉えられるわけか」

一個前の答えに気にかかる部分はあったが、同時に、彼女の観察眼にも意識が向く。

本当に、よく見ているんだな。いっそ、見すぎてるくらいに――。

「留学しようと思えばできるくらいなんだし、実家が太いのかしら？　……だったら、あたしと同じね。『院瀬見(いせみ)重工業』って知ってる？　あたしのパパ、そこの取締役なの」

「薄々、察していたよ。俺が乗ってきた飛行機の中にも広告が出ていたうえに……その飛行機を製造しているのが、琉花子の実家なんだろうから」

一分周期で五セットほどこなした辺りでプランクを止(や)め、すっくと立ち上がる。

「何なら、そういう立場の奴は意外と多いのかもしれないな。親が息子や娘に箔(はく)を付けさせるために、この学園への受験を勧める、みたいな具合で――琉花子は、どうだ？」

「……自分の意思よ。他の有象無象がどうなのかは知らないし、知りたくもないけど」

そうなのか、と。俺はあえて、広がりの無い相槌(あいづち)を打った。ＡＯは受けたのか、合否はどうだった――これ以上を聞くのは無粋だろうし、何より、直近で軽々しく身の上に触れた結果、俺は一人の少女(在歌)から不興を買ってしまったからな。

「どうせ、食べないでしょ？」

甲斐(かい)あって、今回はあるかもしれない逆鱗(げきりん)を避けられたらしい。琉花子は特に機嫌を損ねることもなく、サイドテーブルの上に置かれていたウェルカムスイーツを指差してくる。

「甘いのが好みなら、消費してくれて構わない。飲み物はどうする？」

「紅茶。砂糖は三個で、ミルクは別の器に――ちゃんと、覚えておきなさい？」

「会場でも飲んでた辺り、ジャンキーのようで……砂糖三個だと？　風味飛ばないか？」

ここまで来ると、令嬢どころか一国の姫か何かみたいだな、なんて思いつつも。

俺は、茶器類が置かれたラックの前まで移動した。ハイクラスだけあって備え付けは充実しており、酒類以外の嗜好品は山ほどある。俺自身、調理やら何やらは割かし好きな部類の作業だったこともあって、ささやかながらもテンションが上がる品揃えだ。

「……率直に言うわ」

俺が彼女のためだけの茶会を準備している間に、琉花子はサブレの封を開け、もしょもしょとそれを咀嚼して、それから。たっぷりの時間的猶予をもって、告げてきた。

「あたしと組みなさい。それがあなたにとって、最善で唯一の選択肢よ」

紅茶の注がれたカップやら何やらを、ベッド横のサイドテーブルに置きながら。

どうやら……最初に考えることは誰しもが、似通っているらしいな。

「いただきます………えっ、美味しい。味にはあんまり、期待してなかったのに」

「器具がある程度は簡易的なぶん、パーフェクトじゃないだろうがな」

「……いえ。この場で出せるクオリティとしては、百点を上げても良いくらいよ」

気持ちいいだけの賞賛の後、湯気が立ち上るカップに角砂糖を沈める琉花子。

片や俺は、空になったミネラルウォーターのボトルを潰してから、発言を精査した。

「ま、今回のプログラムは、合格者定員が三人という話だからな。裏を返せばそれは、自分を抜きにして二人までは仲間にできる、とも考えられるはずだ」

個人の力量だけを見極めたいなら、受験者間での送金ギミックは邪魔でしかない。だからこそ、呉宮（くれみや）を筆頭とする事務局サイドも、少数の協力関係を奨励していると捉えられる。

そのうえで。正味、マンパワーは正義だ。一人で問題を探すよりも二人、三人で問題を探すほうがどう考えても効率が良いだろうし、複数人ぶんの知識を結集すれば、より多くの問題を答えられるかもしれない。その場合、得られる正答報酬金は協力者間で等分という形になるんだろうが……それを差し引いても、スタンダードな戦略だと呼べそうだ。

何より——特異な状況下で孤高に戦い切るのは、精神的な部分でも厳しいもんな。

「ええ。余程頭が回らない奴（やつ）か、自分の能力を過信してるタイプの奴でもない限り、デュオかトリオを組むのが、ひとまずは正攻法……他の連中から、誘われたりした？」

「ああ。説明会場から戻る時点で声をかけられたし、端末上でも相当な誘いが来た——大人気だろ？　俺がテーマパークのアトラクションなら、ファストパスが出始めてる辺りだ」

自分の端末を手に取って、指先で画面を軽く叩（たた）いてみせる。

『学力考査順位：2位　体力考査順位：1位』

俺の考査結果は、両者ともに高順位。事前アドバンテージとやらも最大理論値の５００万円を獲得できているため、第三者が引き入れたがるのも納得——ただでさえ魅力的な俺だが、今回のプログラムにおいては更に強力なバフがかかっている、ということになるわけだ。

……ちなみに。

今回の入学セレクションのために用いられるアプリケーションは、俗に『スーパーアプリ』と定義されるものだった。単に受験工程の進行をする機能だけでなく、他の受験者と連絡を取るためのチャットツールや、全受験者の考査結果を閲覧するためのライブラリなど、複数の機能が組み込まれている。あのファイルマンとかいう実業家も物見遊山で事務局側に立っているのではなくて、どうも、それなりのタスクはこなしているらしい。

とまあ、そんなテクノロジーの集合でもある端末を、ベッドの隅に放り投げて――。

「それで？　琉花子も俺に、類い稀なる力を思う存分、発揮してほしいのか？」

俺もなるたけストレートに聞いてみると、琉花子は薄く笑みながら答えてくる。

「ええ。志道が優れた能力を持ってるなら、それはあたしのためだけに使うべきだから」

「……昼間の意趣返しに当ててやるよ。『あたしのような一流の人間にこそ、獅隈志道という武器は扱うことができる。他の人間には、絶対渡さない』――こんな感じだろ？」

「……ふふっ。志道に目を付けたのは、やっぱり正解だったみたいね」

こくり、頷かれ。

「そうだ。良い機会だし、あの時事務局の馬鹿に邪魔された台詞、ここで言ってあげる」

琉花子の艶やかな唇は、その命令をすんなりと紡いできた。

「あたしの従者になりなさい――獅隈志道」

……………従者。従者、だって？

耳馴染みの無い言葉だったこともあり、イメージが難しかった。鬱蒼と茂る森に佇む西洋の館――までは辛うじて考えられるが、そこで俺が働いている図までは想像できない。

「ずっと、そういう役所の人間が欲しかったのよね。身の回りの世話をして、あたしの言うことをなんでも聞いて、退屈を紛らわしてもくれて、何よりビジュが良い男――ただ、これがなかなかいないわけ。特に最後のは、あたしが求めるハードルが高すぎるから」

「あー……お褒めにあずかり光栄です、琉花子お嬢様？」

突如として割り振られたロールを演じてやると、琉花子はより一層、破顔する。

「でも、偶然だけどやっと、候補が見つかったわ。この男が良い、この男を顎で使いたいって、脊髄反射でそう思えるだけの人間が――言うまでもなく、志道のことよ？」

「評価されるのは嬉しいがな。とはいえ、吟味はしなくていいのか？」

「いらないわ。だって、こういうのは第一印象が、何よりも大切だから――それに、最初にごちゃごちゃ考えるよりも、まずは手に入れてみて、それから判断すればいいじゃない。

それでいらなくなったら、捨てれば良いだけだしね」

タイパだけを重視するなら、琉花子の語った手段が一番、手っ取り早いだろう。

……モノと違って、人は軽々しく断捨離できないわけだが。

「プログラムの概要を鑑みても、琉花子にとっては都合が良いわけか」

「ええ。あたしと組むってことは、一緒に学園に入学するってことと同義だから。今後どうなるにせよ、手足になって動かせる相手が欲しいって気持ちは、やっぱりあるわ」

カールがかった睫毛の奥。琉花子の瞳は品定めするかのように、俺を映し出している。

「……あたしに見合うかどうかって部分は、やっぱりまだ、わからないけれどね。それでも、論ずるに値しないレベルのカスに比べたら全然マシだし、何より、率先して紅茶を淹れてもてなそうとする従順さも、すごく気に入ったわ。いつかご褒美に、あたしの身体に触れる権利を進呈してあげてもいいくらいには……ね？」

無垢さと妖艶さを、変幻自在に行き来しながら。

「あたしに従属しないなんて、志道はそんな、馬鹿じゃないでしょ？」

やがて琉花子は、俺の自由意志を一切介在させない勢いのまま、そう結論付けてきた。

……多少の懸念はある。彼女の刺々しい言葉のチョイスには少しばかり釘を刺してやらないとな、だとか。奔放さと淫らさは紙一重じゃないか？だとか。

俺が自発的に、入学セレクションに取り組もうとしていると思っている点、だとか。

ただ。それらを加味したうえで、彼女の誘いも彼女自身も、本当に魅力的なもので。

何より、俺からではなく彼女の方から求めてくれているという事実が、嬉しくて。

「Excellent. そこまで情熱的に誘ってくれるなら、是非とも俺と……」

だから俺は、実にすんなりと、こちらに伸ばされた手を掴み取ろうとして――。


「それに……あたしの従者になった暁には、金なんていくらでもあげるわ」


――触れかかった手が垢に塗れた既製品だということを、直前になって認識した。

「……どういう意味だ」

「そのまんまよ？　服も車もそうだし、トレーニングが趣味ならジムごと買い取ってあげられる。何かわかりやすい社会的立場が欲しいなら、パパに頼んでウチの重職に就かせるよう推し進めてもあげられる。あたしが言えば、なんだって実現できるんだから」

「金で……この獅隈志道を買おうって？」

「平たく約せば、そうなるわね。言ったでしょ？　金さえあれば、どんなモノだって手に入れられるって。人も、物も、あなたも――ただ、それに見合うだけの報酬は与えてあげるわ。主人たるもの、従順な人間に対しては一定の謝礼でもって、律するべきだから」

琉花子の両の指に嵌められたハイブランドのリングが、同調するかのように煌めく。

華美な装飾品が……俺には、とても空虚なモノに見えてしまう。

「欲しい何かは、絶対に手に入れる――そのためのわかりやすい手段が、金ってことね」

「……その価値観が醸成されるだけ、琉花子はずっと、満たされて生きてきたんだな」

「ええ、そうよ。でも、それも当たり前よね？　あたしほど優れた人間なんて世界中探してもいないし、だったら、そんなあたしが恵まれるのだって、当たり前のことだもの」

自分という存在の尊さを、心の底から信じ切っている発言。二つの考査結果では、一応は俺が上回っていたが――そんな些末な部分を指摘しても、揺らぐことはなさそうだ。

「疑ってるなら、何か具体例を見せてあげてもいいわ。そうね……四、五人くらいに裏金渡して、セレクションから手を引かせるってのはどうかしら。もしくは逆に、志道に手付金をくれてあげても良い。あたしの部屋に、ちょうどどっちもできるくらいの金が……」

「………いや、わかった。充分に、理解できたよ」

すべての提案が耳を素通りして、去来した感情が、以降の話題すらをも遮る。

結論は出た。出て――しまった。

「そう？　良かったわ。それはつまり、志道が決心してくれたってことだろうから」

「ああ、その通りだよ――」

俺は、一分ほど前に思い浮かんだのと真逆のアンサーを、琉花子に言い放った。

「組めない」

「良かった。なら、志道にはあたしの命令に従って……今、なんて？」

「組めない、と言ったんだ。少なくとも、今の琉花子と俺は、やっていけないだろう」

「…………………………」

断られるなんてことは微塵も想像していなかったようで、琉花子は呆然としていた。

「意味、わかんないんだけど。なんで？　金ならあげるって、そう言ったじゃない」

「止めてくれ。これ以上、琉花子にマイナスなイメージを持ちたくないんだ」

「なによ、それ……」

決定的なすれ違いが本当に辛くて、ただ、それを誤魔化すことが俺にはできない。

容易に曲げられるのなら――わざわざ、この学園に来ることもなかったから。

「金さえあれば、どんなものも手に入れられる、か。なら、反証を与えてやるよ――金や物質的な何かでは、俺は靡かない。どころか、お前は軽々しく金の話をしてしまったからこそ、俺を引き入れられなくなった。何せ俺は、金が大嫌いだからな」

聞くがままだった琉花子の前に、俺は足音も立てずに歩み寄った。

彼女の折れそうなだけの細い手首を右手に取り、同時に、表情を消し――。

「二つ目。俺がお前に強引に触れようとするのを、紙幣や硬貨で止められるのか？」

「…………」

「屁理屈を駆使すれば、無数に挙げられる。金があれば、世界中の紛争を終結させられるか？　俺やお前の価値は金だけで精密に測れるか？　この世界は本当に、金が全てか？」

金で得られない何かこそが本当に大切なモノだと、その綺麗事を守り通したかった。

俺は……獅隈志道は、そうは思いたくない。

「………………」

琉花子はずっと黙っていて――だが、ある一時を機に、堰を切ったように口を開く。

「そんな……」「……」「そんな目で、あたしを見ないでよっ…………」

静かな激情につられ、付近の壁に埋め込まれていたルームミラーで俺は、俺自身を見た。

相変わらずのナイスガイで、ホワイトのワイシャツが似合っていて、爽やかで。

ただ――今のそいつは、何故だかひどく、悲しそうな目をしている。

「……………放しなさい」

無言のままで手を放し、距離を取る。琉花子が俺の言動を事務局に訴えたら、はたして俺は、学園から追放されるんだろうか――考えたくない未来だな、それは。

「………………ふふっ」

喚かれるか暴言を吐かれるか、まあ、そういったリアクションを予想していて。

だが。琉花子は、いずれをも選ばなかった。

ベッドの上に座り直し、スカート部分を気にしながらも、足を組んでくる。

「……このあたしからの誘いを、断っちゃうんだ。ふぅん、そうなんだ……」

「お前の価値観が心から変化しない限りは、俺の答えは変わらないな」

「金が嫌い……へぇ……そんなこと言う人、あたし、初めて見たわ……」

ツーサイドアップの後ろ辺りを所在なげに撫でていた琉花子は、俺の言葉を聞いている
んだかいないんだか、よくわからない態度を続けていて。

「………あのね。言ってなかったけどあたし、好きなことがあるの」

ようやく表出した彼女の表情は、俺が考えていたそれとは、やはり違う。

都合の良い玩具を見つけた時の子どものような……そんな微笑を、浮かべていた。

「自分が上だと思っている人間のプライドをぐちゃぐちゃにへし折って、あたしのほうが
特別だって骨の髄までわからせて、完璧に屈服させる——そういうのが、大好きなの」

「……交渉は決裂したと、そう解釈すれば良いんだな?」

「ええ。だから——獅隈志道。あんたを、絶対に後悔させてあげる。あたしに素直に従属
しなかったことを、一生、悔やませてあげるから」

その台詞を最後に、ふっと、院瀬見琉花子から何がしかの感情が抜け落ちた。

俺に対する興味か、庇護欲か、はたまた、それ以外か。

別れの挨拶もなく、彼女は亡霊めいた静けさのまま、この場から出て行った。

提供した紅茶は飲みかけのまま。ベッドにはフローラルブーケの残り香だけが残されて。

手持ち無沙汰になった俺は、テレビモニターのリモコンを手に取る。

「……なかなかどうして、脚本通りにはいかないもんだな」

シネマチャンネルのラインナップをぼんやり眺めながら、そう、独り言ちてみた。

$

「とまあ——せっかく打ち解けた琉花子と、こうして仲違いをしてしまったわけだ」

現在地は、ハイクラスの三階。開放的な、ビュッフェ形式のレストラン。

ここに至るまでの一部始終を語り終えた俺は、皿の上のローストチキンをフォークで刺し、口に運んだ……塩辛い。ただ、これは味の問題じゃなく、気分の問題に違いないな。

「感想、言っていい？」「聞こうか」

「君も、その院瀬見さんという人も——ここに何しに来てるの？」

丸形のテーブルを挟み、俺と同席している彼女——在歌は、瞼の辺りを擦っていた。

「そうだな。いきなり従者になれと持ちかけられるのは、さしもの俺も想定外だった」

「しれっと自分は違う、みたいな感じの立場になろうとしないで。それに、院瀬見さんの理屈は、まだギリギリわかるわ。協力者と一緒に戦って勝つところまで考えるなら、相手を選びたいってのは当然だろうし……ディテールの部分は、理解不能だけど」

相も変わらず訝しげな調子で。視線も合わせてこないまま、在歌はぽそりと続ける。

「……そんなに交際相手が欲しいなら、素直に乗ってあげれば良かったじゃない。軟派な君には、願ってもない誘いでしょうに」

従者と恋人は、立場として対照的な概念な気もするんだけどな――で、それ以上に。

「途中で説明しただろ？　俺は金が嫌いなんだ。金で何もかもを解決しようとするのは流儀に反するし、ましてや、金でこの俺を釣ろうだなんてのは、到底受け付けられない」

そのまま、水で一度、舌をリセットしてしまう。

「もし在歌が琉花子と同じような考えだとしたら……ディナーは、ここで終わりだ」

「………」「どうだ？」「……終われるなら、それはそれで構わないのだけど」

不服気ではありつつも。だけど在歌は、小さな嘘すら吐けない性分らしい。

「お金で何もかもを押し通そうとするのは、私も間違っていると思う」

「……嬉しい時も、涙って出るんだな」「目薬差してまで、小芝居打たなくて良いから」

安心したのも束の間。在歌は、俺の演出をばっさり切りながら続けてくる。

「別に、君を引き留めたくて言ったわけじゃない。本当に私も、そう思っているだけで――というか。だったら君は、なんでこの学園のセレクションなんて、受験しに来たのよ」

「…………」付け合わせのグリーンサラダを噛むことで、沈黙を正当化する。

「好き嫌いは主観だから、そこは別に良い。でも、この学園の根底にあるのは『お金を利用して学生を育成する』というものでしょう？　それは君にとって許容できる話なの？」

「……あまり、耳触りの良い触れ込みじゃあないな」

「なら…………っ、なんでもない。君のバックボーンは、私には関係の無いことだし」

言って、在歌は俺の話を聞いている間もずっと弄っていた、それを——トランプの束を、そそくさとプラスチックケースにしまっていた。几帳面に、ジョーカーを一番上にして。

黙って放置しておくには、ちょっと気にかかりすぎるんだよな。

「なあ。在歌は、何でそんなもん弄ってるんだ？」

嘲笑じゃなく心からの疑問だったものの、耳にした彼女は、むっとしてしまう。

「単なる暇潰しだけど、何か文句ある？　他の人たちが待ち合わせの時にスマホを見るように、私にとってはスピードとか大貧民とか、そういうのをやっていると落ち着くの」

「……その手のボードゲームは、誰かとやるものじゃないのか？」

「一人でもできるわ。例えばスピードなら山札をどれだけ早く消費できるかの瞬発力を養えるし、大貧民の場合は手札の情報が透けて見えるからこそ、どのカードをどのタイミングで切るかの、合理的判断能力を培うことができる。言ってみれば、教材みたいなものよ」

……玩具すら勉強道具にする辺り、彼女の知的探究心は留まることを知らないらしい。

「そ、そうなのか……大貧民派なんだな、在歌は」

「変な奴だって、どうせ、そう言いたいんでしょうね」

カルチャーショックをあっさり看破して、そのまま在歌は切り込んできた。

「院瀬見さんを味方にできなかったから、次は私を懐柔しようって算段？」

「順序に文句があるのだとしたら、その部分は訂正しておこうか。俺は琉花子の代用品として在歌に声をかけたわけじゃない。単に接触が先だったのが、琉花子だっただけだ。説明会が終わった段階で……在歌に声をかけることは、俺の中で決心していたしな」

本当に、たったそれだけで――というよりも、在歌の痕跡があまりにも無かった。

アプリに付属したチャットツールで連絡を送っても返事がないし、あちこち探し回っても一向に見つからない。それこそ、隠された問題を探すかのような徒労を労うために夕食を摂りに来たところで、ようやく食事中の在歌を発見できた、という流れだ。

「いやあ、偶然出会えた辺りからも、俺たちにはやっぱり特別な運命が……」

「そんなの無いし、だとしたら、どうして決心していたかの疑問が生じるのだけど……それに、考査結果が開示された後で言われても、素直に受け取れないわ」

『**端末名：芹沢在歌　受験者識別番号：18　学力考査順位：1位**』

アプリケーションのライブラリの項に寄せられていた情報によると、彼女は他の受験者すべて、つまりは、この俺すらも凌駕して、学力考査で頂点に君臨していた。

加えて。今回のプログラムの性質上、幅広い知識というのは垂涎の要素であり……。

「打算的な意図がまったく無いかと言われたら、何も言えないな。ただ、概要を聞いた奴なら誰でも考えるだろうが、今回のセレクションは誰かと組んで戦うべきで——在歌からしても、協力者の存在は欲しいはずだろ？」

紙ナプキンで口元を拭いながら、付近の別の席に座っていた連中に目を向けた。

小規模なグループが構成されていて、グループの人数は二人、ないしは三人。

たぶん、彼ら彼女らは早々に協力者を確定させていて、既に明日からのプログラムに向けて方針を練ったり、行動を共にする相手と、親睦を深めようとしているんだろう。

……俺も、要はそういうことがしたかった。

「そろそろ、結論を口にしても良いか？」

この場で見せられる真摯さをフルで示すべく、俺は在歌を真正面から見据えた。

「——組んでほしい。他の誰でもなく、俺は在歌を選びたいんだ」

かなりの山場だったこともあって、こちらの表情はシリアス一辺倒だったはず……だが。

「無理」

「……ま、そうすんなりいくとは思ってないさ。ちなみに、誰かと組んだりしたのか？」

「そういう話ではなくて——私は、誰とも協力するつもりがないから」

……………………？？？

「ほ、ほわい？」

「一人で取り組みたい。それ以外に、言うことはないわ」

あまりの短絡的帰結に耳を疑うレベルだったが、在歌は重ねて、自分の方針を告げてきた——仄暗さはなく、いっそ晴れ晴れとした表情。止めてくれ、勝手にスッキリするな。

「話、聞いてたよな？　自分でも今後のこと、色々考えてみただろ？」

「考えたうえで、私はそうするのよ」

「となると、俺と在歌の常識が違う可能性が出てくるんだよな……」

学力考査で一位を取れるような人間が、少人数戦の不利を理解できないわけがない。

問題の総数が少なめに設定されている場合、探すための人員が一人だと苦慮するだろうし、いくら在歌が賢くとも、それでも解けない問題が多く配置されているかもしれない。

考えれば考えるだけ、彼女の戦術は思考を停止している風に見えてしまって……。

「誰かに頼ってしまったら、意味が無いのよ」

「……意味が無いってのは、どういうことだよ。自分一人の力で勝たなければ、セレクションヨン生としての面子が立たないって？　……プライドの持ちどころ、間違っていないか？」

「間違ってない。私にとって、今回のセレクションは単なる試験じゃないのよ。お金がすべての学園で渡り合い、正々堂々とした競争の末、頂点に立つ。その資格を証明するための第一歩こそが、セレクションだから——内容が、どんなものであろうと」

「……いったいどんな目的が、今の在歌をそこまで突き動かすんだ？　バスタブに浸かれるだけの金か、他人から讃えられるほどの名誉か、もしくは………」

「その話題を口にしたら、金輪際、君とは会話しない」

「………OK。俺からは、もう触れない」

切迫した宣告。父親の話をすることは、彼女にとって許されざるタブーらしい。

「とにかく、私一人での実力を証明したい以上、君の望みは飲めない」

バッドコミュニケーションが続くなか。今度は在歌が、会話を回してきた。

「どうして私に拘るの？　君の考査結果を見る限り、引く手数多でしょう？　他の人たちから、誘われたりしなかった？」

「……誘われたし、琉花子に至っては俺の部屋にまで足を運んでくれたな」

「だったら——自分を求めてくれる人のために、努力すればいい」

「ダメだ。俺にはもう、在歌しかいない」「真面目な顔をされても無駄」

「……」「……」「ず、ずっと見つめ続けるだけなのは卑怯よ……」

これでいて、押しに弱いのかもしれない。頑なな態度のなかに生じた隙を察知する。

……自分自身が納得できるかは大切なことだよな。仮にそこへ、理路整然とした理屈が伴わなくとも。今の芹沢在歌が俺に求めているのは、意図の開示のはずだ。

ここは、カードの切りどころだろうか？

信頼関係を築き、共に戦っていきたいと言うなら——説明義務が、あるだろうから。

「――俺には、夢があるんだ」

「……夢？」

「ああ。十年後、俺は南の島に移住して、そこで毎日、のんびり過ごしているんだ。朝食を終えた後、午前中は映画を流しながら、家事を片付けてしまう。そうして午後は海を泳いだりサーフィンなんかで身体を動かして、夕陽が沈む頃には家に戻る。アルコールは特別な時だけ。夜は遅くても、日が変わるまでにはベッドに入ってしまう」

「そう……随分と楽しそうな未来設計図だけど、勝手にやればいいんじゃない？」

早々に人生を上がりたいだけとでも捉えたのか、どうでもよさげな返答だった。

「いや、ダメだ。この生活には、本当に大切な存在が抜け落ちている――そう、恋人だ」

「……まあ、君の言動からして、そうなんでしょうね」

「ああ。どんなに便利で物に満たされた環境だとしても、一人きりは虚しい。人は、一人じゃ生きられない。燃えるような恋と、分かち合える愛が必要で――金じゃ絶対に得られないそれがどうしても欲しくて、だから俺は、その相手を探しに来たんだ」

「……なら、長者原学園じゃなくて良いじゃない」

ぽしょりと漏れた反論を、俺は丁寧に掬い取った。

「いや、ここが良い。ここなら美しくて、魅力的で、明確な目的や夢を持っていて、それでいて、何より――俺を養ってくれるような女子も、きっと見つかるはずだから」

「………………………………は？」

「その点を鑑みたからこそ、在歌。お前じゃないと、ダメなんだ。ビジュアル、知性、正義感。たった一日だが俺は、在歌に無限の可能性を見た。共に生きて、共に死ぬ未来を」

「…………」

「今すぐに返事をしろ、とは言わないさ。どうせ入学すれば、三年間はこの学園に縛り付けられることになるからな――ただ。いつかは在歌に、俺を受け入れてほしいとも思った。そのために一緒に時間を過ごしたいし、お互いを理解し合いたい、とも思えたんだ」

　ふと、頭の中で描いていた日常に、在歌がいることを想像してみる。

……最高だ。日没直前の砂浜を二人で歩いている最中に在歌は貝殻を拾い上げ、それを耳に当てて「波の音がする」「そりゃ反響してるからだ」「こういう時は、もっとロマンチックなこと言って」やがて在歌は笑って、それでも俺の隣から片時も離れなくて……。

「………………頭が、痛い」

俺の空想上の在歌は、現実の在歌の冷淡な言葉によって一瞬で消滅させられた。

「薬でも貰ってくるか？」「大がかりな治療が必要なのは、間違いなく君の方だと思う」

「ロボトミーとかか？　攻めたブラックジョークだな」「そういうの、良いから」

ファッ〇ンなまでに辛辣だった。くそ、俺のプレゼン力が足りていなかったのか……？

「……養ってくれる、という話だけど」

在歌は既に食事を終えただろうに、ラムネ菓子を一粒、袋から出していた。仮にそれが彼女の思考ルーティンの一環だとして、そんな複雑なことを言った覚えは無いんだが。

「自分がパートナーを養おうとか、そういう風なことは一切思わないの？」

「思わないな。俺は働くことや、利益を生み出すこと――ひいては、金を積極的に稼ぐことを嫌悪してるからな。それについては、パートナーに一任しようと考えている」

「それじゃあ、ただのヒモじゃない……」

「ちなみにだが。南の島ってのは強調したかっただけで、そこに真実の愛があるなら一畳一間だろうがなんだろうが、別になんだっていい。恋人がいるなら、その場所が楽園だ」

「あ、そうなの？　なら良かった……違う、なんにも良くない！」

盛り上がったりぼやいたりと忙しそうな在歌に、俺は持論を語り続ける。

「それに、だ。金に携わる以外のことであれば、俺はいくらでも献身的になるぞ？　モーニングにエッグベネディクトを用意してほしいなら最高のモノを提供するし、もしもパートナーに危害が及ぶようなことがあったなら、地平線の果てまで駆けつけ、守り抜く」

「……エッグベネディクトを作るための卵とかベーコンとかは、誰のお金で買うの？」

「パートナーの出費になるな」

「堂々と言わないで……でも、主夫として支えるつもりはあるの？　なら、少しは納得できるけれど……無理、できない。だって、それならやっぱり、ここじゃなくていいもの」

右の掌（てのひら）だけで両目を覆っていた在歌（ありか）は、救いを求めるかのように話を変えてきた。

「な、何か他に夢とか、目的とかってのは無いの？　お金を使って誰かのためになりたいとか、資本を扱って大きな何かを成し遂げたい、とか……」

「無いな。むしろ、そんなくだらないものは持たない方が良（い）いとすら思ってるよ」

「…………くだらない、ね」

その部分だけを復唱した在歌は、声音をより厳しいものへと変えてしまう。

「セレクションで行う内容も、要はお金を稼ぐということになるのだけど……流石（さすが）に入学のためだし、今回は我慢して、努力をしようと思ってるのよね？」

「いーや。セレクションでも俺は、モットーを曲げるつもりはない。問題を解いたり探したりするのは協力者に任せようと思っているし、俺の協力はそれ以外の部分で行おう」

「それでよく、自分と協力してほしいなんてこと言えたものね……ねぇ。本当に、それで良いの？　他人任せでセレクションを通ったとして、それで君は、胸を張っていられるの？　少しも、恥を感じないの？」

「恥？　……わからないな、どうしてだ？　在歌はやはり才色兼備で、素晴らしく魅力的な存在だなと、そうやって再認識できるだけだろ？」

「…………………………」

完璧だった。これだけ赤裸々に伝えたら、在歌だって、きっとわかってくれるだろう。

「とまあ、これが俺がここへ来た目的だ——理解してくれたなら、一緒に戦ってくれ」

内心エキサイトしながらも、俺は再度、右手を差し出した。

そうして——。

「……君、やっぱり一度、クリニックにでも行ったほうがいいと思う。たぶん重症よ」

在歌は、道端に捨てられた子犬を見るような、哀れみに満ちた目をしていた。

No.
DATA

《備忘録》

EXプログラムNo.20【黄金解法】

前提：

@統括責任者：長者原学園一年（新二年生）・現《ビリオネア》呉宮羅栖奈
@総受験者数：335人
@開催期間：3月3日～3月7日
@開催エリア：事前禁止区域を除く、長者原学園敷地内全域
@エリア開放時間：8時～18時
@当該プログラムにおける合格予定者数：3名

現状わかっている情報：

・最終的な資産額上位3人に入学の権利が与えられるから、基本的に合格者は3人。ただ、総資産額が並んで3位以上の受験者が3人以上出た場合は、例外として全員に権利が与えられる。
・私たちが資産を得るための手段として、指定エリア内に隠された問題を探し、解くというコンテンツが用意されている。問題を見つけ、端末の解答フォームに正答を送信すれば正答報酬金として、貸与された端末上の架空口座へ資産が加算される。ただし正答報酬金が得られるのは一番最初に正答できた一人だけで、答える権利も1回だけ。絶対に間違ったらダメ。
・問題を解答する際には、全受験者に配られている端末のアプリケーションを利用する。アプリを使って行えるアクションは色々あって、問題の解答・他の受験者との連絡（チャットとか）・自分の現在資産額の確認と受験者間での送金・他の受験者との契約締結、など。
・禁則事項は『他者の心身を著しく脅かす行為』・『受験者間で個別に取り決めた契約の不履行』・『指定エリア以外への侵入』の3つ。

懸念点：

・問題のこと。正答報酬金の上限と下限の額、難易度が高いほど金額も比例して高くなるのか否か、出題ジャンルはどうなっているのか、など。今は問題の形状すら、わからない。
→とにかく問題を見つけていけば、これらの情報も浮き彫りになるはず。
・禁則事項に触れなければ、本当に何をやってもいい？　重犯罪はダメと釘は刺されていたけれど、そんなことは当たり前。そのうえで、どうして呉宮先輩は厳密に定めないの？
→言うまでもないことだから、言わなかった……という解釈にする。
・他受験者と協力するべきかどうか。合格できる人数は3人だから、誰かと組むこともできる。まだわからないことも多いし、問題を解くだけじゃなくて探す必要があるから、その部分を考えると一人よりも協力者がいた方が良い。

でも、しない。私は一人で戦わないといけない。
一人でも結果を出せる。
そういう存在だって周りにも、何より自分に納得してもらわないといけないから。

Chapter4　賽(さい)は投げられた

三月三日。入学セレクション生選抜プログラム【黄金解法】初日——午前七時三〇分。

クラウドメールへ届けられていた通知を眺めてから、俺はそれとなく——。

『**——定刻通り、午前八時より、初日のエリア開放が開始されます**』

「グッドモーニング、在歌(ありか)……なんだ、どうした？　顔色、あまり良くないぞ？」

隣に立ち、同じように待機していた在歌へ、ほんの些細(ささい)な世間話を振ってみた。

「……ずっと思ってたんだけど。気安く名前で呼ぶの、止(や)めてくれない？」

「朝食は摂(と)ったのか？　それとも、朝は基本的に弱かったりするのか？」

「誰のせいで……だいたい、さも当然のように私の近くへ来たのはなんなの？」

「それは勿論(もちろん)、在歌と組むのを諦めてないからだよ」

疲弊と警戒心に溢(あふ)れた視線を受け止めつつも、同時に俺は、付近の状況も確認する。

周辺に、俺や在歌をスカウトしようとする連中は皆無。本番当日というのもあるだろうが、大方切り崩すのは無理と判断して、ほとんどは別の奴(やつ)と協力関係を結んだんだろう。

「俺も、できれば昨日の段階で決めたかったんだけどな」

「……院瀬見(いせみ)さんに迎合していれば、その願いも叶(かな)ったでしょうに」

「なんか勘違いしていないか？　俺は養われたいだけで、贅沢(ぜいたく)をしたいわけじゃないんだ」

「その二つに、大きな差異なんて無いでしょうが……じゃあ、もしも院瀬見さんがお金の話をしなかったら、君は受け入れてたの？」

「……ああ。琉花子は卓抜して可愛らしいし、自分からアプローチしてくれたから」

「院瀬見さん。顔も知らない貴女は、どうしてそうしてくれなかったの……」

「ほんとだよな……その世界線の場合、俺と在歌と琉花子でトリオを組んでたわけだし」

「そんなパラレルワールド無いからっ……私の加入を決めつけないで頂戴」

「ああそうだ、そういえば——昨日、ベッドで眠る前に在歌のことを考えてみたんだが」

「無断で考えないで。というかもう、静かにしてくれない？」

「思考まで強制できるようになったら、いよいよディストピアも近いだろうな」

軽口を叩きつつも。俺は昨日に引き続き、芹沢在歌という女子に一歩、踏み込んだ。

「たぶん在歌は、独立した個として圧倒することに目的意識を割いている。それが何故なのかはどれだけ考えてもわからないが、とにかく、このプログラムでも一人で戦い、一人で成果を挙げ、一人で勝利の美酒に酔おうとしている——そこまで考えて、思った」

「……何を」「そう、上手いこといくか？」「…………」

仏頂面のままの在歌に、俺はわざと、歯に衣着せない物言いをしてみた。

「私の能力に、不足があるって言いたいの？」

「まさか。ただ、本当に果たしたい目的のための選択肢を自ら狭めて、本質を見失っているかもしれない、というのが所感で——それだと、場合によっては落ちるかもしれない」

「言うに事欠いて、本質？　君と組むことに、どんな影響があるって？」

「固定観念を取り払ったうえで、第三者目線での意見は与えられるだろうな。ついでにエスプリに富んだコミュニケーションで、楽しませる自信だってある」

「……他人におんぶに抱っこを望んでいる君に、そんなこと言われたくない」

朝っぱらから説教じみたことを言われ、しかも、その相手は自分に固執している、わけのわからない男。それら何もかもの構図が癪に障ったらしく、在歌はキッと睨んでくる。

「本音を言ってほしい。私を怒らせたいのか騙したいのか、実際はどっち？」

「どちらでもない。ただ純粋に、在歌のためになりたいと思っただけで——そうだな」

こちらの意思をしっかりと表明したうえで、俺はこんな提案をした。

「在歌が良ければ——『一日目のエリア開放終了時点での資産額』で勝負しないか？」

どれだけ口で頼んでも無駄だというのは、いっそ、痛いほど理解できた。

よって……ここから先は、実力行使も辞さない構え。

「俺が勝ったら、明日以降は晴れて、俺と在歌でデュオとして戦っていく。逆に在歌が勝ったら、望むようにすればいい。二度と視界に入るなと言うなら、涙を呑んで従おう」

「…………勝負、ね」

「無論、断ってもいい。ただ……白黒付けるって話をするなら、悪くない提案だと思うぞ。プログラムの趣旨に則っているんだから、別の負担だってかからないはずだしな」

「その約束が、破られない保証は？」

「学園側が、ご丁寧にも『契約』なんてギミックを作ってくれているだろ？」

俺はすぐさま、自分の端末の画面を在歌に見せ付けた。

起動されているのは当然、セレクションプログラムのためのアプリケーション。

その、一端。受験者間で個別に取り決めるための、契約締結画面が表示されている。

……こんなギミックを搭載しているのは、チームとチームのぶつかり合いの場を整えるため、なのかもしれない。契約というシステムによって得た正答報酬金の等分を担保できるし、内容によっては裏切りの芽も潰すことができる。何にせよ、鍵になりそうな要素だ。

「俺の方の条件はさっき言った通りだが、逆に在歌は、いくらでも追加していい。『自分が勝ったら俺の今日稼いだ正答報酬金を全額よこせ』なんてのも全然アリだし、受け入れる。とにかく、今回の勝負における契約内容の調整をしたいなら、俺は拒まないよ」

「……」子細を聞いた在歌は、十五秒ほど思考するための時間を取っていた。

「君が負けたら、プログラムから自主的に降りて——とかは？」

「い、言っただろ？　どんな条件でも、構わないと」

「どこか動揺しているように見えるのは、私の気のせいかしら……とはいえ、そこまでは求めない。ただし、さっき君が話したように、私に対して接触することを禁じる。一切の勧誘を認めないし、コミュニケーションも、もっての外」

「それだけで良いのか？」「人の謝罪なんて、好んで見たいものじゃない」「……ＯＫ」

在歌からの参加の意思を確認した後、アプリケーションを操作する。契約内容の共有を行い手続きを進めていくと、事務局側からの最終確認画面が表示された。

で——最後にもう一つ、やらなくちゃいけないことが残ってるよな？

「そういえば、お互いアドバンテージとやらがあるんだったな」 順位は伏せるが、ライブラリを見た限りだと在歌は、体力考査では奮っていなかった。

２５０万と、５００万。

このまま契約が締結された場合、俺が有利な状態で勝負が始まることになるが……。

「わざと触れなかったんじゃないの？　……別に私は、このままで良いけれど」

「卑怯なトラップを許容できるだけ、勝算があるんだな——大丈夫だよ。俺はそんなこと考えてないし、何より、もっとわかりやすいことをするから」

単に勝つだけなら、このまま、彼女の慢心をも利用して進めてしまえばいい。

だが……俺が今回の勝負で得たいのは、そんな、ミリ単位で決する勝利じゃない。

「……………これ、どういうつもり」

しゃらん、と。露骨な電子通知音は、在歌の端末から鳴っていた。

「どういうつもりも何も——俺のアドバンテージをそのまま、在歌に送りつけた」

５００万。在歌の元々のアドバンテージを足すと、合計７５０万。

敵に送る塩代にしては膨大な額を、たった今、芹沢在歌の口座へ送金してやった。

「……どれだけ私の神経を逆撫ですれば、君の気は済むの？」

「逆だよ。この送金は、在歌に対する真摯さの表れだと考えてほしい」

拳を握りしめ憤怒を露わにしていた在歌に、俺はあくまで、冷静に語っていく。

「お前はまだ、獅隈志道の魅力を理解できていない。そして、どれだけ口で説明しても、考査結果の順位をひけらかしても、たぶん在歌は、納得しないよな？　……だから、体験させることにした。勝利を見せ付け、俺という存在を結果でプレゼンする。だったら、単純に資産額で上回るだけじゃ、そんなもんじゃあ足りないだろう？」

そして。どうせやるならできるだけ派手に、当事者として関与してもらいたい。

……リスクを負ってでも、今の俺はハイリターンを望んでいたという話だ。

「ああ、そうだ。無いとは思うがドローは、在歌の勝ち扱いで構わないからな」「……」

俺が強めの口調で押し通したからか、もしくは、俺の排除を優先しようと考えたのか。

いずれにせよ、契約の締結が妨げられるようなこともなく、きっちりと結ばれた。

「さ、時間だな——お互いに、健闘を祈ってるよ」

がらがらと、豪奢な正門が開かれる音が響くと、受験者たちは一斉に移動を始めた。

そして、その波にお互いが紛れ込む直前で、在歌は俺に宣言してくる。

「私が勝って、一番になる。君にも他の人にも――誰にも、負けるつもりはない」

言い終えると、彼女の姿もまた、受験生の喧騒の中へ紛れていった。

――Do or Die.

わかっているよな？　獅隈志道。この局面は、勝利以外の結果は許されない。

そして――在歌。俺は、お前を信用している。掲げた主張は本音で、単身でプログラムに臨もうとする。ひたむきに、問題を解くことで資産を積み上げようともするだろう。

ああ、それでいい。それが、いい――。

だからこそ、俺は在歌に、勝つことができるんだから。


『契約対象者：受験者識別番号18：芹沢在歌×受験者識別番号42：獅隈志道』

『契約内容：両者は入学セレクション生選抜プログラム『黄金解法』の一日目終了時点で自らの現在資産額を開示し、その際の資産額の多い側を本契約上の勝者と定める。

勝者側の要望を敗者側は速やかに受け入れ、上記が破られた際は選抜プログラムの禁則事項に抵触した際と、同等のペナルティが適用されるものとする。

また、現在資産額が同額の場合は芹沢在歌の勝利として扱う』

§

やってしまった……というのが、素直な感想だった。

売り言葉に買い言葉で勝負を受けて、私が負けたら、彼——獅隈志道君と、協力しなければいけなくなる。そんな状況に、自ら身を置いてしまった。

もう少し、慎重になるべきだったのかもしれない。というよりそもそも、私の立場からすれば彼からの申し出を、律儀に受ける必要すらなかった。徹底的にスルーして、存在ごと無いモノとして扱うこともできた。可哀想だけれど、でも、選択肢は確かにあった。

……無理矢理にでも、理由を付け加えるなら。たった一日の短期決戦で、それも、彼個人を上回れないようなら、それはつまり、私の実力が足りていないということになる。

そんなの許されない。私はこの学園で、圧倒的な存在にならなくちゃいけない。

私の目的のためには、一瞬だって立ち止まってはいけないのだから。

だから、相手が誰であろうが、プログラムの趣旨に則っているならば、捻じ伏せてしまえば良いだけの話で——ダメだ。どう頑張っても、言い訳にしかならない。

そう、結局は簡単な話で……獅隈君に、少し腹が立った。

彼はどうかしている。入学セレクションという戦場に置かれても何一つ緊張していないようだし、むしろ女の子と、積極的にコミュニケーションを取ろうとしている有様。あまりに呑気で——でも、そこまでは良い。個人の価値観の違いだし、まだ許せる。

問題は、この学園に来た理由の方。

交際相手を探すって？　恋人に養われたい？　私が、その候補に躍り出たって？

……馬鹿馬鹿しすぎて、乾いた笑いが出そうになる。そんなの、ここでしないで。

それに——もっと私が気に食わないのは、彼の雰囲気だった。

言っている内容はくだらないのに、彼本人に対して、そこまでの不快さを抱けない。顔立ちが整っているから、危ない場面を助けてくれたから、そんなことで結論付けられれば楽だけど、私が彼に感じた違和感は単純なものじゃなくて、もっと複層的なものだった。

どこか、強い意思を感じてしまう。一朝一夕で培った考えじゃなく、何か決定的な経験によって、彼の言動は支えられているような気がする。だから、女性に養われたいという言ってしまえば低俗な夢の話でも、途中で離席できずに最後まで聞いてしまった。

……ただ不快なだけの存在でいてくれたなら、こんなストレス抱えなくて済んだのに。

私は、一条の揺らがない決意だけで、動かなきゃいけないはずなのに……。

「おっ、あったあった！」「これで五問目だよな？　ナイスナイス」

中央広場に着くと、他の受験者の人らが手分けして問題を探している様子が見えた。

……これだけ思ってなんだけれど、私の悩みの種は、獅隈君だけじゃない。

問題——そう、問題だ。

乱暴に言うと、私たち受験生に与えられた課題は問題を探して、それを解いて、名目上の資産を稼ぐだけ。実際のお金を扱うわけでもなければ、専門的な知識を問われているわけでもない。部分部分を切り取れば、ポイント集めゲームをやっているようなもの。

このプログラムで、学園事務局側は、受験者のどんな能力を測っているんだろう。

意図的に、受験者側の金銭感覚を長者原学園へとフィットさせようとしてる？

……それなら、別にこんな手段じゃなくていいはず。

お金を扱ううえで最低限の教養は必要だから、それを見極めようとしてる？

……なら、学力考査だけで充分。第一、それにしては例題が簡単すぎるし。

とにかく、このプログラムの本質がどこにあるのかが解せなくて、鷹司先輩から聞いていた学園の教育方針と、いまいち噛み合っていないような気すらしてしまって……。

「——本当に、こんなところにあるんだ」

何気なくベンチ裏を覗くと、カードが貼り付けられていた。剥がし、確認すると——プラスチック製のそれには問題文や問題番号、正答報酬金の額の情報が記されている。

『No.204・以下の条件の時、△ABC≡△ABDを証明せよ・正答報酬金：150万円』

内容は、数学の証明問題だった。中学までの知識だけで解決する、その程度の問題。

……回収だけして、後でまとめて解答するのが楽だし、効率的ではあるけれど。

でも、獅隈君との勝負がある以上は正答報酬金を計上する必要があるし、何より、一つの問題に対して隠されている問題カードが一枚だけという保証も無い。複数枚以上隠されているケースを考えても、解けると即座に判断できたなら、解いてしまうべき。

それで……Q.E.D.へと至るまでの過程が、なんとなく安心する。

そうだ。始まった以上、余計なことを考える暇は無いはず。

私はただ誠実に、ルールに則ったうえで、プログラムへ向き合えば良い。

どんな時も全力を注ぐ。ボードゲームにおける最適解を選ぶように、正答し続ける。

そうすれば、獅隈君はおろか――他の誰にも頼る必要なんて、無いのだから。

$

……実際にプログラムが始まったことで、ようやく観測できたことがいくつかある。

まず第一に、問題の難易度と正答報酬金が比例していない、という点。

説明会で示された例題を見た時点で予想していたが――普通に考えて、答えが『徳川慶喜』の問題と『ガブリエル・フォーレ』の問題だったら、後者の方が難易度が高いはず。

だが、実際の正答報酬金は前者が１００万円で、後者が50万円……なんだよ、この謎の独自性は。素直に難問への報酬金を増やすのはダメなのか？　意図がまるでわからない。

加えて――問題を解くうえで、別の条件が追加されている問題すら存在するらしく。

解答者の現在資産額が1000万円以上でなければ、解答権すら得られない問題だったり。

あるいは、指定の場所に三〇分以上留まらなければならなかったり。

まるで、作為的に解きにくい問題を配置しているんじゃないかと疑ってしまうほどに、いくつかの問題カードには面倒な条件がセットとなっていた。すべてがそうではないにしろ、この特質性はどうもいただけない。

入試にしては、何やらエンタメ性に溢れすぎているきらいがあるようで……。

……とまあ、俺や他の受験者連中が、プログラムの洗礼をたっぷりと受けた頃。

時刻は十八時。初日のエリア開放が終了する時間であり、同時に――。

俺と在歌との勝負における、審判の時が訪れた。


集合場所の南側正門付近で待機していると、遠くから歩いてくる影が目に付いた。

「Hi．お疲れさん」「……ねえ。人はどうして服を着るのか、考えたことある？」

「ビジネス本みたいな質問だな」「健康で文化的な、最低限度の生活をするためよ……」

言って――俺の一糸まとわぬ上半身を見るなり、在歌はこれ見よがしに溜息を吐いた。

「なんなの？　裸族なの？　だったらそう言って、その部分の思考も放棄するから」

「俺も別に、見せたくて見せてるわけじゃあないんだが……まあ、聞いてくれ。当然、在歌のほうは問題を解いていたんだろうが、条件付きの問題が、いくつかあったよな？」

「……あったけど」

「だろ？　それで、俺が偶然見つけた問題で『一日の移動距離が30㎞以上の端末からのみ答えられる』というのが、あってだな」

「まさか、やったの？」相当驚いたのか、大きく目を見開いてくる在歌。

「俺が汗の処理をしている辺りから、察してくれ。ただ、学園の敷地内から出られないのが、精神的に参った。なんせ歩いても走っても、景色が変わらないんだからな……」

まるで、車輪を駆け回るハムスターか何かのようだった。新手の拷問か？

「……有酸素運動ばかりやるのは、非効率的なんだよな。ランナーでもなくボディメイクに重きを置く俺からすると、なおさらそう思ってしまう——そんな俺に、労い(ねぎら)の言葉は？」

「愚かね」「ちょ、ちょっとくらいは慈悲をくれ」

驚きはそのまま呆(あき)れへと変化したようで、在歌はすぐさま、理由を述べてくる。

「だって——そんなことやっていたら、他の問題を探す時間が削られるじゃない」

「……」

「効率が悪すぎるわ。初日にするべきなのは一つの問題に固執することじゃなく、大雑把(おおざっぱ)にエリア内を探し回ったうえで、比較的見つけやすい問題を確保すること。五日も期間があるんだから、最初の方は奇をてらわずに、オーソドックスに戦うべき――なのに」

言い切る前に在歌は、ふっと肩から力を抜いていた。

「私から開示する」ブレザーの外ポケットから端末を取り出し、画面を見せてくる在歌。

『端末名：芹沢在歌　受験者識別番号：18』

『学力考査順位：1位　体力考査順位：335位　現在資産額：￥2820万』

「……運動、苦手なんだな」「た、体力考査の結果なんて、今は関係ないでしょ」

俺も在歌の考査結果に関しては事前に確認していたので、さして驚きはなかった。文武両道パーフェクトな超人なんて、俺以外、そうそういるもんじゃないしな。

「そんなことよりも。個人間契約を反故にした際の処遇、わかってるはずよね？」

「そう念を押されなくても、しっかりと認識しているさ」

「なら、今のうちに別れの挨拶でもしておくわ――さようなら、獅隈志道君」

自分の勝利を悟ったらしく、芹沢在歌は態度から、たっぷりの余裕を見せ付けてくる。

2820万。俺からの送金ぶんと元々のアドバンテージの合計が750万で、正答報酬金で2070万円も稼いだ、ということか――現状この額がどれだけの努力で実現したものなのかは判断しかねるが、在歌が今日、正攻法で稼げるだけ稼いだというのは、紛れもない事実だろう。

……労いの言葉を言うべきなのは、俺の方だったのかもしれないな。

「そっちの番よ。それと、往生際が悪いところは見たくないから」

「わかってる――ほら」彼女がやったように、俺もアプリを開く。

じたばたする必要は無かった。そのまま端末ごと、ぽいと渡してやる。


「…………………………なに、これ」


「今回の勝負――俺の勝ちだ」

『端末名：獅隈志道　受験者識別番号：42』

『現在資産額：￥1億60万』


間違いなく、そう表示されているはず。桁が一つ多いなら、さぞ見やすいだろう。

「さ。晴れて協力関係になるわけだし、親睦を深めるためにアクティビティでも……」

――在歌はいつの間にか、俺の方へと自分の身体（からだ）を寄せてきていた。

「どう、やったの？」「ようやく、俺の魅力をわかってくれたか？」「茶化（ちゃか）さないでっ」

涼しい顔の俺と違い、在歌は現実を受け入れられないといった様子。

そんな馬鹿なことがあるかと、激しく狼狽（うろた）えるばかりで……。

「有り得ない。ハッキングで不正したって言われたほうが、まだ納得できる」

「天下の長者原（ちょうじゃばら）グループ相手に、そんなことができるわけがないだろ？」

「だったら、どうしてっ」

想像よりも大きな声だったこともあり、付近に残っていた受験者や事務局員らの視線がこちらに向いていた——俺の風体が上半身裸なのも、多少は関係あるんだろうか？　とっとと説明してやらないと、複数人に対して弁明する必要まで出てきそうだ。

「……在歌は、今日一日で何問くらい解いたんだ？」

「二十六問。少なくとも、君よりは絶対に多く解いたはずよ」

「自信満々で何より。そして、その憶測は当たってるよ。何せ俺は——一問も、解いてないんだからな」

「っ……!?」

「さっき俺が示唆した問題も、確保しただけで解答してないってことになるわけだな」

驚愕の感情を深めた在歌に、俺はすぐさま、事の経緯を開示する。

「なら、どうやって俺の資産は発生したのか——簡単だ。他人から借りた」

他人から——いや。より、正確に言うなら。

「ざっと、十数人程度だな。他の受験者とコンタクトを取って、そいつらが今日得た正答報酬金を、一時的に送金してもらえるよう契約を交わした——勿論、そのまま自分の資産にするつもりはないぞ？　今日の二十四時までに返金すると、条件を付けているからな」

よって。見かけ上は俺の架空口座に多額の資産が貯め込まれているようにも見えるが、実際はほぼ素寒貧。もしこれが自らの正答報酬金で比較しての勝負だったなら、確認するまでもなく、在歌が圧倒的な勝利を収めていただろう。

だが。この場は、俺と彼女が交わした契約は、そうじゃない。

「そ、そんなのおかしい――」「いいや、おかしくない」

　反論の起こりを、すかさず封殺する。

「契約内容は、事前に確認したはずだ――『一日目のエリア開放終了時点での資産額』で競い合う、と。加えて、勝負内容も勝敗の処遇も見せたうえで、それを在歌は、在歌自身で承諾した。それ以上でもそれ以下でもないし、ハッキングもイカサマもサイコキネシスも使っていない。行使したのは精々、巧みな話術と真摯さくらいだよ」

「それは……そう、だけれど」

「だろ？　……そして、この結果は在歌の主張に対する、教訓にもなるんじゃないか？」

したいだけの論破は建設的じゃないと思っている俺だが、しかし、時には事実を突きつける必要もある。この場がまさに、そうだった。

「もしもこれが、最終日の出来事だったらどうする？　俺以外にも、お前の考慮しない資産の稼ぎ方をしている奴（やつ）がいたらどうする？　……なってからじゃ、遅いよな？」

「……」

「呉宮羅栖奈（くれみやらずな）は受験者に、ありとあらゆる手段で資産を積み上げろ、と言っていた。だったらこれも、その範疇（はんちゅう）なんじゃないか？」

「……………………」

愕然とする在歌は、ほんの一瞬、俺に対する憤りのようなものを見せていて。

ただ――以降はむしろ、自身の至らなさに後悔しているかのようだった。

「……初めから、こうするつもりだったの？」

「ああ。勝負内容が確定した時点で、俺の勝ち筋もまた、同じように決まっていたよ」

「普通に問題を解くというのは、まったく考えなかった？」

「それならそれで、別の手段を考えていただろうな。ただ、学力考査で俺を上回ってきた相手と勝負するってのはできれば避けたかったし、何より――躍起になって資産を築き上げるってのは、やっぱり嫌だった。俺のマインドに背く行為、だから」

「……そんなに協力してくれる人がいたのは、偶然？」

「俺をスカウトしたがった人間は、山ほどいたからな。その何人かには、協力者になってもらった――とはいえ、人手の確保には、それなりに苦労したんだけどな」

俺が確実に返還すると信じてもらわなければならなかったし、手間をかけて契約した相手が、しっかりと問題を解いてくれるような、純朴で勤勉な人間である必要もあった。

「真面目な感想戦をするなら、今日が初日だったってのが、何よりも大きかった」

問題を解いて資産を積み上げろ、というのが【黄金解法】のメインコンテンツ。

だったら当たり前に、誰しもが問題を解かなければならないし、初日からサボタージュを決め込む奴のほうが少数、なんなら、そんな奴いないだろう、とも断言できる。

だからこそ、正答報酬金の貸与、なんて突飛な申し出にも、考慮の余地があった。これが中盤、終盤に持ちかけたなら、成功率は限りなく低くなっていたはずだ。そんな胡散臭い話を信じて万が一にも自分が損をしたら、致命傷にもなり得るんだから。

とにかく……かけた手間だけ、今回は俺に分があった、というだけのことだ。

「それに、普通に問題を解いて勝つよりも、こっちのほうが薬になってくれそうだしな」

こうして。一応の勝敗はついたところで俺は、在歌から少しだけ距離を取った。

……夜闇と照明の狭間に立つ彼女は、変わることなくやはり、美しいまま。

「在歌のセレクションへの心持ち、それ自体は否定しないし、立派だとも思う。だが、本当の目的は、そうじゃないんじゃないか？　あくまでセレクションってのは通過点に過ぎなくて、それよりもっと大きなことを成すために、大金を掴むことでしか為し得ない何かを求めて、この長者原学園へ入学しようとしている——違うか？」

返答は無かった。ただ、それと同じだけ、否定も無く。

「だったら、ひとまずは俺を許容してみないか？」

「積極的に、資産を積み上げたいって思っていない人を？」

「俺の信条からして、そこは曲げられないからな。だが、俺にも入学したい気持ちは少なからずある。だから、どうしても譲歩せざるを得ない状況が万が一にも発生したら、今回のような結果を出してみせよう——そうならないのが、一番良いんだけどな」

「それを無条件に信じてって?」「どんなことであれ、獅隈志道は絶対に負けないさ」

「…………」「…………頼むよ、在歌」

契約に基づく勝負だった以上、問答無用に強制することもできる。

だけど俺は、あくまで在歌からの譲歩を求めて、何度目かの提案を口にして——。


「…………一つだけ、約束してほしい。私の足を、引っ張らないって」

「—— Yes ma'am.」


……焦らなくとも、ゆっくりで良い。

在歌と接点を持てた事実こそが——今の段階では、何よりも喜ぶべきことだから。


「……じゃあ、早く上着を着て。近くにいる私まで、恥ずかしくなるから」

「恥ずべき肉体なんて、していないのにか?」「そういう問題じゃないっ」


『本契約における勝者:受験者識別番号42:獅隈志道』

『勝者の要望:芹沢在歌と協力関係を結びたい』

Interlude　零時前のティータイム

――一人じゃ食べきれないだけのお菓子が、アフタヌーンティーに用意されている時。

――すごく気に入っていた可愛い服を手に取って、もう着ないから捨ててと言った時。

――上流階級のパーティーのくだらなさに飽き飽きして、一人で途中で抜け出した時。

そんな日常の一瞬のなかに、あたしは、あたしの姿を見つけることができる。院瀬見琉花子が、選ばれたスペシャル・ワンだってことを、再認識できる――。

もしかしたら、最初は違和感を覚えていたのかもしれない。どうしてパパは、あたしに欲しいものをなんでも与えてくれるの？　どうして周りの人たちの家柄を気にしなくちゃいけないの？　どうしてあたしを見ると、みんな怯えたり、謙ったりしてくるの？

どうして、どうして、どうして――でも、答えはたった一つで、とっても簡単なこと。

だって、あたしが特別な人間だから。

天使みたいに可愛くて、ただそこにいるだけで優雅さの象徴になれて、勉強だって運動だって、なんだってできて――他人ができないことを、あたしは容易く行えた。好きなことも嫌いなこともどうでもいいことも完璧で、パパもママも、いつだって褒めてくれた。

特別だから、恵まれる。あたしが白と言えば白になるし、黒と言えば黒になる。

だから。そんな特別なあたしがやることは全部が肯定されなくちゃいけないし、間違っても、あたしの神経が苛立つようなことは、あっちゃいけない——ね、そうでしょ？

でも。想像を絶する馬鹿って、あたしが思う以上に世の中に、沢山いるのよね。

例えば。あたしの目に付くところで幼稚ないじめをしてる奴とか、嫉妬であたしの足を引っ張ろうとする奴とか、あまつさえ、あたしを上回ろうと努力してくる奴とか。

意味わかんない。あんたらがしなくちゃいけないことって、そういうことじゃない。

従属して、あたしを気持ちよくするためだけの存在でいなくちゃいけないのに。

しょうがないから……そういう時は身の回りを、ちゃんと清潔にするの。

いじめの加害者を徹底的に吊し上げて、二度と同じような人間が出ないようにする。虐げられるだけの弱者も分不相応にイキってる奴も、どっちも目障りなカスで不快だから。

妨害してくる人間や努力してくる人間には、わざと格の違いを見せ付ける。自分がやってることがどれだけ愚かで無意味なことかを、その身に刻みつけなくちゃいけないから。

外的なストレスを一個ずつ潰していって、元々の、在るべき世界に戻す。

あたしだけが、尊ばれる世界——指揮者が演奏者を動かすみたいに、他人が自分の思うがままに動く空間。甘美な歓びが充満するテリトリーの頂点にあたしは立ち続けていて、だからこそ、途方もなく満たされる。この毎日が永遠に続くって、そう信じられる。

ずっと、そうやって生きてきた。これからも、そうやって生きていくつもりだった。

何より、あたしには当然、それができるって思ってた――あの日、あの瞬間までは。

長者原学園へのＡＯ入学が叶わなかった、その時までは。

$

「……チャットの内容を、改めて確認させていただきたい」

【黄金解法】開始の前日。ハイクラスの四階。

あたしに与えられるにしては、少し物足りない客室。そこで、スクエアフレームの眼鏡をかけた男子――日浦涼介が口を開いてくる。

「『あんたに特別な意思や目的が無いなら、あたしに従え』とのことですが……これはつまるところ、今回のセレクションへの協力申し出、という認識で良いんですか？」

……この陰気くさいメガネ君は、いったい何を勘違いしてるのかしら？

お風呂上がりで下ろした髪に触れながら。あたしは、チェアに腰掛けたまま答える。

「協力？　……いいえ、従属よ。従うなら、あんたらにはあたしが振るタクトの駒として機能してもらう。主従関係はこっちが上で、そっちが下――理解した？」

言い終えて。あたしは机の上のカップを手に取って、自分で淹れたダージリンを少しだけ、舌に含んだ。ティーブレンダーがいないことは不満だけど、スイーツの提供があるだけマシね。第一、その辺の素人が淹れるよりかは、あたしの方が手慣れているし。

あたしなら——夕方に飲んだ紅茶よりも、もっと美味しく淹れられるし。

「……そっちこそ、状況わかってんのか？」

声の主は、日浦とは対照的。図体だけが無駄にデカくて頭の悪そうな、もう一人の男子——城島凱は、第一声からして不満そうだった。

頭の悪そうなって部分は、小耳に挟んだエピソードの存在も大きいわ。なんせ、この男はセレクションが始まる前から、ストリートで揉め事を起こしかけたらしいから——ほんとに救い難い馬鹿ね、こいつ。あたしに声をかけられたことに、泣いて感謝しなさい。

「オレらは同じ受験者で、対等な立場だろうが。何を偉そうにしてやがる」

「あたしと、あんたらが？　……あはははは！　ガチで言ってんの？　あー、面白……」

ふざけた発言に笑うしかなくて、うっかりあたしは、拍手までしちゃって——。

「——そんな訳ねえだろうが、カス」

二人まとめて、思い切り睨み付けてやった。

「ここにノコノコ来てる時点で、あんたらが誰とも組めてない無能だってのは透けてんだよ。そんな雑魚をこっちが使ってやろうって言ってんだから、無駄にイキんじゃねーよ」

「黙って聞いてりゃ、このアマ……」

出入口付近の壁に寄りかかっていた城島は急に詰め寄ってきて、あたしの着ていたバスローブの襟を掴んだうえで、乱暴に持ち上げてきた——ほんと、御しやすくて助かるわ。

「へえ。女の子に暴力を振るおうだなんて、なかなか良い趣味をお持ちね」

「昼間は邪魔が入ったが……ここなら、なんも問題ねえよなぁ」

パシン、と——鈍い破裂音と共に、あたしの頬が一気に熱を持ったのが自覚できた。

一切の躊躇が無かった辺り、城島凱はそういう人間なんでしょうね。暴力賛成、喧嘩上等。彼からしたら平手打ちなんてことも幾度となく行ってきた行為で、大口を叩いていた目の前の女は、これでさめざめ泣き出すだろう——そんな風に、思ってるのかも。

「…………はい。一人目の下僕、決定」

……ま、そんなクソしょうもない予想は、あたしがあっさり覆すわけだけど。

「暴力行為は禁止って、事前に説明されてたわね？　だから、今あたしがされたことを事務局に訴えたら、あんたはアウト。生殺与奪の権利を握られたわけだけど気分はどう？」

「……はっ。したいなら、すりゃいい。そっちの方が、何発でも殴れるしな」

意に介していない様子の城島。ああ、良かった——だって、そっちの方が面白いもの。

「……ふうん。じゃあついでに、社会的にあんたを殺してもいいかしら」

「…………はぁ？」

こういう感情を、なんて言ったんだっけ……あ、思い出した。加虐心、だったわ。

「事務局じゃなく、警察に届け出て刑事告訴の手続きを踏む。実際にあんたが刑事罰を踏むかどうかはどうでもいいわ。そのぶん絶対に示談しないし、あんたの人生にマイナスの干渉をし続けてあげる——裁判って、結構お金かかるみたいよ？　もしも十五歳で履歴書に傷がついたら、人生、一気にハードになるわよ？　ねえねえ、本当に大丈夫？」

「こ、こいつ……」

口元を歪めて予告してあげたら、城島は虚勢の奥に動揺を見せ始めた。流石に、一生を棒に振るのは嫌みたい——ふふ。惨めで滑稽で、少し可愛く見えてきたわ。

「……いい加減にしてください」

ただ。あたしの火遊びを中断してきたのは、傍観を続けていた日浦。

「揉めたいなら好きにすればいい。が、僕がこの場に来た理由はそうじゃありません」

面倒なのはご免って感じの日浦の視線は、とりわけ、あたしに向けられていた。しょうがないわねぇ……なら、いったん、この辺にしといてあげる。

「院瀬見さん。煽るのは結構ですが、我々二人を呼びつけたということは、そちらもパートナーは確保できていないんですよね？　であれば、ここでの交渉が決裂した場合、一人で戦っていくということになるかもしれませんが――勝つための展望、あるんですか？」

「……デカブツよりは、口が達者じゃない」

乱された襟を、きっちり正してから。

あたしはティースタンドから、紫色のマカロンを一つだけ抓み取った。

「一人には、一人のメリットもあるでしょ？　自分が得た資産を分割しなくて良いし、それに……今は組んでる連中でも、明日になったらどうなってるかわからない。入学の椅子が原則三つしかないんだから、裏切る人間だって、きっと出てくるでしょうね」

「パートナー抜きでも構わない、と？」

「内容を聞いた限りなら、なんの問題もないわ」

抓んだマカロンを口に放り込むと、甘いブルーベリーの匂いが鼻孔を過ぎていって。

「……だったら、なんでオレらに接触してきやがった」

さっきあたしにやり込められたから、かしら……意外と的を射た質問ね、それは。

「だいたい、裏切るかどうかの話をするなら、テメェだってそうだろうが。契約とやらがあるんだか知らねぇが……んなもん、やり方次第でいくらでも踏み倒せるだろうからな」

「……」「ジロジロ見んなや」「その発想が出るなら、それなりには使えるかもね」

ちょっと優しめに言ってあげると、城島は「は、はぁ？」と満更でもなさげ。ちょろ。

「あたしとしては、別にどっちでも良いのよ。誰かを従えることができたなら下僕がいる前提で戦うし、いないならいないで、それでいい。適当に何人かを選んでチャットを送ったのも、特別な理由はなかったわ」

「下僕、ですか……」

「あ？　主従関係っつってんだから、当然そうだろうが――まあでも、強いて言うなら、そうね。この学園への興味が薄い人間の方が、都合が良かったわ」

「そう何度も裏と表の顔を使い分けられると、こっちとしても具合が悪くなる一方なんですがね……それに、興味があるかないかで言ったら、普通はある方が良いのでは？」

「ううん。だって、そういう奴って理屈じゃなく、感情で動くでしょ？　個人的な思想や叶いもしない希望のせいで、下僕の分際であたしの利にならないどころか、マイナスになるような突拍子もない行動を取るかもしれない――ざけんな身の程弁えろって感じよね」

　あたしの脳裏には、具体的な人物の残像がこびり付いていた。

　下僕じゃなく、従者のポジションまであげたのに……マジでイライラする。

「……その点、ここに来たってことは、あんたらは、そうじゃないでしょ？」

「……」「……」

「ほんとは行きたい進路は違って、でも、ここに来なくちゃいけない事情があったのかもしれない。やりたいことは無いけれど、せめて高校は出ろって口酸っぱく言われたのかもしれない。だいたい、そんな感じだったりするのかしらね……あ、実際の理由は言わなくていいわよ。あくまであたしに従属するか否かが、この場での争点だから」

日浦にしろ城島にしろ。二人はあたしの問いに、まざまざとした沈黙で答えてきた。

……日浦はたぶん、製薬会社の取締役の息子。無理やりに、進路を指定された？

……城島の言動から判断するに、反抗的になってしまうような家庭環境がある？

あたしの予想は、苗字や行動なんかから適当に推察した、憶測の域を出ないモノでしかないけれど……反論してこない辺り、合ってたのかもね。ぜーんぶ、どうでもいいけど。

「後は、そうそう——見た目がマシな男かどうかってのは、結構大事だったかも」

「はっ。なんだ、とんだ面食いのビッチじゃ……」

二個目のマカロンに右手を伸ばしていたあたしは——それを、思い切り握り潰した。

「女は信用なんねえからな。特に、あたしの人生経験上……」

「……」「……」「あら。また静かになっちゃって、どうかした？」

再び押し黙る日浦と城島。もう、そんな怯えないで。ただのパフォーマンスじゃない。

「とにかく、端末上の文字だけじゃなく、直接伝えるわ——あたしに従うかの選択肢を提示してあげる。そのうえで、あんたらがあたしの下僕になると約束するなら、あたしは絶対に、あんたらだけは裏切らない。ちゃんと最後まで、飼ってあげるわ」

ウェットティッシュで手を拭きながら、あたしは二人と、順々に目を合わせる。

「そういった類の契約を結ぶと？」

「それは……いいえ。さっきこっちの単細胞が口にしたように、それは絶対じゃない。だから、契約なんてものは結ばない」

「単細胞はどっちだ？　なら、どうやってオレらは、テメェを信用すりゃいい？」

「どうやって、ね……」

……どっちでもいいとは言ってみたけれど、下僕がいるに越したことはない、というのがあたしの本心だった。やれる戦略の幅が増えるし、何より、面倒な苦労を省くこともできる。少なくとも、汗水垂らして問題を探すなんてこと、あたしは絶対にしたくないし。

で。盤面はほぼ、チェックメイト。

城島(じょうじま)はあたしの煽(あお)りに引っかかった時点で従う以外の選択肢が無いし、素直に詳細に話を聴いてくるような性格の日浦(ひうら)なら、自分にメリットがあると判断すれば、従うはず。

この二人は、あの愚かで理解し難い男(獅限志道)と違って、自分を選ぶはず。

そして――これからあたしがする提案が、チェスで言うところの最後の一手。

「……あれ」あたしは、客室の隅に向かって指を差した。

銀色に光るジュラルミンケースが、そこにはちょこんと置かれている。

「あの中にね――あたしが実家から持ってきた、五千万円が入ってるの」

「………はぁ!?」度肝を抜かれたようで、冗談か何かだろと疑う城島。

日浦も同じだったけど、あたしからの目配せを受けて、中身を確認しに向かっていた。

「五千枚、全部調べてもいいわよ——そして、あたしが提示する対価がそれ。あんたらがあたしを裏切らなかったら、プログラムの最終日、二人に半分ずつプレゼントするわ」

　あたしにとっては端金で、ただの保険だった。ここが金で司られていることと入学セレクションが単なる試験ではないということは知っていて、だから、パパにお願いして包んでもらって……資産の水増しがダメなだけで、賄賂がダメなんて言われてないしね？

　とにかく。金でなんとかなることは、金でなんとかしてしまえばいい。

　あたしは特別な人間だから——こういうことも、できちゃうってわけ。

「い、色々と、気になることはありますが……これの出所は、どうなっているんです？」

「尊属経営の企業の内情が聞きたいなら教えてあげてもいいけど、たぶんそういうことじゃないわよね？　……ヤバい金ではないから、そこは安心していいわ」

「に、偽札なんじゃねえのか？　お前みてぇな性格の悪ぃ女なら、そっちの方が……」

「あんたさあ。イキがる前に、少しくらい頭使ったら？　精巧な偽札持ってくんのと銀行からピン札持ってくんの、どっちが楽だと思う？　使い道、どっちが多いと思う？」

「………」「………」

「ほら、とっとと決めなさい。期限は——零時を回るまで。それまでは、待ってあげる」

　極めつけに、判断能力を根こそぎ奪うためのリミットまで、わざと定めてやって。

「でも、一つだけ、言っとくわ。あんたらが入学したいかどうか云々は抜きにして、このセレクションで勝つってことだけを考えるなら——あたしに従属(ペット)しなさい」

金さえあれば、なんだって手に入る。あたしの考えは、絶対に間違っていない。

間違っているのだとしたら……それは、世界の方なんだから。

$

あたしは憤っていた。戯れに受けてみた長者原(ちょうじゃばら)学園のAO入試が通らなかったってのもそうだし、獅隈志道(しぐましどう)があたしを選ばなかったことも、同じくらい腹立たしかった。

このあたしが、せっかく欲してあげたのに。まかり間違っても、選ぶのはあんたらじゃないのに。あんたらの選択肢は率先して、喜んで捧(ささ)げるっていう一択だったのに。

……捧げない、どころか。

獅隈志道の、あの日は——このあたしを、哀れんでいやがった。

絶対に許せない。あたしを認めないモノは、この世界に存在しちゃいけない。

だから、今までと同じように屈服させる。在るべき形に、整える。

それで……近い未来を想像するだけで、気持ちが高揚してしまう。

だって、学園の判断が間違っていたことを証明したうえで、獅隈志道をも平伏させられたなら——あたしはどんな甘味(かんみ)よりも芳醇(ほうじゅん)な、支配の歓(よろこ)びを味わうことができるんだもの。

$

「そうだ、少し待って」「……いかがしました？」「ううん、用事があるのは……」

逡巡していた二人の、特に城島の方へ、軽やかな足取りで近づいたあたしは――。

「……！　……っ、かはっ…………」

躊躇も前触れもなく、鳩尾へ――右の正拳を喰らわせてあげた。

「……空手、習ってて良かったわ。やられたら、しっかりやり返さないとね」

「……」

「何か言いたげだけど、どうかした？　……あたし、何か間違ったことしてる？」

「いえ……先に手を出したのは彼ですからね。報いを受けたと言う他、無いかと」

「そうでしょ？　……おら、いつまでも伸びてないで、とっとと起きろや雑魚」

げしげしと、素足で城島の背中を踏みつけてやる。清々しいまでの死体蹴りだけど、あたしからしたら金的じゃなかっただけ、ありがたいと思ってほしいくらいなのよね……。

「事務局に垂れ込んでみる？　先に殴ったの、どっちだった？　自分が軽んじてた相手にボコられた気分は？　……あたしに踏まれるのは最高の気分でしょ？　ふふ、あはは……」

「……」「……」「……」「……あの、院瀬見さん」

ぴくりともせず、踏まれるままだった城島の様子を、恐る恐る確認していた日浦。

「彼、失神してるんですけど……これ、今日中に起きるんですか？」

「…………さあ、わかんない♥」

額を押さえる日浦に、あたしはわざと、小悪魔みたいにとぼけてみせた。

Chapter5　正しさの僕

「『No.659・サッカー界において、世界年間最優秀選手に与えられる賞をなんという？』」

「バロンドール」

「『No.1321・1959年、キューバ革命を達成したアルゼンチン出身の革命家は誰か？』」

「エルネスト・ゲバラ」

「――ナビエ－ストークス方程式の解と滑らかさを証明せよ」

聞くなり、前方。

幾何学的なソファチェアに座りながら端末を弄っていた在歌は、呆れ混じりに欠伸を噛み殺していた――眠気を覚ますためか、例によってラムネ菓子を口に放り込んでもいる。

「……ミレニアム懸賞問題なんて、いったい誰が答えられるのよ。変な嘘、言わないで」

「これがその類だってわかる時点で、まずは驚きなんだけどな――いや、なんだ。あまりにイージーに解答してるから、もしや在歌はなんでもわかるのか？と思ったんだよ」

三月四日。【黄金解法】二日目、午前中。

国会図書館に次ぐ蔵書数を誇るとの触れ込みの、長者原学園内図書館にて。

この場で探し当てた問題をまとめて消化していた際、俺は改めて、芹沢在歌の教養の深さを思い知らされていた――ジャンルや難易度に差はあれど、在歌が問題の答えに窮するような素振りはまったく無い。俺が聞いていた限りなら明らかな誤答もなかったため、そのクールビューティーっぷりには余計、感心してしまうわけだ。

「……実際、在歌はどれだけ賢いんだろうな」

なんなら。こんな稚拙な質問まで、うっかりしてしまうくらいには。

「数検準一級。漢検一級。TOEICのスコアは720。簿記二級。宅建。去年、興味本位で解いた大学入学共通テストは九割。やってるクイズゲームアプリの段位は――」

「きゅ、急になんだ？　ナルシストの気でもあるのか？　……いや、そうか。ほんとは、普通に褒めてほしいんだな？　言ってくれればハグくらい、容易くしてやるのに」

「違う。単に黙ってほしいから、わかりやすい実績を並べてあげただけ……あと、ナルシスト云々ってこと、獅隈君にだけは言われたくない」

「……昨日も思ったが。午前中の在歌は、異様に不機嫌じゃあないか？　低血圧か？」

「仮にそうだとして、君のせいで高血圧になるかもしれないわ」

「良いツッコミだ。それが出るなら俺たちも、少しずつ打ち解けてきたのかもな……ほら」

「どこが……それに、ほら、じゃない。これまでと同じように、問題番号と内容を読んで」

「それができないから渡してるんだ――そもそもなんだ、この不要なワンクッションは」

疑問と一緒に最後に残った問題のプラスチックカードを手渡すと、在歌は無言のままで受け取って、問題を端末のカメラで読み取ろうとして――モノによっては、そういった問題もある。二次元コードで別途資料が付属するタイプ。今回は、どうもそうらしい。

「……ん」「なんだ、もう解いたのか?」「いえ……これは、獅隈君が解いて」

……差し出されたプラスチックカードが、召集令状か何かのように見えてきた。

「と、解けないのか?」

「そういうわけじゃないけれど、見た限りだと君の方が適性はありそうだから」

適性なんてあってたまるかと、フリスビーの要領で放り投げてやりたかったものの。

ただ、在歌が言いたいことは、なんとなくわかってしまう。

『№777・Who is the number one person on the worlds Longest Man List for the year 2023?』

問題文を読んだ後、俺は別途資料の英文記事を同時通訳の要領で日本語に訳す。

『経済雑誌■■■■が発表した本年度の世界長者番付一位は、ラプラス&カンパニー会長のユラ・ディスダイン氏であった。なお、推定保有資産額は5000億米ドルである。ディスダイン氏が会長へ就任して以降、同グループは年々、経済規模を拡大しており――』

「英文読解+時事問題、ではあるが……在歌だって、これくらいなら読めるだろ?」

「働かざる者食うべからず。少しくらいは、努力しなさい」

「訳あって働けない者のために、セーフティネットってのは存在するんじゃないか?」

「それは…………良いから、早く」

「探すだけじゃ飽き足らず、解くことも要求するのか……尻に敷くタイプなんだな」

「君は一度、誰かに本気で説教されたほうが良いと思う。お寺の住職さんとかに」

煩悩を払えと遠回しに言われてしまって。それでいて退路を完全に包囲された俺は、苦虫を噛みつぶしたような思いでもって、端末で解答フォームを開こうとして——。

「——ダメだな。今の俺には、やっぱりこれは解けない」

二次元コードで読み取った資料の最後に記載されていた英文を、端末ごと在歌に見せ付ける。

「『現在資産額が5000万円以上の端末からのみ、答えられる』……ね」

「いやあ、残念だよ、まったく——ああ、そうだ。どうしても解きたいなら、俺の資産額を在歌にまとめて送金すれば条件は満たせるよな？　なら、そうしよう。そうすべきだ」

ぺらぺらと最善策を提案したところ、在歌はジトとした視線をぶつけてくる。

「……これはいったん、手元で保有しておくだけにする」

「良いのか？　この条件なら、さっき言った手段でクリアできそうだぞ？」

「私と獅隈君の資産額は、きっちり同額になるように調整する。契約は交わしていないけれど、協力者として、そういう約束をしたはずよね？　……だったら、例外は無いわ」

「別に俺は気にしないんだが……というか、本当に契約を結ばなくて良いのか？」

「事あるごとに契約を結ぶのは危険って、昨日もそう、言ってたでしょ？」

「……そうか。ま、それならそれで、こっちは従うだけなんだけどな」

頑なな口調ではあったものの、在歌の言ってることは実際、その通り。

契約というギミックがあれば、受験者間の信用関係を明文化することができる。そして、正答報酬金の等分や現在資産額の調整をしたいなら、そういった内容にすればいい。

だが。一方で、契約に縛られる危険性も、孕んでいる。

協力者が不慮の事故に見舞われ、契約内容の遵守ができなくなったらどうなる？

そのケースを想定しておらず、契約締結の際に回避手段を記載できていなかったら？

……その強制力によって自爆する可能性も、無きにしも非ず、ということだな。

「個人間契約は、肝心な時にだけ使うべき、か……」

「５０００万なら、いずれ到達するでしょうしね――その時は今度こそ、君が解いて」

渋い顔をするだけの俺に対して、在歌はそのまま、遠方の書架を指差してきた。

「また問題、探してきて。正午までは、ここに滞在するつもりだから」

「……なぁ。せっかくのインターバルだから、ちょっと聞いて良いか？」

「却下」「どうして在歌は、自分で問題を探そうとしないんだ？」「……却下したのに」

表情に滲む不服さを、より加速させる在歌。ただ、俺の目算とは違ったムーブを押し付けられた以上は、こちらが強いられているぶん向こうからの歩み寄りも欲しかった。

「在歌には教えたはずだ。俺は金が嫌いで、稼ぐことも嫌い。だからこそセレクションにも積極的に関与するつもりはなく――問題を探すというのも、間接的にはそれに該当する」

「……本当に、なんでこんな人と、協力する羽目になっちゃったんだろう」

「ただし。他ならぬ芹沢在歌のためという前提があるなら、俺もドス黒い嫌悪感を飲み込んで、限界まで譲歩しよう。正答報酬金を得るという直接の行為には紐付くものの、ただ単に問題を探すだけであればギリギリ、許容できなくもないからな」

「それが普通、というよりは、自分のためにも当たり前のことでしょうが」

「で。それらを込みで、俺は思うわけだ。一緒に探すのはダメなのか？　まさか、今後もずっと、俺が探してお前が解くという役割分担を続けるのか？　それはあまりにも……」

「……面倒？」「いや、単に寂しいんだよ」「君はアルパカか何か？」「それを言うならウサギじゃないのか？」「それは定説であって、生物学的根拠が強いのはアルパカの方」

そうなのか。図らずも、賢くなってしまったな……いやいや、どっちでも良いが？

「そんなどうでもいいことが気になるなら、言っておくわ。ここから離れたら、私も自分で探す。君に任せきりなんて心配だし、私は君と違って、努力するつもりもちゃんとある」

「場所が問題なのか？　……ほう。謎は深まる一方だな」

場所を限定して俺に探索を任せる理由としては、やはり解せない。そんなに努力がしたいなら、ここでも努力してくれたって良い。そのぶん、俺は他で協力するから――ラムネ菓子を買ってこいと言われたら行くし、肩や足をマッサージしろと言われたらするのに。

「ねえ」ホワイダニットを執拗に求められたからか、在歌は涼しげな目を向けてきて。

「――図書館に入れるの、おかしいと思わない？」

そう、切り出してきた。

「……ま、妙と言われたら妙だよな。俺が呉宮羅栖奈なら、禁止区域に設定してるはずだ」

「ええ。だって、大なり小なり、本からは問題に関する知識を引っ張ってこれる。クリティカルな正解もあるだろうし、そうでなくても発想の糸口にはできるかもしれない」

言われながら。俺は館内、最寄りの読書スペースへ、視線を持っていった。

――群れと呼んでもいいくらいには、受験者連中が集結している。ざっと、五〇人ほどだろうか？　本の虫の大量発生と括ったとしても、どのみち異様な光景だ。

「今回のプログラムは形式上、クローズドサークルが取られているでしょう？　それはつまり、うっかり情報を知ってしまう機会を統制することで、問題への解答というギミックを形骸化させないために、なんでしょうけれど――」

「だとしたら、こういった部分へのケアが手薄だよな」

補足してやると、在歌はこくりと頷いた。

【黄金解法】が開催されている五日間、俺たち受験者が大手を振って出歩ける箇所は問題が秘匿されているエリアに加えて、《ストリート》を含めた学園敷地内の一部と、滞在先のハイクラスとに限定されていた。

　これについては禁則事項上でそのように定められているうえ、端末に紐付けられた位置情報でも確認できるため、ある程度の抑止力は期待できるのかもしれないが……徹底されているかと問われたら、NO。パーフェクトな情報遮断をしたいなら学園からホテルまでの送迎車やらも手配すべきだろうし、図書館への入館など、もってのほか。

　これだけの脆弱さ――俺がクラッカーでなくとも、絶対に見逃さないだろうな。

「端末上で検索エンジンを使わせない割に、図書館に足を運ぶという選択肢は残している。わからないよな。この両者、やってることは同じような気もするが……それで？」

「それで、というのは？」

「在歌が問題を探さない理由に、いったいどう繋がるんだ？」

　疑問符が入り乱れる会話のなかで、在歌はやがて、その主張を口にした。

「私が探したら、問題の答えを知ってしまうかもしれない――それは、したくないから」

「……自発的に答えを調べるってのは、在歌のなかではアンフェアなことなのか？」

「少なくとも、私にとっては正しいことじゃない」

「ルール上、おそらくは問題無いんだぞ？　だったら別に、良いんじゃないか？」

「自分の実力以外の部分でこの場だけ上回っても、それは偽物だと思う」

「偽物ねぇ……」

頑固な理屈に、思うところが無いわけじゃあないものの。

ただ、ここに来てようやく、この場の在歌(ありか)の行動に対する答えが浮かび上がってきた。

俺に問題を探させたのは、正答の情報を得ることをノイズと考えているから。ここに来るまでに培った知識を用いることが彼女にとっての美徳で、厳格な規則に基づくもの。

「他人を助け、ルールは遵守し、卑怯(ひきょう)な真似(まね)もしない——教科書通りの優等生なんだな」

俺が漏らした感想は毒も何も無い、純度百パーセントの賛美だったわけだが。

とはいえ、どうも在歌は、そうは受け取ってくれなかったらしい。

「これが私の個人的な拘(こだわ)りだってことは、自分でも理解してる。もっと賢く、狡猾(こうかつ)に資産を積み上げる手段があることも、なんとなくわかる。でも……獅隈(しぐま)君が私と協力関係を結んだ以上は、割り切ってほしい。この価値観だけは、どうしても曲げられないから」

空のラムネ菓子の袋を折り畳んでいた在歌は、どこか申し訳なさそうな雰囲気だった。

弁舌でもって叩(たた)き伏せて、申し出を押し通すことも手としてはある。というのも、今この瞬間にも俺が考えるような、あるいは考えが及ばないような抜け道を使い、禁則事項には触れないよう巧妙に資産を積み上げている人間が、いるのかもしれないから……だが。

「おいおい。何をそんな、しょんぼりしてるんだよ」「…………」

「安心してくれ。俺は、在歌の方針に一から十まで従うつもりだから——そりゃ都度都度で気にかかる点があったり、俺のモットーに大幅に反することが発生した場合は、質問させてもらうけどな？　ただ、それは在歌の行動を制限するような内容じゃない」

聞くだけの在歌に、俺はやっぱり、心からの敬意を表してしまう。

「それに、良いじゃないか。正々堂々、問題を解き続けることで頂点に立つ。そういうの、俺は好きだぞ？　映画でもなんでも、俺は王道でスタイリッシュな展開が好みだからな」

もっとも、俺は在歌とデュオを組むために、その無垢さを逆手に取っていたものの……あれは相手が完全無欠の獅隈志道であるのと同時に、勝利条件の部分が最初から違う。

一括りにしていいものじゃないはずだし、そもそも、問題の難易度で困っているわけでもない。だからこそ尊重してやっていいし、するべきだとすら――今の俺は、そう思った。

「……そう、よね。よく考えたら、私は獅隈君と組んでしまったせいで、正答報酬金も半分しか貰えなくなったわけだし。このくらいの勝手、許されるべきよね」

「在歌の気持ちが楽になるなら、その解釈で構わないさ」

「……少しくらい、文句言えば良いのに。…………？」

そのタイミングで、しゃらんと端末の電子通知音が鳴った。それも二人分。俺と在歌、両者の端末が同時に鳴って……チャットの送信者名と内容を確認した後で、意向を尋ねる。

「これも同じだな。さ、どうする？」

選択権を明け渡すと、在歌はその表情に、余所行きの真剣さを漂わせていて。

「行ってみましょう。他の人の動向も、ちょっとだけ気になるから」

二時間近く座りっぱなしだったソファチェアから、ゆっくりと立ち上がった。

「……ねえ」「どうした？」「ずっと気になってたんだけど、これは何？」

自分の横に置かれていた小さなバスケットを、在歌は指差してくる。

「只のランチだよ」「買ってきたの？」「いや、俺が作った」「……ど、どこで？」

「ハイクラスの部屋にあるキッチンだ。メニューはキューーバサンドと、ドライマンゴーのサラダ。ストリートで材料を調達するついでに買っておいた、ラムネ菓子も入ってる」

「……お金は？」「一応、手持ちはあるからな……良いんだよ、金の話は」

俺の懐事情は、さておくとして。

「ランチを摂る時間も惜しいだろうから、適当につまめるモノを用意したつもりだ——もっとも、他人が握ったライスボールは食べられないという主義なら、捨ててくれて良い」

「そ、そんなことしないわよ……せっかく作ってくれたなら、ちゃんと食べるから」

中身が判明したこともあってか、在歌はそのまま、バスケットを右手に持った。

「その……わざわざどうも、ありがとう」

「在歌が俺を養ってくれるのなら、これくらいは、いくらでも振る舞ってやるからな」

「…………その熱量、少しくらいはセレクションにも向けてほしいものね」

$

連絡をよこしてきた人物とは、学園の中央広場で合流した。

「――やあ。来てくれて、どうもありがとう」

俺たちを見るなり、そいつは――受験者識別番号2番、屋敷直也(やしきなおや)は、端末を学生服の胸ポケットにしまってから、浅く辞儀をしてくる。

「会って確認できたよ。芹沢(せりざわ)さんに、獅隈(しぐま)くん――二人は協力関係にあるんだよね？」

「……見かけたりしたの？」「それもあるし、色々なツテで、ちょっとね」

露骨に含みある言葉だったが……表面上の敵意は感じないな。小粋な黒の学生服に、短く切(き)り揃(そろ)えられた黒髪、人の良さそうな顔立ちもまた、印象の良さを後押ししていた。

「情報網は知らないが、実際そうだ。そして、今以上の関係性になるべく奮闘……」

隣。在歌からの視線が、右半身に突き刺さる。事実を言って何が悪いんだ、何が。

「はは、どうやら相性は良さそうだね……それで、そっちの調子はどうだい？」

「ま、上々だな。幸い問題は腐るほど撒(ま)かれているようだし、難易度にも困っていない」

「困っていないのは、全部私が解いてるからだけれど、ね……」

さっくり戦況を伝えると、屋敷は白い歯を覗(のぞ)かせ、微笑(ほほえ)みながら答えてくる。

「腐るほど撒かれてるってのは、実際のところ合ってると思うよ」

「……それも、さっき言っていたツテで得た情報だったりするのか？」

「うん。たぶん事務局は、エリアが閉められている時間帯に問題カードの補充をしてるから。補充地点の規則性や量は流石にわからないけれど、少なくとも、プログラムの最終日まで枯渇することは無いはず――問題総数がわかるほうが、個人的には嬉しかったけど」

唐突に。しかも、単なる喋りたがりにしては、それは有益な情報過ぎるもので。

「ちなみに。これも僕たちの憶測にはなるけれど、一つの問題のために用意されている問題カードは一枚だけ、だろうね。同じ問題のカードを大量に刷って正答までの早さを競わせようとしてるのかなと思ったけれど、そういう意地悪はしてないみたいだ」

「逐次問題を解く必要は無いし、後でまとめて解答してしまっても問題ない、と？」

「そこはまあ、各々の判断によると思うけどね――ただ、問題が特別難しいとか条件が険しいとか、そういうケースじゃないならポンポン解いちゃって良いんじゃないかな」

これだけ言ってなお、屋敷が俺たちを陥れようとする雰囲気は一切、見受けられない。

ただのお人好しなのか、俺たちがここへ足を運んだことへのお礼か、もしくは……。

……自らの有益性を、水面下で伝えようとしているのかもしれない。

「本題に入りましょう。私たちと協力したいってのは、どういう意味なの？」

単刀直入、在歌は屋敷に、そう訊ねていた。

「協力は協力だね。今回のセレクションプログラムを勝ち上がるために――入学の権利を勝ち得るために、君たちと契約がしたい」

……わざわざ呼びつけてまでの話という時点で、この辺の予測はできていた。

そのぶん――契約とやらの内容は、俺も在歌も気にかかってしまう。

「具体的に、どうするつもりなんだ？」言いながら……同時に、それを思い出す。

屋敷が説明会場で率先して、呉宮に質問をぶつけていたことを。

「現状、入学できる人間の席は三つだけ。この制約があるからこそ、僕たち受験者は問題を誰よりも先に見つけようとするし、人よりも多く資産を稼ごうとする……だよね？」

「そういうルールだからな。自ずと、そうなるんだろうさ」

「うん。だけど、こう考えてみてほしい。座れる席が一定数以上あるなら、無意味に争う必要はない――ってね」

「……もしかして、三人以上のグループを作ろうとしているの？」

俺が言うより先に、在歌が結論を口にしてくれた。

「そう。そして僕は、最終的な資産額をグループ全員で、ぴったり揃えるつもりだ」

屋敷の実行していたという戦術は、ざっと以下の通り。

デュオやトリオの少人数ではなく、なるべく多くの人間を集めてグループを作る。

他の受験者らが締結している協力関係を、より大規模なものに拡張する。

そのうえで、マンパワーと資産の共有——発見した問題の内容をグループ内に開示し、それを解ける人間が正答する。得られる正答報酬金はグループとして一括に管理し、最終結果の発表直前には、グループメンバーに対して同額となるよう調整、再分配する。

つまりは、意図的に三位以内の人間が大量に出るように動くんだろうが……前提条件は問題ない。何故なら、入学対象者が増えた場合の言質を呉宮から取っているから。ほとんど豪語していたこともあり、後出しでＮＯを突きつけるようなことは流石にしないはず。

……事務局側からしたら、望ましくない展開だろうな。考査結果による事前アドバンテージを設定したのも、受験者側の万が一にもの結託を防ぐためだったのかもしれない。全員がゼロからスタートした場合、誰も問題を解かなければ全員が入学できてしまうから。ただ、択としての可能性を完全に消していない以上、屋敷が非難される謂れはない。

で。この戦術の優れている点は『捨て問』の存在を、円滑に消費できる点にある。

捨て問——仮に隠されている問題を発見しても、正答できなければ結果的にその問題は『見つけたものの持て余す』という状況になる。

誤答したせいで解答権を喪失した、単純な難易度によって答えられなかった、問題に紐付けられた条件のせいで解けなかった——パターンがどれに該当するにせよ、他の受験者に解かれないように手元で保有し続けるという、以降の行動は変わらないはず。さっき図書館で見つけた英文読解問題なんかも、今のところは、捨て問扱いして良いだろう。

だが。これが十数人単位なら、自分が解けずとも誰かは解けるかもしれない。学力や条件をクリアできる人材を集められたなら、より効率的に問題を消化できるかもしれない。

その結果、肝となる正答報酬金の回転率も担保できる――集団という特性を生かせば、問題がどこに隠されているか、問題に傾向はあるのかなんかの、情報による利までもが一気に期待できそうだ。だいたい、そもそもの解答権からして、デュオやトリオとは比べものにならないくらい多いわけだしな。最悪、数打ちゃ当たるをやってしまってもいい。

この場で聞く限り、悪くない戦術な気もする――構造上の問題点に目を瞑れば、だが。

「一人二人を信用するのと大規模なグループを信用するのは、訳が違うだろうな」

「そのために、契約っていうギミックを間に噛ませるんだ。裏切る側に明確なリスクを負わせれば、自然と選択肢から外れる――そんなことをしなくても、勝てる戦術だからね」

「資産を分配する際に生ずる端数は、どうするつもりなの？」

「明日のエリア開放が終わったら、受験者資産額の中間発表があるよね？　そこで下位に沈んでる人を何人かチェックしておいて、最終日の結果発表直前に誰かしら、場合によっては複数の人に送金しようと思ってる。逆転の目が無い人には、残酷な話になるけど」

妥当な解答がリズミカルに返ってきたこともあり、段々と、俺の好奇心も騒ぎ出す。

「ちなみに今、何人がグループに所属しているか答えられるか？」

「僕を含めて、今は三十二人。問題を解く担当と探す担当で役割分担できたり、探すエリアごとに人員を割り振れたり、問題の条件をクリアするために工夫できたり、他には――誰と誰が組んでいるかの情報を共有できるくらいには、大所帯かもしれないね」

ご丁寧にも、在歌が抱いていた最初の疑問へも回答してくれる屋敷。

全受験者中、10％近く、か……目の前の男子には、それなりに求心力があるようだ。

「事前の想定より、集まりは良いね。ただ、そろそろ締めきろうとも思ってる」

「母数を増やしすぎると、分配した際に上位三名レベルの額にならないでしょうしね」

「流石、学力考査が一位と二位の人たちだけあるね。理解が早くて、助かるよ」

徹頭徹尾、にこやかに応じてくる屋敷。そのまま実情を、より緻密に語ってくる。

「僕としては、必要以上に争うような真似はしたくない。できるだけ、多くの受験者が協力しあえればって、そうも考えてる――ただ、どうしても信じてくれない人だったり、露骨に敵対してくる人も、当然いる。これはもうしょうがないことだし、端数を誰かに押し付けなくちゃいけない以上、僕の戦術は、三三五名全員を救うことはできないからね」

「敵対してくる奴、と言うと……ツーサイドアップの可憐な女子とかか？」

牽制気味に触れてみたが、どうも、屋敷の方にも心当たりがあったらしい。

「ああ、院瀬見さんのことかな。グループの人から聞いた話だと、彼女はまさに後者って感じだね。協力なんて絶対にしないし、彼女が組んでいる男子二人も、同じみたいだ」

「……他の奴と組んだんだな。一人でも大丈夫、と言っていたような気がしたが……」

「院瀬見さんって、例の？」「ああ、そうだ」「…………」

「……嫉妬するなよ。今の俺は、在歌のためだけに動いているんだから」「は、はあ？」

「それで……二人は、どうする？」

話は最後まで終わったようで、屋敷は俺と在歌、両者からの答えを待っていた。

「そうだな。俺はどっちでもいいが、在歌からしたら考える時間があったほうが……」

「私たちは入らない」

……す、清々しいほどの即決。こっちが一瞬でも悩んだのが、申し訳なくなるくらいの。

「……だ、そうだ」「そうか、残念だよ――とはいえ、理由は聞かせてほしいな」

掌を向け、どうぞ、と在歌にジェスチャーを送る。

「事務局側にどんな意図があるのかは、私たち受験生にはわからない――それでも、前提として正当な競争の末の勝者を求めて、このプログラムは運営されているはず」

「僕の手法が、その趣旨から逸脱していると……ま、一理あるかもしれないね」

いったんは引き下がる屋敷。

ただ、その相槌はあくまで、会話を継続するためのものでしかないようで。

「でも、どうだろう。このプログラムは問題を解くだけじゃなくて、ありとあらゆる手段で資産を積み重ねるプログラム――呉宮先輩は、そう言っていたよね？」

「……ええ」

「だったら、与えられた枠組のなかで努力しようとするのって、当然のことじゃない？」

「……」口ごもるわけではないものの、反論の言葉に苦心している様子の在歌だった。

……しょうがないよな。このディベート上の立場だけで語るなら、在歌はどうしても不利になる。なんせ彼女は、ある種、自らに縛りプレイを課しているようなものだから。

一人で問題を解く。額面上のルールを遵守したうえで、自らの主張を曲げない。

こう考えると……彼女の条件を許容できる人間は、なかなかいないのかもしれない。

「……憶測、だけど」

とまあ、俺が益体もないことまで、考えていたところで。

「芹沢さんの、その拘りは――総理大臣になりたいって夢のため？」

…………Wow. そうなのか？　それはまた……大きな、大きすぎる目標、だが。

そして、なんでそんなこと……屋敷が知ってる？

二つの疑問は、宙ぶらりんになったまま。されど、屋敷の言葉は止まらない。

「規則に則って、勝利を求める。それこそが美徳で、上に立とうとするための条件――そう考えているんだとしたら、少しだけで良いから考えを改めてほしい。僕の戦術なら前提条件よりも多くの人を助けられるし、君が掲げる目的にもマッチしているかもしれ……」

「知ったようなこと、言わないで」

ぴしゃりと。在歌は心の窓を閉め切るかのように、表情から感情を消失させた。

それはかつて……俺が彼女の父親について触れた時と、同じリアクションでもある。

「屋敷君の理屈は、内輪の人間を守るための都合の良い解釈でしかない。ルールを曲解したことに対しての理由付けをするために、そうしているだけで——君がそうしたいと言うなら止めない。でも、それらしい言葉でもって、私まで巻き込もうとするのは止めて」

言って、それ以上の交渉を放棄したうえで在歌は、俺へ小声で声をかけてくる。

「これ、食べてもいい？」「そのために作ったんだから、当たり前だよ」

「……ありがとう。ベンチの方に座ってるから、終わったら来てほしい」

意思疎通を終え、バスケットを携えた在歌は——一足先に、この場から離れていった。

「……どうも、怒らせちゃったみたいだね」

「その可能性を加味した上で、攻めた発言をしたんじゃないのか？」

「まあね。こっちの戦術の性質上、問題を順当に、確実に解いてくれそうな人材は、どうしても欲しかったから……というか、獅隈くんはよく、彼女を落とせたね」

「それはもう、ミッションインポッシブルだったさ。ただ、俺にかかれば、不可能をも可能にできる——ああ、真似はしない方が良いぞ？　さっきみたいに火傷するだけだからな」

「あ、あはは……そうなんだ。だったら、事前にアドバイスでも聞けたら良かったね」

言われなくてもわかるだけの愛想笑いを返してくる屋敷。

内面に訴えかけるリスキーな賭けが、今回は失敗してしまった。そんなとこだろうな。

とはいえ……在歌(ありか)の機嫌を損ねた点に対する代償は、払ってもらう必要があるよな？

「お前、在歌と面識があったんだな」

「うん。学校と、通ってる塾が被(かぶ)ってて——って言っても、それだけだけどね。彼女は普段から寡黙だし、受験先が被ってたのも知らなかった。ただでさえ、中高一貫だから」

そういう背景もあって、在歌の方も、屋敷(やしき)からのコンタクトは拒まなかった、と。

時間の無駄よと一蹴しそうな気もしていただけに、その詳細は簡単に飲み込めた。

「なら、在歌が総理大臣になりたい云々(うんぬん)のエピソードは？」

「校内の弁論大会で、本人が言ってたんだ。テーマは『夢』だね。他の人と違ってインパクトがあったぶん、やけに記憶に残ってて——彼女の、お父さんのこともあるからかな」

「やっぱり、そうだよな。あいつの父親は——」

——芹沢零司(せりざわれいじ)。第１００代、日本国内閣総理大臣。

ここで改めて、第三者からもその情報を確認できた。

「……なるほど。総理を目指しているなら、在歌のスタンスも理解できなくはないな。国家元首たるもの、本人の能力や誠実であるかどうかは、少なからず問われるだろうから」

「どうだろうね。僕としては、もう少し柔軟な発想を持っても良いんじゃないかって、そう思っちゃうけど……どちらにせよ、今となっては後の祭りだ」

一言二言交わしつつ。ただ、交渉が決裂したことは、俺も屋敷も正しく理解していて。

「それで？　お前は、最終的にどう立ち回るつもりなんだ？」

「それは……自分だけ、裏切るかどうかって点かな？　無いね、有り得ない」

「ブラフにしては、やけに言い切るんだな。ここだけの話にしてくれて良いんだぞ？」

「疑い深いね、本心だよ――僕はこのやり方で勝てると思ってるし、グループの人たちも勝たせたいって思ってる。自分のことだけを考えるなら、もっと別の手段があるからね」

「……そうか。なら、そっちはそっちで頑張ってくれ――Bye」

屋敷にひらひらと右手を振りながら、俺は、在歌の歩いていった方角を追いかけた。

$

『本日のエリア開放は終了致しました。速やかに、当該区域内から退出してください』

アプリではなくクラウドメールへ届けられた、事務局からの定期連絡。

それに目を通しながら、なんとなく、思考する。

屋敷直也の運営するグループは、今後どうなるんだろうか？

順調に進むなら、連中が有利なのは間違いないだろうな。入学の椅子という制限を一応は解除できているうえ、人員を束ねる屋敷本人も、口先だけの無能ではなさそうだ。

……そんな相手に、愚直に問題を解いているだけで勝てるんだろうか？

多数の仲間を擁するライバルを上回るには、何か手を打つべきなんじゃないだろうか？

考えるだけ、考えて……そのうえで。俺はそれらの思考を、丸ごと放り投げた。


「勝負に負けた以上、獅隈君と協力する、というのは受け入れてる……不本意だけど」

「その不服さをいかにプラスへ転じさせるか、俺の手腕が問われているってことだな」

「それでも……ここまでしなくちゃいけない義理は、やっぱり無いと思う」

問題が隠されているエリアが閉じられた、十八時台。

俺と在歌は、街灯に煌々と照らされたストリートを、一緒に歩いていた。

「暴飲暴食がしたいなら付き合おう——たまには、そういう時があってもいいからな」

「付き合わなくて良いし、勝手に私のことを大食漢に仕立て上げないで」

「アパレルショップもあるし、買い物でも良いぞ？　延々と待つのもまた、一興だよな」

「だから……はぁ」

「他にも、レクリエーションが行える施設はいくつかあるが……さあ、どうする？」

「……帰る」「なら、ハイクラスで夜通し雑談でも」「しない」「ま、待て、come back!」

くるり、元来た道を引き返そうとする在歌。

なんとかそれを食い止めつつも、ただ、彼女の文句は一向に収まらなかった。

「状況わかってる？　今、セレクション中なのよ？　遊んでる場合じゃないでしょ？」

「ここまで素直に付いてきてくれた辺り、言動が一致していないんじゃないか？」

「それは君が『俺たちにとって大切なことをしたいんだ』とかなんとか意味深な内容を仄めかしてきたからでしょうがっ……百歩譲って、明日以降の方針を考えるとかなら、まだ納得できる。でも、君がやろうとしてることって、絶対違うじゃない」

「……いや、それは本当だよ。俺たちには、まだまだ足りていないものがある」

屋敷や他人を気にするよりも、すべきこと——それこそが、レクリエーション。

「俺は、在歌のことがもっと知りたいんだ。プログラムのためでもなく、俺自身のために——一生を共にしてくれるかもしれない相手のことは、できるだけ把握しておきたい」

「またそんなこと言って……これでも私は相当、君のことを許容してるつもりなのよ？」

「人の欲望は尽きないもので、一つの課題をクリアしたら次へ次へと、どうしても進みたくなってしまうんだよな——それに、そうでなくともお前には、暇が必要そうだ」

「は？」在歌の首を傾げる様は、雑種の猫が見せる胡乱げな仕草にも似ていて。

片や、俺は山羊がべらべらと舌を広げるように、その感想を捲し立てた。

「肩肘、張りすぎていないか？　傍から見ているぶんには、ここに入れなかったら首でも括（くく）らなければいけないかのような緊張感を漂わせているぞ？　――長者原（ちょうじゃばら）学園への入学は在歌（ありか）の人生における一大転換点なのかもしれないが、常に目を光らせ続けても疲れるだけだ。メリハリを付けなければ、いざという時のパフォーマンスも落ちそうだしな」

「……君といれば、リラックスできるとでも？」

「ああ、期待してくれて問題ないさ……それで、どうする？」

ここでも、最終的な判断は在歌本人に委ねた。

今さらだが。

これはあくまで俺の個人的な希望で、お互いの関係性を発展させたいというのはセレクションの場における、必要充分条件にならない。だから、拒絶されるならしょうがない。

ただ……願わくは、受け入れてほしいとも思っていた。

在歌の逼迫（ひっぱく）した心を解きほぐしてやりたいというのは、紛（まぎ）れもない事実だから。

「…………………」「本当に、心の底から嫌だと言うなら、俺も諦めるよ」

そうして。たっぷり一分近くの間を取ってから、在歌は答えてくる。

「……一時間だけよ。ストリートが閉じるまでは、長すぎるから」

$

「次は俺の番か……なら、こいつは『Je veux que tu me nourrises』だ」

「……『もぐもぐ雑木林くん』」「『Quiero que me alimente』」「『あしなが彼岸花さん』」

「『Voglio che tu mi nutra』」「あの……いったん、中断させて」

ウッドデスクの上に並べられたカードから、視線を眼前へ移す。

可愛らしいネーミングを続けていた在歌は、やんわり頬を膨らませていた。

「『ナンジャモンジャ』のルールは、私がちゃんと、ゲームの前に説明したはずよね」

「カードに書かれた珍妙なキャラ群に、独自の名前を付けてやれば良いんだろ？」

「ええ、そうだけど――なんなの？　さっきから、真面目にやる気はあるの？」

「『Je veux que tu me nourrises』。よし、このキャラカードは俺のものだな」

「……以降の名付けの際に使用する言語は、日本語だけにして」

「後になってからルールを追加するのは、在歌の掲げる正道から逸れないか？」

「それは……だって、獅隈君の方がずるいし……そんなの私、覚えられないし……という
より、なんでそんなに外国語がわかるの？　達者なのは、英語だけじゃなかったの？」

「昔取った杵柄――と言えれば、よりスマートだがな。その答えは実に簡単で、訳せば同
じ意味になるから。俺はすべてのキャラに『俺を養ってほしい』と名付けているからな」

「いくらなんでも姑息でしょうがっ」ぺし、と弱々しくデスクを叩いてきて。

それから在歌は、ごそごそと不服そうに、カードを山札ごと片付け始めた。与えられた

ルールの範囲内で戦っていたつもりだが、この様子だと、どうも腹一杯のようだ。

「しかし……ストリートには、こんな店まであるんだな」

手持ち無沙汰になったのもあり、俺は、この場の雰囲気を五感で感じ取ってみた。

ボドゲカフェ『ＳＨＡＤＥ』。学園の何代目かの卒業生がオーナーであるこの店には、木目調のナチュラルインテリアと共に、古今東西のボードゲームが収められていた——空間デザインに余念もなく、それは、中世の古書堂を思わせる外観から存分に窺い知れる。

ふらりと、思わず足を運んでしまいそうな程度には、珍妙な建造物だが……。

在歌がここを選んだのは、少なからず彼女の趣味嗜好が反映されていそうだ。

「トランプを持ち歩いていた点から想像するに、在歌はこういう娯楽が好きなんだな」

「……別に」「なら、もう出るか」「き、君から誘ってきたんじゃない」

俺が起立するとまでは思っていなかったようで、焦りを露わにしてくる在歌。

「言う、言えば良いんでしょ……ええ、そう。私はボードゲームが好き。入学したらここに来てみようかなって、ちょっとだけ、そんなことも思ってた——悪い？　文句ある？」

「い、いや、俺としても不満があったわけじゃあないんだがな……」

弁明のパッションがそれこそ人狼めいていたせいで、白市民のように圧されてしまう。

「……違うよ。むしろ、在歌の内面的な部分を垣間見れたことで、喜ばしいくらいだ。問題を解く機械とまでは言わないが、パーソナリティがあまり見えていなかったからな」

「それに意味があるのかどうか、私には判別できない」

「恋人と趣味を共有できるか否かってのは、とても重要なことだと思わないか？」

「……よく、そんなにダイレクトな感情表現ができるわね」

口ではそう言う割に、時刻を確認する素振りは見せない在歌だった——既に、最初に彼女が設定した一時間の目安は過ぎている。勿論、俺としては喜ばしい限りだったが。

「で、次は何をやる？　俺はこの手の遊戯に疎いから、余程の知名度が無い限りはすべて初心者だ。なんなら将棋やチェスも、穴熊囲いとギャンビットくらいの戦術しか知らん」

「…………」「特に希望が無いなら、俺が適当に見繕ってくるぞ？　良いのか？」

炭酸水の入った在歌のコップには、結露した水滴が何滴も付着していて。

それを拭き取らないままで彼女は、俺と控えめに視線を合わせてくる。

「聞かないの？」「主語を言ってくれ、主語を」「……昼間、屋敷君が言ってたこと」

——聞いてほしいんだろうな、と。直感で、そう思った。

単に自分語りをしたいだけという線もあるが、これだけ積極的な俺がその部分にだけ触れてこないのが、どうにも気持ち悪い。気持ち悪いから、ある程度は説明することで精神的に楽になりたい。思考の推移としては、まあ、不自然じゃないよな。

「……在歌は、政治家としての地位を望んでいるんだってな」

一連の機微を説明させるのもクールじゃない。察した俺の方から、話を振ってやった。

「上っ面だけ、屋敷から聞いたよ。ただ、それは知るためでなく、触れないためにだ。父親の件と同様、立ち入って来ないで欲しそうな顔をしていたからな……続けていいのか？」

端的な確認を挟むと、在歌は何かを決心したかのように、その瞳に意思を宿していた。

「後になって説明するのも手間だから、この際、君には教えておく――そうよ。私はこの学園へ、総理大臣になるために来た」

本人による、宣言。それは何よりも克明に、ビジョンを俺へ突きつけてくる。

事実だろう。芹沢(せりざわ)在歌は、この場面で恣意的な嘘(うそ)を吐(つ)くような人間じゃないはず。

「誰かのために、なりたいからか？　……パイロットやエンジニア、ドクターなんかもそこに帰結するんだろうが、とはいえ、総理大臣の影響力はあまりにも大きいからな」

「ええ。取りこぼされる人を一人でも多く救って、世の中をより良い方向に変えていく。それを最も効果的に行えるのは、私が考える限り、そのポジションだけだから」

「陳腐な感想だが……大変そうだよな。統一されるわけもない公共の意思をどうにかまとめて、矢面に立って、非難にも晒(さら)されて。こう言ってはなんだが、割に合う気がしない」

「１００兆を超える国家予算を扱う立場なのだから、厳格な目で見られるのは当たり前よ。それに、無関心でいられるよりは否定してもらえる方が、社会にとっては健全でしょうし」

……早めに打ち止めにしておこう。在歌の意思が強固なのは理解できたし、何より、この手の話をする場を設けるとして、その場所は絶対に、ボドゲカフェじゃあない。

「たぶん、在歌の父親の影響もあるんだろうな」「……その通りよ」

適当に締めて、話題を別に持っていこうとする俺。

ただ――他ならぬ在歌が、それを許さなかった。

「私のか、か、か、か、父のような汚い政治家には、任せちゃいけない立場だから」

「…………………俺が消されたら、ゴーストになって化けて良いか？」

聞くべきでない、以前に言うべきでない、ダイナマイト級の爆弾発言だった。

「総理大臣になるための課程で、父は裏金も不正工作も、使えるだけ使っていたはず。上の人間に取り入り、ライバルを蹴落とし、党内での発言力を強める。非道な手段を是としたうえで、今の地位に座っている――私の知る限り、これらは既に確認済よ」

「わかった、沢山だ……これ以上、俺をファッ○ン危うい立場に誘導しないでくれ」

「問題ないわ。君が聞いたところでどうこうできるような問題じゃないし、何より――私が言っていることはすべて、社会的に見たら事実じゃないから」

「……巧妙に、隠蔽されているのか？」「根回しは、徹底されているでしょうね」

在歌の話が真だとして……ま、するだろうな。アキレス腱を隠さないわけがない。

そこからも、彼女の実父を刺す言葉は止まらなかった。

「本人には、本人なりの事情があるんでしょう。理想を掲げるだけじゃどうしようもないほどに国家という組織は強大で、夥しいだけの膿が出て、結果、汚いこともしなければいけない——ええ。すべては言い訳で、そのせいで虐げられる立場の人や排斥される人からしたら、たまったものじゃない理屈よ」

糾弾する声は冷ややかで。内心には、熱を帯びた感情が灯っているように聞こえて。

「私は、父を許せない。だって、正しくないから」

「そうは言うが。支持率自体は、相当高いんじゃなかったか？　老若男女から支持を受け、事前に掲げたマニフェストを適宜、遂行している。昨今の日本の経済成長が著しいのだって、在歌の父親——芹沢零司の手腕によるものも、やっぱり大きいんじゃないか？」

「……やけに詳しいのね」「嗜む程度だよ」

聞きかじった内容を受け止めた在歌は、案の定、その賛美を切り捨てようとしてくる。

「まだ在任して間もないのだから、それらの実績は前任者の遺産と考えるほうが適切よ。それに……父がそこに至るまでの過程が、悪意と汚いお金に塗れていたとしても？　だったら、大勢の利益を求めるためなら、少数の犠牲が出るのはしょうがないこと？　リターンを挙げられるなら、何をやっても良いの？　……父が正しくて、私が間違っているの？」

「…………」

——青いな、と。

そこまで聞いての俺の感想は抽象的で、それでいて、多種多様な意味を持っていた。

在歌が言うように、不正は断罪されるべきだ。正しい人、正しい行いが評価され、結果として健全な社会が作り上げられ、誰もかれもが報われるのが理想だろう、とも思う。

ただ、現実はそうじゃない。俺たちの住まう世界はあまりにも巨大で、善も悪もミックスされてしまっている。だから不正は起こるし、時として、意図的に看過もされたりする。

ありもしないユートピアに到達しようとする、理想主義者からの殺し文句。

それがわかってしまったせいで——心がぐらりと、根元から揺さぶられてしまう。

「…………君に言っても、どうしようもないことよね」

沸騰した心情を自分で鎮めてから、在歌は話の結末を述べてくる。

「とにかく。今の状況が認められないからこそ、私はここに入らなくちゃいけないのよ。この国でたった一つしか無い椅子に座るためには、能力と、権威と、資金が必要になる。普通なら、どれかを手に入れるだけで途方もないけれど……この学園なら、全てを手に入れられる。入学して、在籍している間に圧倒的な結果を出して、揺るぎない自分を確立したうえで、卒業すればいい。それが私の考える最短の道で——最低限の、資格だから」

だいぶ簡略化された未来設計図だったものの、大枠の意図は間違っていない気もした。

長者原学園には今や、それだけの社会的信用があった。財界、芸能界、その他幅広い業界に人材を輩出してきた結果、教育機関としての知名度は無視できない領域に至っている。

……一人で戦おうとしたのは、権威を得るに相応しい存在であると証明するため。

……手段を限定するのは、邪な手段を許容した父親と同じにならないため。

背負っているものがある故の、拘りだった——ということになるんだろうな。

「ここまで聞いた君に……もう一度、訊ねたいんだけど」

とまあ、率先して詳細を語ってくれたのは、在歌のなかに別の目論見があったからなのかもしれない。どこか自嘲するような、くたびれた表情のまま、口を開いてくる。

「——こんな私を恋人にしたいって、今でもそう思える？」

「…………思うが？」「…………な、なんで」

「在歌が総理になりたいという夢と、俺が在歌の伴侶となって養われたいという夢は、それ自体が相反するものじゃない。だから、俺がお前を諦める理由にはならない……だろ？」

在歌の言葉を借りるなら、正しい判断をして。

それから俺は——自分の言葉を、付け足した。

「それに——そもそもその夢は、別の人間に任せた方が良いと思うけどな」

「……今後の反論内容によっては、怒る」

「やむを得ないな——言っておくが、なれるわけがないから、じゃない。在歌ならなって、しまうんじゃないかというのが、最大の懸念なんだよ」

「それの、何が悪いの？　私の人生なんだから、私が好きにするのは当然でしょう？」

……まったくもって、その通り。返す言葉もないし俺自身、過ぎた台詞だったとも思う。

それらを丸ごと認知したうえで——警鐘を知らせる言葉は、抑えられなかった。

「目的への拘りや愚直なまでの姿勢は、それはそれで素晴らしいことだ。ただ、今の在歌は、それだけで動いているように見える。正しさの僕、公共の礎、人間性を排除した歯車のような存在。終着点は、そんなとこか？　……だが、他者の幸福を実現するために自身を切り捨てるような生き方をしてしまったら、在歌本人はどうなるんだよ」

喋り終えてすぐ、ミネラルウォーターで喉を湿らせる。

獅隈志道にわだかまる感情を、なんとかして胃の奥に追いやるつもりだった。

「たった二、三日前に知り合っただけの人に、なんでそんなこと言われなくちゃいけないの？　……第一、他人に依存したがるような君に、私の気持ちなんてわかるわけない」

「……」

「君は浅はかな気持ちでここに来ているのかもしれないけれど、私は違う。真剣に、自分の将来のことを、それだけを考えてる。お金を手にして達成したい目的だって、ちゃんとある……なのに、なんでそんな私が、空っぽで夢も目的も無いような君に……」

途中で、在歌は口元を掌で覆っていた。大方、言い過ぎたとでも思ってるんだろう。

「……わかるんだよ」

ただ。俺は、それでも口を閉じられずに……代わりに、目を細めてしまう。

浅はかと断じられたからなんて、そんな理由じゃない。

……ありもしない残像が、チラついたから。

それは――どうして獅隈志道が金が嫌いなのかにも、リンクするモノだったから。

「第三者のために金を稼ぎ、第三者のために生きる。そうだな。素晴らしいことだよ……けどな。その生き方が水泡に帰した人間のことを、俺はよく知っている」

「…………」

「何にもならなかった。その人間は万人の幸福を望み、そのために資産を費やし、それを実現させるために献身的でもあった――ただ、それらすべてが、別の不幸を運んできた」

「……その人は、どうなったの」「死んだよ」「…………」

在歌は、何も言わなかった。詳細を聞きもしなければ、反論もそこで収まってしまう。

「要するに、二の舞になってほしくないんだよ。これに関しては俺が在歌に養ってもらいたいとか、養われるに当たって相手が総理大臣だと都合が悪いとか、そういう話じゃない」

それは、もっと根本的なことだった。

理想に生きて、夢半ばで没するくらいなら――独善的に生きる方が、よほど良い。

今日までに構成された獅隈志道は間違いなく、そう考えている。

「……これ以外の生き方なんて、私にはもう、選べないのよ」

ぽそぽそと。掠れ消えそうな在歌の声は、誰に向けて言ったものかもわからない。

「…………」「…………」「…………」「…………」

二人ぶんの沈黙が、ボドゲカフェ内に流れるジャズと一体化していた。

……やれやれ、だな。

どうして俺は、こんなことを言ってしまったんだろう。お互いの親交を深めたいというのがそもそもの目的だったのに、気付けばこの場は、最悪の雰囲気——獅隈志道が女子相手にこんな凍えた空気を作りだしてしまったのは、本当に、初めてのことだった。

それに……在歌が総理大臣になりたくて努力しているというなら、とりあえずは肯定してやるだけで良かった。不用意に待ったをかけたら彼女が反発することだって、そんなことはわかりきっていた。天地がひっくり返ったって、俺の見解を示す必要は無かった。

……明らかに、俺は矛盾している。獅隈志道、らしくない。

そして、その矛盾がどこから来るものなのかを……俺は、直視できない。

「……その」

この場に改めて熱を与えてきたのは、俺じゃなくて、在歌の方だった。

「君にも、何か事情があるの？」

「……別に、たいした話じゃない。言うだけ無意味で、どうでもいいことでもあるんだ」

「そう……」「……俺の意見を押し付けて、悪かったな」「……もう、いいわ」

どうにかこうにか、ぶつかり合った感情の着地点を見つけることができて。

「……『クラスク』でも持ってくるわ」「なんだそりゃ」「テーブルホッケーよ」

後味悪くハイクラスに戻るのは、在歌の方も嫌だと思っていてくれていたらしい。

気分を切り替えるためだろうか、今日何個目かもわからないラムネ菓子の袋を手に取って、在歌は席を立とうとして——。


「……あんたら、オレと同じセレクション受験生だよな?」


ゆらり、と。やけに顔色の悪い男子学生が、俺たちのテーブルの横に現れた。

「び、びっくりした……」

「……そうだが、それがどうかしたか?」

「だよな……なら頼む。何も言わずに、５００万円貸してくれっ……そうじゃないと……」

直前の空気が雲散霧消していくのを感じながら、俺は在歌と目配せした。

「貸す、というのは、お前の架空口座に入金しろ、という意味で合ってるか?」

「そ、そうに決まってんだろ……なぁ、お願いだよ。人助けだと思って、ほら……」

借りようとする側の態度にしては雑だったものの、それだけ焦っているということは、逆に伝わってくる。名前も受験者識別番号も知らない彼は、その目も虚ろだった。

「どうする？」「……獅隈君は、どう思う？」「俺はクラスクとやらを早くやってみたい」

「む、無視するってこと？」「なら、こいつも参加させれば最中に詳細を聞けるかもな」

あまりに急だったこともあり、こそこそとやり取りするだけだった俺たち。

その様を見ていた男子学生は——ふと、我に返ったかのように落ち着きを取り戻した。

「……ダメ元で相談してみただけなんだ。貸すわけないってのは、オレもわかってる」

彼の視線の焦点は、ボドゲカフェ内のウォールクロックへと向けられていた。

「…………なぁ。あんたらは最後まで、セレクションを受けられるだろ？」

「そりゃそうだ。で、その口ぶりだと、お前は違うってことになってしまうぞ？」

「まあ、そうなんだろうよ……」「……それは、どういうこと？」

在歌の至極もっともな疑問に、男子学生はハハと、乾いた笑いを返すだけで。

「なら、アドバイスしといてやる……ギャンブルはしない方が良い。絶対やめとけ」

何故だか賭博の危険性を伝授してきた後で、それから。

「そんで——院瀬見って女と、取り巻きには気を付けろ。あいつらは……悪魔だよ」

魔性に魅入られた後のように疲れ果てていた彼は、最後にそう、口にした。

Interlude　ゲームマスターの憂鬱

長者原学園で行われる特色競争課題――プログラムは、基本的に事務局側が立案から運営までを、一律で管理している。内容の審査や支出金の算出、場合によっては協賛企業との折衝も必要となってくるため、担うべき業務と責任は、広範にわたると言えるだろう。

だが。毎年の入学セレクション生に課すプログラムだけは、例外だった。

本来は事務局が負う業務を、その年代の特に優秀な生徒――資産ランキング十傑に位置するビリオネアのうちの誰がしかが担う。立案や運営にすら携わり、長として君臨する。

素養のある人間に責任を負わせ、更なる進化を促すための伝統として、この試みは脈々と受け継がれてきており――そして、今年の代表者こそが他ならぬ、呉宮羅栖奈だった。

……なお。

その歴史があわや途絶えかけたことは、事務局と当代ビリオネアらしか認知していない。

$

【黄金解法】二日目の夜、二十一時を少し回った頃。

本セレクションプログラムの長である呉宮羅栖奈は、事務局棟一階に隣接するレストスペースにいた——エナジードリンクの缶を傾け、その度、モノクル越しの疎ましげな目をサンスベリアの植えられたプランターに向ける。ついでに、もにょもにょと何かを口走る。ゲーム内NPCのような規則的な挙動を続ける彼女の風体は、傍からは幼い子どもにしか見えなかったが……対照的に、表情はブラック企業の社畜めいた疲弊を帯びていた。

「……あいつら全員、破産してしまえば良いのに」

初めてはっきり漏れ出たのは、羅栖奈自身が置かれた原因への不満。

控えめに言って、当代ビリオネアの多くはセレクションに対して非協力的だった。ある男子は話を聞いた瞬間に興味が無いと突っぱね、ある女子はそもそもセレクションという入学方式があることすら知らなかった——前者はともかく、後者に至っては論外である。

が、全員が全員そうというわけではなく、興味を持った人間も一部いたものの……。

『どうせ、生金は使わねぇんだろ？　……なら、ギャンブルだな。ブラックジャック、ポーカー、バカラ。豚共の博打をPPVで配信すりゃ、多少は小銭にもなりそうだ』

『世界一周レースに、一票。理由、面白そうだから。チェックポイントは、バミューダトライアングル、オケフェノキー湿地、サハラ砂漠、その他、エトセトラ——』

『せっかくなら社会実験も兼ねましょう。スタンフォード監獄実験はご存じで？　極限状況に身を置かれた人間が、いかに資本を扱うか――くふ。考えただけで絶頂しそうです』

　その手の人間が提案してきたプログラムは、ことごとくが事務局側に却下された。運要素が強すぎる、死傷者が出る恐れがある、受験者に後々で訴えられたら負ける――そもそもからして学園の教育理念と懸け離れた内容である以上、それらの企画が通るわけもない。結果、今年の代表者選定作業は難航を極め……最終的には呉宮羅栖奈という、比較的ビリオネアのなかでは一般常識と学園の理念を把握している彼女へ、バトンが渡された。

　当初は、羅栖奈も拒んでいた。常識外れの資産を保有しているのがビリオネアの前提である以上、プログラムに携わることで得られる対価も、彼女には端金でしかなかった。

『呉宮さんにはお手数をかけることになりますが――お願いできませんか？』

「……他はともかく、あ、あの人に言われて断れるわけないじゃん」

　ただ。学園の最高権力者である理事長、長者原茉王から直々に依頼をされたことが決め手となり――悩んだ挙げ句、面倒事であると理解したうえで、受け入れることにした。

「なんであてぃしが……何ならお金払うから、勘弁してほしかったのに……」

故の、徒労感。故の、納得いかなさ。故の、わだかまるマイナス感情。

貧乏くじを引かされた事実は、羅栖奈の心中に未だ、消化できないままで――。

「やあやあ、お疲れ、どーもどーも！」

ただ。彼女の並々ならぬ煩悶を切り裂いたのは、突拍子もなく明るい青年の声。

羅栖奈のもとへ――近しい立場であるファイルマンが、飄々とした様子でやって来た。

「まーだ残ってるんだ。いやはや、日本人って本当、ワーカホリックだねぇ」

「……立場上、やらなければならないこともあるので」

「望んだ仕事でも無いだろうに、泣かせる台詞だ。感動しちゃうよ、うんうん！」

「本当に思ってます？」

「詐欺師じゃないんだから、嘘は言わないさ」

「……男がやるその仕草、かなりキツいです」

ファイルマンの指ハートを見るなり、羅栖奈は激しい虚無感に襲われてしまう。

――二人は本プログラムにおける重職同士。だからか、個別に会話する機会も多く。

よって、羅栖奈の玉突き事故のような背景事情も、ファイルマンは認知している。

「……正直さ。羅栖奈ちゃんも愚痴の一つ二つくらいは、言っても良いと思うんだよね」

「藪から棒に、なんですか」

「だって、この仕事やってる間はゲ、ー、ム、作れないでしょ？」

「…………まあ、大雑把に言えば」

呉宮羅栖奈の現在総資産は、約15億。学園内の現在資産額ランキングは九位。

まだ一年生の彼女を、そこまでの地位へと押し上げたモノが、ゲームだった。

三歳からプログラミングの学習を開始し、七歳で自作ゲームを初めて完成。十二歳の誕生日を迎えたと同時にパブリッシャーサイトでの販売を開始した結果、この学園へ入学した時点で既に、1億近くの資産を築き上げている。

また、手がけたジャンルはＲＰＧやホラー、パズルなど多種多様に及び、しかもそれらには必ず独自の新規性が付与されていることもあって、単なる固定ファンだけでなく、都度都度で得た新規のファンも魅了できるだけのゲーム作りが、羅栖奈には行えていた。

言うなれば、傑出したクリエイターで。同時に資産家としての面も持ち合わせていて。

そんな彼女にとって、ゲームクリエイターとしての作業は呼吸にも匹敵する日常生活の習慣であり――無情にも取り上げられてしまったらどうなるのかは、想像に難くない。

空になったエナドリ缶をゴミ箱に捨ててから、羅栖奈はファイルマンに向き直った。

「……安心してください。あてぃしも一人の人間である以上は言わないだけで頭にきていますし、内心、受験者全員落ちれば良い、くらいに思っていますから」

「ハハ、なら安心だ――内心って言うけど、よく考えたらほぼ、口にしてたしね」

「モノには限度がありますから。文句は今年のセレクション受験者に言ってください」

疎ましげな羅栖奈へ、ファイルマンは快活に笑ってみせて――でも、と返す。

「ただ、その割に羅栖奈ちゃんは、ホスピタリティにも溢れていらっしゃる」

「解せない解釈ですね……理由は？」

「今回のプログラムの内容そのものが、まるでオープンキャンパスみたいだから、かな？」

――羅栖奈の身体が一瞬だけ反応したのは、図星だったからか、はたまた。

「資産を増やしたり、ランキング形式で他人と競い合ったり、そのための場所が学園内だったり――在校生が行っていることをミニチュアにしたら、きっとこうなるって感じだよね。セレクションを勝ち抜いた人は、すぐにでも学園へ順応できそうだ」

「……偶然ですよ」「またまたー。そんなこと、言っちゃってさ？」

ぱちんと、指を鳴らしながら探りを入れてくるファイルマン。

こんな鬱陶しい人は放っておいて、早く家に帰りたい――事実そう思っていた羅栖奈だったが、これもまた外交の一環と割り切って、そこそこには反応してやることにする。

「まあ、どうせ関わる以上は、意味のあるプログラムにしなければいけませんから。私の価値観として、未完成で拙いゲームは世に出せませんし。ただ、ゲームと違ってプレイヤー……受験者のことは、正直どうでもいいと思っていますが」

「意味、ね――そうだね、意味は大事だ。人に名前があるように、物に役割があるように、交響曲に番号があるように。意味が与えられなければ、物事ってのは始まらないよね！」

次に発せられる疑問の前振りは、どこか胡散臭い詩人じみていて。

「じゃあさ。羅栖奈ちゃんは、今回のプログラムで受験者たちの何を見ているの？」

それが最も重要な部分でしょ？　とでも言いたげに。

ファイルマンのスカイグレーの虹彩は、興味津々といった具合に輝いていた。

「説明会場でも言いましたが。何よりも即戦力かどうかが判断されるべき、と考えています。ＡＯ生と違い、セレクション生は持たざる学生が多いわけですからね。そのぶん、現状で何ができるかや個人個人の応用力を見る目も、相対的に厳しくなります」

「能力――問題を解くための賢さとか、探すための体力とか、そういうこと？」

「まったく違います。それらはゲーム性の一部でしかなく、本質はそこではありません」

即座に否定した後、羅栖奈は自身の見解を示した。

「このプログラムは、どこまで行っても総資産を増やすモノなんですよ。無論、正答報酬金という概念は重要ですし、メインコンテンツでもあります。ただ、それを無垢に受け取ってしまい、その他の思考を放棄するというのは……愚の骨頂です」

「ふぅん。ゲーム的に言うなら、そうだなぁ……メタが回ってないって感じかい？　事前に想定した展開よりもスローペースだなぁって、そんな風に思ったりもするのかな？」

「それどころではありませんし、現在時点で、底も見えました」

言い捨ててすぐに、羅栖奈は深々と、本日何百回目かの嘆息をする。

「問題は解かれていい。むしろ続々と消化されるべきであり、そのためには、他受験者をも利用しなければならない――解ける場や手段を許容したり、流通を前提とした条件を付与したりと、節々でヒントは与えたつもりなんですがね」

「……問題カードを枯渇させないように補充してるのも、ヒントの一つってことかい？」

「ええ。非常に手間ですが、やむを得ません。あていしが想定している勝利手段を維持するためには、その必要がありますから――なのに、このザマですよ」

羅栖奈は自身の銀のモノクルを外し、疲れ切った右目を小さな掌で覆ってから。

「誰も、本質が見えていない――今年のセレクション受験生は、あまりに不作です」

心からの落胆を、誰に言うでもなく一人、呟いていた。

Chapter6　悪役令嬢は踊る

三月五日【黄金解法】三日目。日程上では、折り返しとなる日が訪れた。

……今日はそれまでと違い、エリア開放の時間終了後、公表イベントが行われる。

各受験者が、三日間でどれだけの資産を積み上げられているのか？　是が非でも確認したい情報が、正門付近に設置された電光スクリーン、並びに受験者らの個別の端末へ、一斉に配信される手はずになっていた——これまたカジュアルな処置だったが、系列の半導体メーカーによる新製品テストも兼ねていると言われたら、途端に納得できてしまう。

……常態的な開示はせず、わざわざこんな形で伝達するのにも、事務局側の何らかの意図が関与しているのかもしれないな。最終日まで隠しておくこともできるんだし、何より、老婆心と受け取るにはあまりにも、受験者側に課されている課題は珍妙にして特異だ。

どちらにせよ。

他の受験者と自分との差異を測れる、まあ、つまりはそんな日だったわけだが——。

$

昨日同様、ランチとラムネ菓子を入れたバスケットを抱えながら——ハイクラス四階。

在歌(ありか)の滞在している部屋の前で俺は、朝も早くから端末を弄(いじ)っていた。

『エリア開放終了後、本日は現在資産額の中間発表が行われます――』

届いていたクラウドメールを、ついでに流し見しつつも。

時刻は、既に八時三〇分を回っている。これが昨日一昨日(おととい)なら学園の指定エリア内に入り、問題を探し回っていた頃だが……パートナーが現れない以上、そうもいかない。

それどころか。一向に連絡まで付かないんだから、そりゃ、心配にもなる。

「アプリのチャットや、モーニングコールにも反応は無い……か」

前日。ボドゲカフェから戻ってきた際に在歌とは、朝食の約束をして別れていた。彼女をこの部屋まで送ったうえで取り付けたわけだから、本人だって、それは忘れてないはず。

だが。今になっても彼女は姿を現さない。チャットに既読だって、付けてくれない。

……中で死んでいる。もぬけの殻で消息不明。一方的に俺を切った。

最悪度合いから、順に並べてみたものの――その全てが、当たって欲しくない予想だ。

「ピッキングは……現実的じゃあないか。四階なら、登ろうと思えば登れるか？」

なんてジョークはさておき、ドアが開かない以上は、別の手段で安否を確認する必要があった。フロントに連絡するか？　ま、それが丸いっちゃあ、丸いんだろうが……。

……と、いった辺りで。俺の端末に、アプリを介した着信が鳴った。

「やっと起きたか？」『どこにいるのっ？』「在歌の部屋の前だ」『…………………』

通話越しと、ドア越し。耳元ではがらがらと、両方の喧騒が鳴り響いてくる。

どうも、ただ単に寝坊しただけっぽいな。ああ良かった。とりあえず、一安心だな。

「そんなに急がなくても、ゆっくり準備してくれて良いんだ……ぞ」

そこまで口にして——ごん、と。左耳に当てていた端末を、地面に落としてしまう。


「——本当に、ごめんなさいっ！」


閉めきられていたドアが乱暴に開かれ——そこには、焦りに焦った様子の在歌がいた。

「今から三分以内に準備するから、正式な謝罪は後でさせてっ」

「……」

「それと、寝坊しておいてこんなことを言うのは心苦しいのだけど、獅隈君は先に学園に向かって、一つでも多くの問題を探してほしい。これは提案じゃなく、お願い……」

「…………在歌。一度、リラックスしろ。リラーックス……酸素を循環させるんだ」

「えっ？　……わ、わかった、そうする、でも、その、ほんとに申し訳ないわ……」

瞬きをしながらも、大きく深呼吸をする在歌——聡明な彼女とはいえ、寝起きだとそこまで頭が回らないんだろう。こちらからの指示を、実にすんなりと受け入れていた。

ＯＫ、わかった……一個ずつ、解決していこうか。

「まず、だ。身支度を疎かにするな。どうせ寝坊した事実は変わらないんだから、だったらせめて、自分自身を整えてくれ。寝癖で髪、とんでもないことになってるぞ?」

「ご、ごめんなさい……」

指摘に対して、在歌はしゅんとしていた。跳ねた前髪すらも、しな垂れて見えるくらい。

「それに、そう何度も謝らなくて良い。うっかりミスすることは往々にして起こり得ることで、それはセレクションの最中だろうが在歌だろうが、変わらないだろうから」

「うん……」「だから、もう謝るなよ?」「うん……」「なあ、在歌」「うん……」

「パスタと蕎麦、どちら派だ?」「パスタ……」「猫と犬なら?」「犬……」

「獅隈志道はクールだよな?」「クール……」「恋人にしても問題無いよな?」「無い……」

「な、なんか妙に虚しくなってきたな……ほら、しゃんとしろ! Wake up!」

殊勝さのフィーバータイムを利用して、インプリンティングを試みたわけだが。

その違和感にまるで気付かないだけ、今の在歌は恥じ入っているんだろう……で。

だったらそろそろ、目下最大の問題点について、触れてやらないといけない。

「……頭は冴えてきたか?」「え、ええ……だいぶ、落ち着いてきたと思う」

「そうか——なら、とっとといつものブレザーを着てくれ」

「…………………へ?」

直接指摘されて、そこで在歌(ありか)の方も、ようやく認識したらしい。

自分がシーツ一枚だけを羽織った、無防備な姿をさらけ出していたことに――。

「寝る時は、完全に裸派なのか？　ランジェリーすら無し？　……ほう、大胆だな」

「こ、これはその、昨日はたまたまで、普段はちゃんと……」

「俺に早く返事をしないといけない。だけど、裸のままだと流石(さすが)にマズい。二つの思考がエラーを起こした結果、かろうじて、シーツだけは巻くに至ったんだろうな」

はわわと慌てる在歌。顔色には良(い)いも悪いもなくて、ただただ、真っ赤になるだけ。

「そういえば。前に在歌は『人はどうして服を着るのか』という話をしていたが――より美しい何かを秘めやかにすることで付加価値を付けるため、なのかもしれないな。実際に目の当たりにしてみて、俺からの答えはやっと、固まったよ」

「…………………っ！」

ばびゅーん、と。

半裸の在歌はすぐさま、奥へと消えていった――あまりに迅速な動作。そこに1・21ジゴワットの電力が供給されたなら、タイムトラベルまで実現できそうなくらいでもある。

「……案外、抜けてるところもあるんだな」

バスケットからラムネ菓子を引っ張り出して、一粒だけ、口に放り込む。

どうせプラシーボなんだろうが……俺もそれなりには、冷静になれた気がした。

$

おおよそ予想できたものの、事実として朝の一件は、それなりに尾を引いた。

「……天の川銀河……時速70㎞……八甲田山……」

「黙々と正答を端末に打ち込むのは、それはもう、結構なんだがな」

「……なんで……今日に限って……アラームかけてるのに……気付かなかったの……」

燦々と太陽が顔を覗かせる、午前中の学園敷地内南西。

競技場やテニスコートなどが並び立つエリア《スタジアム》に差し掛かりつつ。

急に歩を止め膝を折り、そのまま日陰に居座っていた在歌は突如、ブレザーのポケットからトランプケースを引っ張り出していて――カードを、地面に向かって撒き始める。

「土俵入り前の力士じゃあるまいし、いったい何をしてるんだ」

「頭を落ち着けたいの。お願いだから、神経衰弱させて……一分で終わらせるから」

「し、神経が衰弱してるのは在歌だろ……だいたい、本当に終わるのか？」

なお、終わった――今日地球が滅んでもいい、くらいの絶望を放散していた在歌はあっという間に二十六組のペアを生成し、カードをケースに収納していた。早すぎるだろ。

……ここまでやる理由がただの寝坊だって言うんだから、ちょっと笑ってしまう。

「寝過ごして、しかもあられもない姿を俺に見られただけだろ？　そんな気にするなよ」

「気にするでしょ普通！　……それに、慰められると惨めになるだけよ……獅隈君ですら寝坊なんてしてないのに、ああ、それなのに……」

「そりゃ、獅隈志道は常人と違ってミスをしないからな……あと、言ってなかったが俺は、人生で遅刻をしたことがない。なんせ、秒単位で正確な体内時計を飼っているからな」

嘘は止めて――とでも言いたげな在歌だったが、自分の非については全面的に認めている手前、口にはしてこなかった。こんなどうでもいいところでも、在歌は実直だ。

「……まあ、なんだ。張っていた糸が、少しは緩んでくれたのかもしれないよな」

「どういう意味……」

春の陽気とは裏腹にげんなりとしていた在歌へ、昨日の件を含めた話をしてみる。

「ほんの少し、雲行きは怪しくなってしまったが。それでも、ちゃんと本音でぶつかり合えたってのはお互いにとって、一歩前進って……そう捉えて良いんじゃないか？」

「……」「……そう思ってるのは、俺の方だけかもしれないけどな」

ポジティブシンキングにも限界はあり、半ば無理くりにまとめる形になってしまって。

「……その通り、なのかもね」

ただ。在歌はいつものような、冷ややかな応対をしてこなかった。

「君に何を言われても、私は、私の理想を諦めるつもりはない——けれど」

日陰から日向へと移動していた在歌は、呼応するように表情から固さが消えていて。

「誰かに話せたことで、少なからず、気持ちが整理できた部分はあった。ただ聞いてくれたってだけのことなのに、ちょっとだけ心が楽になれた自分もいた。それは、事実」

「本当か？」

「……ええ。でも、ほんとにちょっとだけ。ナノとか、ピコくらい」

「惜しいな、せめてキロは欲しかった——そういう問題じゃあないか」

笑ってしまいながら。俺は遠方、テニスのグラスコートの方に視線を送った——在校生だろうか？　小さく聞こえてくるボールの打音は、どこか別世界の音に聞こえてしまう。

「在校生は、早めの春休みなんだっけか……」

「……ねえ」

青写真を遮られて。ほぼ自動的に俺は、在歌の方に向き直った。

「獅隈君は——どういう人なの？」

……どうとでも受け取れるせいで、逆に、どう広げようか迷うな。

「容姿端麗、質実剛健、完全無欠のオールマイティってとこだ」

「そういうことじゃないし、それらに関しては、別に良い……端整なのは、知ってるし」

「おまけに耳まで良いから、小声で褒められてもしっかり聞こえてしまう」

「う、うるさいわね、ほんとに……」

ツッコミの立場を崩さないまま。ただ、在歌はその話題を、自分から延長させてくる。

「……自分自身のスマートさを重視して、女性とコミュニケーションを取るのが好きで、それでいて、お金を稼いだり、そのために努力をしようとするのが嫌い。だから、将来的にはパートナーに養われようとしている……私から見た獅隈君は、そういう人」

「グッド。正しい審美眼だな」

「そのうえで、聞くのだけど。自分が嫌で拒絶するしかないことをパートナーに押し付けるというのは――獅隈君にとって、スマートなことなの？」

「…………」適当に、軽口やジョークなんかで誤魔化すことができなかった。

……獅隈志道は、自分を養ってくれる女子に対しては、真実の愛が育まれるように支えていきたいと思っている。それはマインドの部分に刻まれたもので、揺らぐこともない。

ただ、その誠実さを加味したうえで――スマート、ではない。

完全無欠を自覚しておきながら、その矛盾を、思考の片隅に放置したままでいる。

……ファッ○ン痛い所を突いてくるな、まったく。

「自分なりに割り切っているのだとしたら、何も言わない。ただ……本当に、そう？」

「そう、というのは？」

「割り切れているなら、私が頼んだからって問題を探したりしないでしょ？　契約に基づく勝負に勝ったというのを免罪符に、悠々と過ごすだけで良い――なのに、君は妥協している。解かないにせよ問題を探したりはしてくれるし、プログラムにも、一応は参加し続けている。それは自分でも、道理が通っていないって、わかっているからじゃないの？」

零れ出る言葉の数々は、間接的に獅隈志道という個人を糾弾していて。

在歌に冷たさや刺々しさを見つけられないのが余計、俺の迷いを浮き彫りにしてくる。

「……ごめんなさい」

終いには、何故だか謝罪されてしまった。

「在歌が謝るようなことじゃないだろ？　――いやはや、仰る通りだよ」

「いえ、理屈が合ってるかどうかじゃなくて……私が言うことじゃないなって」

「俺も昨日、在歌の目的に立ち入ってしまったからな。お互い様ということで良いさ」

「………それについては、まだ気にかかってるんだけどね」

ともかく、在歌は自制することにしたらしい。立ち止まっていた足は本来の目的を思い出したかのように動き出して、片手には端末を持っていた。今までと同じように問題を探し出し、あっさりと正答し、見つかった地点をメモ帳にマッピングする。それに没頭しようとすることで、俺に踏み込んできたことをさらりと、水に流そうとしている。

……言うべき、なんだろうな。

獅隈志道がどうして金が嫌いなのか。

にもかかわらず、金が全ての尺度である、長者原学園なんかに来ている理由。

自身を養ってくれる恋人を探すという以外の、より、デリケートな部分を――。

「……なぁ、在歌。探しながらで良いんだが、俺の話を……」

語る決心を内々で行い、俺は在歌の背中に声をかけて――その時だった。


「良いムードじゃない――凡俗同士、通じるモノがあるのかしら」


――タイミングが良いんだか、それとも悪いんだか。

俺が広げようとした話題の風呂敷は、言葉にする前に細かく折り畳まれてしまった。

「ふふっ……その様子だと、あんたらも無意味な努力を続けているみたいね」

聞き覚えのある声。一度見たら忘れられるわけがない、キュートでゴージャスな容貌。

例によって、パリコレクションのモデルが着けるような、デカいサングラスを頭の上に引っかけながら――院瀬見琉花子が、俺たちの下へ現れた。頭上に降る日の光すら、白分自身を着飾るためのモノ。そんな、自己愛に溢れたオーラと共に。

「……Hi. 久しぶりだな、琉花子。元気にしてたか？」

「それはもう、見ての通りよ……獅隈志道？」

挨拶するなり、彼女の声のトーンは若干、低くなっていた――どうにも、まだ俺に断られたことを根に持っているらしい。ま、蔑ろにされるのを何よりも嫌いそうだしな。たったあれだけのことですら、彼女のプライドは深く傷付けられたのかもしれない。

……ついでに。琉花子の後方にも、視線を送る。

背後には、二人の男子受験生が控えていた。メガネの方と、厳つい方。

前者は初見だったが、後者には覚えがある。

「琉花子と組んだのは、お前だったんだな。在歌のおかげで、心は入れ替えられたか？」

「ぶっこ……」

「城島くん。何が禁則事項のトリガーになるか不明な以上、『殺す』はNGですよ」

三日前、ストリートで揉め事を起こしていた男子受験生——城島と言うらしい。

で、そいつを止めたメガネの方も、端末のライブラリで調べてみる——日浦、と。

……三人並んだ時の全体図としては、ボディガードと主、といった感じだ。面子は屋敷からの情報通りで、こうして揃うと妙に絵になるな、といった具合でもある。

「どうもそっちは、トリオで動いてるらしいな」

「ええ。逆張りして一人で取り組んでも良かったけど、ちょっと気が変わったの」

自発的に声をかけてきたぶん、俺とのコミュニケーションを拒んではこない琉花子。

ただ……一方で彼女は、侮蔑の感情を、これでもかと見せ付けてきた。

「それにしても……志道。あんたには、つくづく失望させられるわ」

「朝から血気盛んだが、そんな顔をされても可憐さのアクセントになるだけだぞ？」

「獅隈君って本当に、どんな女の子にでも、そういう感じなのね……」

白々とした冷たい目は、仲間のはずの在歌——だけでなく、琉花子も同様だった。

ただし。琉花子の場合は俺だけでなく、在歌にも向けられている。

「あたしからの誘いを拒んで選んだのが、ただただ教科書で得た知識を溜め込んでるだけのカスって——悪い夢って言われる方が、まだ納得できるんだけど」

「……初対面の人に、どうしてそんな暴言を言われないといけないの」

「泥棒女が、許可無く会話に入ってくんじゃねーよ。それとも、泣かされたいの？」

琉花子の剥き出しの敵意は、在歌へ向けられていた。

「どうやって取り入ったのかしらね。そんな貧相な身体じゃ、色仕掛けも無理でしょ？」

「い、色仕掛け？　そんな恥ずかしいこと、するわけ……」

「琉花子が規格外なだけで、在歌もスタイルは良いんだぞ？」

「なんで獅隈君がそんなことわかるのよっ」「見せ付けられたからな」「…………」

今朝方の件で目眩がしたのか、在歌はぎゅっと瞼の上辺りを押さえていて。

……何にせよ。晒されたままにするのは、どうにもな。少しでも傘になってやりたい。

「琉花子の言うとおり、在歌は確かに頭が固いところがあるさ——けどな。それだって魅力に変えられるくらい、在歌には、人としての美しさがあるんだよ」

「はあ？ こいつの、どこが？」

「残念ながら、それは秘密だ。ただ、一つ言えるのは——在歌はお前のように、金で俺を買おうとは一度もしなかった。在歌にとって金は、目的のための手段でしかないからな」

「まだそんな、くだらないこと……」

「お嬢に何をわけわかんねえこと言ってんだ、ああ？」

ずい、と。そこで城島が、会話に割って入ってきた。

「……こいつ、お前らと協力関係を結ぶ前から、こんなキャラクターだったか？」

「こちらにも、色々とありまして。一口に理由を説明するのは難しいですが……彼の場合、自分よりも強い人間には、付き従おうという気になるようです」

「ああ、なるほどな。暴力的な振る舞いに反して、実際はMなんだな」

「マジにぶっ飛ばすぞテメェ……メガネも簡単にくっちゃべんじゃねえよ」

言って。城島は俺と、仲間である日浦すらも睨み付けつつも——ただ、以前まであった突発的な暴力の香りは漂わせていない。お嬢呼びといい、禁則事項の淵を抉るような態度といい、琉花子はどうも、上手く躾けたらしいな。

「言っても無駄でしょうが。院瀬見さんは、誰彼かまわず喧嘩を叩き売りしないでください。そして城島くん。君も君で、助長するような言動を控えるように」

「……うっせぇな。こんなもん、ただの挨拶だろうが」

ふむ。このトリオの調整役は、メガネ——日浦が、担当しているのかもしれない。苦労人のように幸の薄そうな顔をしているものの、しかしきっちりと、口を挟んでいた。

「日浦君、で良いのよね」「……はい、いかがされました？」

不穏で剣呑な雰囲気が漂う、この場において。

そこで在歌は、三人の中では比較的話が通じやすそうな日浦を選び、声をかけた。

「君たちは問題を解く以外に、他の受験生と何か、賭けのようなことをした？」

「答える義務は、ありま……」「やったけど」「……院瀬見さん、貴女という人は本当に」

会話を遮られるのが腹立たしいだけで、自分が遮るのはさして、問題ないらしい。

以降は琉花子が日浦の代わりとなって、その件についての詳細を語ってきた。

「ま、賭けって言っても、別にたいしたことじゃないけどね——ストリートに、ボドゲ置いてあるカフェあるでしょ？　あそこで適当にゲームを見繕って、その辺にいる他の受験生と契約結んだうえで勝負して、勝った方が負けた方に1000万払う、みたいな感じ」

「……昨日の夜、私と獅隈君に、資産を貸すよう求めに来た受験生がいた。それも、あなたたちが発端になっているの？」

「……そんな奴いた？」「伊佐木、とかいう奴のことじゃねえのか」

「名前なんて覚えてるわけないじゃない」「ポーカーでイカサマを使用した方です」

「あー……下手くそなセカンドディール使ってた、あの雑魚のことね、はいはい」

ようやく思い出したらしい。指先のネイルを眺めながらで、琉花子は答えてくる。

「ま、そうなんじゃない？　イカサマがバレたペナルティで、あたしに明日までに３００0万払えって契約、押し付けといたから——期待してないし、どうせ無理だろうけど」

「……どうも契約ってのは、ほとんどなんでもアリみたいだな」

「事務局側の判定システムで通る限りは、まあ、そうなるんじゃない？」

くす、と小さく微笑んだ琉花子とは打って変わって、在歌は厳しい面持ちだった。

「【黄金解法】のルール、ちゃんとわかっているの？」

「資産を積み上げろって話でしょ？　当たり前じゃない」

「……だとしても。そんな、賭博じみたことをするなんて」

「ふぅん。凡人が、このあたしに指図するって言うのね……しばくぞボケ。あたしがこの場にいる時点で、それはルールの範囲内のことだろうが、んなこともわかんねえの？」

「……」在歌はどうも、諭しても無駄だと判断したようで。

「行きましょう、獅隈君。この人たちとは極力、関わらない方が良いわ」

「在歌がそう言うなら——じゃあな」

ビッと指を立て、二人でこの場から離れ、琉花子たちとも別れようとして——。

「——屋敷直也が運営するグループの存在は、既に知っているでしょう？」

——だが。去り際に琉花子は、それまでとはまったく異なる話を振ってきた。

さながら……初めからそれだけを、俺たちに伝えるつもりだったかのように。

「認知しているし、勧誘もされたよ。聞くだけ聞いて、俺たちは入ってないけどな」

「それはそれは。不幸中の幸いってやつね、きっと」

「……どういう意味？」

やけに気になる口ぶりだったせいで、俺だけでなく在歌も聞き返してしまった。

「だって、あのグループ——今日でぶっ壊れるもの」

$

琉花子が意味深に残していった言葉が、日中の散策間でもずっと引っかかっていた。

屋敷直也たちの破滅を示唆する、呪いにも似た予言。

それをわざわざ、ご丁寧に俺と在歌へ伝えてきたのは、何故か？

牽制か、あるいはただの虚言か……きっと、どちらでもない。

俺には——彼女自らが本格的に牙を剥くという、宣戦布告に思えてならなかった。

巨大な長方形を描くスクエアビジョンを、ぐっと、背筋を伸ばしながら仰ぎ見る。

現在時刻は、十八時一五分――相当数の受験者が、スクリーンの下に集合していた。

「しかし、他の連中はどの程度、資産を積み上げられているんだろうな」

「少なくとも、二人組のところには負けていないはずよ」

「……そうだな。そうなるよう、祈っておこう」

実際、慢心ではなく事実として、俺たち（解いているのは在歌だけだが）は最大限効率の良い問題の解き方、並びに行動をしてきているはず。一時間単位で散策エリアを取り決め、見つかった問題については即座に解き、解いた問題の場所をメモすることで問題が隠されている場所の傾向を探る。在歌の定めた規則内では、これ以上は無い努力だった。

不安があるとすれば、それしかしていない点、なんだろうが……どう転ぶにせよ、まずは三日目時点での結果を見て、それから判断するべき。

『これより、セレクションプログラム【黄金解法】受験者資産の中間発表を行います』

さほど待たずに、事務局からのメッセージがスクリーンに映る。

無駄に焦らされるようなこともされず――即座に、結果が開示された。


『【黄金解法】資産ランキング中間発表』

一位：屋敷直也（やしきなおや）　受験者識別番号：2　資産額・¥18億4820万

二位：院瀬見琉花子（いせみるかこ）　受験者識別番号：99　資産額・¥7666万

二位：日浦涼介（ひうらりょうすけ）　受験者識別番号：126　資産額・¥7666万

二位：城島凱（じょうじまかい）　受験者識別番号：215　資産額・¥7666万

五位：芹沢在歌（せりざわありか）　受験者識別番号：18　資産額・¥6890万

「……なるほど、そうなるのか」

　一位は屋敷だった。他の追随を許さないだけの資産額から判断するに、現段階ではグループメンバーの獲得した正答報酬金を一括で、屋敷が管理していると考えるのが自然だろうな。だからこそ二位を大幅に突き放し、ぶっちぎりでトップに君臨している、と。

　それよりも——注目するべきは、二位に付ける琉花子らの方。一度の解答ミスも無く適切な手段、最適な効率でプログラムを進めていた俺たちよりも、資産は上回っている。

しかも、連中は三人組だ。こちらと同じように稼いだ額をきっちりと分割していたなら――目に見えて端数が出ている以上はそうしているんだろうが、とにかく、数字の桁以上に戦術面で、連中の方が優れていることに他ならない。

なんなら、比較上では屋敷たちをも上回っている。三〇人ほどで総計18億近く稼ぐのと三人で総計2億近く稼ぐのは、個としての優秀さだけを見るなら琉花子らへ軍配が上がるはず。

そして。在歌はこの二組に追随する、五位に位置しているわけだが――。

「……これ、どういうこと？」

俺のワイシャツの背中辺りを掴んで、在歌はそのまま、弱めに揺すってきた。

――疑念と当惑が混ざった、そんな目も浮かべている。

「どうして獅隈君は、私と同じ資産額じゃないの？」

『二〇位：獅隈志道　受験者識別番号：42　資産額・¥5000万』

俺の名前は在歌と並ぶことなく、十数名近くの受験者を挟んだ後に記載されていた。

順位で言うと、二〇位。これがただの試験か何かならそれほど悪くないどころか、上々の順位なんだろうが……ことセレクションプログラムの話に限れば、問題外でもある。

なんたって、まともにやれば、三人しか合格できないんだから。

「……さ、どうしてだろうな」

「はぐらかさずに答えて。……これは、信頼関係を確認するための大切な話よ」

一人で戦うことに固執していた在歌(ありか)から、そんな叱責が出てくれるなんて。

俺は今、関係性の進歩を感じていた。粘り強い対話は、やっぱり大切なんだな……。

「気になるのはわかる。だが、これについては俺だけの背景事情があって――」

「――――話が違うじゃないッ！」

……今際(いまわ)の際(きわ)のような金切り声は、在歌が発したもの、ではなくて。

振り向きざま。視界には食ってかかる受験者連中と、琉花子(るかこ)ら三人組が立っていた。

「や、屋敷(やしき)が裏切るからって言うから、こっちは従ったんだぞ？」

「ええ、どうもありがとう――あまりのピエロっぷりに、本当に笑わせてもらったわ」

場は、いきなり騒然となっていたが……最中、新たな情報が開示される。

『また、以下の受験者については禁則事項に抵触したため、失格処分を下します――』

ランキングの発表を終えた後。スクリーンには、数名の受験者の名前が晒されていた。

今回の入学セレクションプログラムが始まって、最初の失格者。それも、複数。

そこには、昨夜俺たちに金を貸してほしいと頼んできた男子受験生、伊佐木とかいう奴以外の名も羅列されていて――どれだけ察しが悪い奴でも、流石に気付くだろう。

トラブルの原因は、あれなんだろう、と。

「――院瀬見さん。これ、どういうことかな」

当事者と野次馬らが形成する、受験者連中の円。

やがて、騒ぎを聞きつけたらしい屋敷が、その中心へと足を運んでいった。

「……どうする？　こっちの話、続けるか？　それとも、偵察しに行くか？」

「………勘違いしないで。後で獅隈君とは、きっちり話を付けるから」

在歌の表情は険しさ一辺倒で、本人はそれを隠そうともしていなかったが……ただ、カオスの香り広がる場においても優先できるだけ、それほどのものではなかったようで。

方針が決まった後、在歌と二人で連中の方へ、近寄っていった。

「どういうことも何も、失格者が出たってだけの話でしょ？　ご愁傷様よね」

「結果じゃなく、過程の話だ――大方、君が何かしたんだろう？」

屋敷は静かな怒りを滲ませつつ、両の拳を握っていた。俺や在歌を勧誘した際の余裕ある態度とは、まったく異なるもの。そして、彼の怒りが自身の損失からではなく、仲間を脅かされたという点に起因するものだということも、どことなく伝わってくる。

「……触れた禁則事項の概要は『個人間契約の不履行』だった。いったい、何をした？」

「たいしたことはしてないわ。ただ、少しだけ、気になったことがあったから聞いてみただけなのよ——屋敷直也が、自らのグループを裏切らない保証はどこにあるの、って」

奇しくもそれは、俺が屋敷から話を聞いて抱いた疑問と、同じモノだった。

メリットによって結びつく、信頼関係の徹底。それが最後まで、貫き通されるか否か。

……違いがあるとするなら、それは後の行動なんだろう。

俺と在歌は傍観して、おそらく琉花子は——干渉した。それも、負の方向に。

「機会があって、グループの人にあんたがメンバーと交わした契約の内容を見せてもらったわ——ええ、狙いは理解できる。一人に資産を集約させて、再分配を行おうってことよね？　そうすれば最終的に、メンバー全員が入学できるから」

「……そうだ。でも勿論、それをするためにはお互いの信頼関係が必須で、だから契約内容に事前に、個人が資産を持ち逃げできないようなシステムにしてあった」

「……さあ、どうかしら？」

くくっと、小さく喉を鳴らしてから琉花子は、後方に立つ日浦を顎で指した。

「——契約対象者は『屋敷直也×個別のグループメンバー』、内容は屋敷くんが仰るように『獲得正答報酬金の一時共有・所属グループメンバーに対する還元の保証・グループ間の利益競争の禁止』とのことですが――例えば、です。もしも資産を管理している屋敷君が何らかの禁則事項に触れた場合、その瞬間に保有していた資産はどうなりますか？」

「……分配されず、事務局へ接収されるんじゃない？　で？　それをして、僕になんのメリットがある？　そんなのは、単なる自傷行為でしかないじゃないか」

「仰る通り。ただ、屋敷君にそもそも入学の意思が無い場合、この行為は大きな意味を持ちます。大勢の持つ資産と問題の最大数を削り、相対的に、グループへ所属していない人間をアシストする。屋敷くんには自分以外に入学させたい人物がいて、そのための戦術として、これを採用した――こういった前提があるなら、話は別、ですよね？」

「……意味がわからない。妄想するにしても、もう少しマシなものを用意してくれ」

くだらなさに、両の腕を持ち上げてでも否定しようとする屋敷――実際、日浦が語っていた内容は穏やかな草原にＲＰＧをぶっ放すような話でしかなく、突拍子がなさすぎる。

が、それでも日浦の論述は止まなかった。

「では、プログラム最終日にグループメンバーへ、円滑な利益供与がされた場合の話をしましょうか。屋敷くんにグループメンバー以外の協力者がいて、その人物と結託することで、グループ内で統一された各自の資産よりも、さらに上回る資産をゴールラインの間際で、計上できるようにする――こちらのパターンの方が、より現実的だと思いますが」

こっちについては……なるほど、ワンチャンありそうだな。現状、日浦から開示されている情報で判断するなら、それをしても事務局の定める禁則事項には触れないはず。

そして——屋敷以外の人間でも、これなら行える。誰にでも、裏切りのチャンスがある。

「……ここまで語ってきましたが。実際、屋敷くんに明確な背信の証拠はありません」

説明を終えた日浦は、会話の主導権を再び、琉花子へ明け渡した。

「ただ、契約上、あんたはグループメンバーに対して優位だったのには違いないわ。せっせと貯めた資産を台無しにすることもできたし、最後の最後に盤面を引っくり返して、自分だけが得をするようにもできた——どう？　そういう狙い、あったんじゃない？」

「馬鹿な……違う、僕は本当に、そんなつもりは一切なかった」

「……そりゃ、悪魔の証明ってやつだな」城島が低い声で、そう補足する。

「ええ、ダメよ、そんな感情論は通らない……いい？　問題は実際に害意があったかどうかじゃなくて、平等を掲げておきながら構造上はそうなっていなかったこと。だから、あたしはむしろ、善意で提案してあげたのよ。屋敷直也に正答報酬金を送金するの、止めておいたら？って。あたしたちが彼の嘘を白日の下に晒して、契約そのものを無効にできるようにしてあげる——ってね」

「……そんな話を、信じた人がいるって？」

「そういう主体性の無い馬鹿がいたから、事実こうなってるのよ。見てわからない？」

「…………………」

苦々しさを前面に出す屋敷と、自らの短慮を今になって後悔するグループの面々。

この場は完全に、琉花子が掌握していた。言い分としてはファッ◯ン言いがかり的な側面も強いものの、それでも、ここに来て誰も、文句を叫ぶことができていない。

心が目に見えないものである以上、人を信用するってのは、それほどに難しいことだ。ましてやそれが、入学セレクションプログラムという特異な状況でのみ繋がっている人間が相手なら……精神的な動揺を誘うという琉花子の戦術は、効果的に機能するはず。

「それで……ねえ、屋敷直也。一度亀裂が入ったグループを、所属してるメンバーの連中は信じられると思う？　同じようなことが起きるかもしれないのに、正答報酬金を送金する気になると思う？　あたしが同じ立場なら絶対に無理よ、そんなこと」

「どの口が……」

「まあ、でも？　連中は疑うことをまるで知らない子羊なのかもしれないから、もしかしたら、せっせと働いてくれるかもしれないわ——それで？　等分して、あたしたちに勝てる？　中間発表の段階で危ういのに？　あたしたちは愚か、五位の奴にも負けてるのに？」

「……」「……」「……」「……」「……」「……」「……」

沈黙ばかりの聴衆らに向けて、このタイミングで城島が語りかける。

「……おい、今の話聞いてたよな？　降りたくなった奴、いんじゃねぇのか？」

恫喝するような声色。ただ、強制力は無い。内容はあくまで、提案でしかなかった。

「ええ、そうね。残念ながら失格になってしまった人を除いて、他はまだ間に合うかもしれない。今の段階で代表者が責任を取って、稼いだ資産を再分配してしまえばね」

満たされた水槽に、一滴のインクを落とすような行為。その純度は二度と元に戻らない。

琉花子(るかこ)がこの場で行ったのは、不可逆的な蹂躙(じゅうりん)──。

「ま、あたしたちは第三者だし、契約でそれをしたら屋敷直也(やしきなおや)がどうなるのかも知らないし、そもそも送金が、すんなり通るかもわかんないけど……あら。言ってから思ったけれど、そんなこと絶対にしない方が良(い)いわね。ふふっ……今の、冗談だからね？」

神経を逆撫(さかな)でするためだけの言の葉を積もらせる琉花子に、屋敷は唇を噛(か)んでいた。

ただ……それは実際、ボディブローのように効いていたのかもしれない。

そして、この出来事を無かったことにできるほど屋敷の面の皮は厚くなくて、失敗を失敗として受け止められるだけのメンタリティも、用意できていなかったのかもしれない。

「……多数決を、取ろう。今日までの僕の資産をメンバー全員に分配するか、これまで通り戦っても構わないか……もしも前者の票が上回ったら、僕は従うから……」

──屋敷は、折れた。

「…………ふふ。ははっ。あははははははッ──」

事実上の敗北宣言を耳にした琉花子は、達成感に満ち足りた表情で口元を歪めていて。

他人が丹念に積み上げた努力を容易く爪先で弾き、崩壊させる快感に酔っていて。

「はは…………………はぁ。あーあ、つまんないの………」


最後には、その恍惚すらも放り投げていた。

目の前の出来事は、もう何遍も目にしてきた、繰り返しの作業に過ぎない。

誰かにかけられた魔法が解けて、その事実をわかってしまったかのように——。


「……帰ろう。もうここに、用はないだろ?」「…………」「……在歌?」

返答が無かったことよりも、彼女の表情に俺は、面食らってしまう。

「…………こんなの、間違ってる」

自分のことでもないのに、在歌は泣きそうな顔をしていた。

そして——間違っている。それは誰に対してなのか、何に対してなのか。

俺には、在歌の乾いた慟哭を、正しく拾い上げてやる術がなかった。

$

在歌の俺への疑念が、琉花子と屋敷の舌戦のおかげでどうにかこうにか有耶無耶になってくれないだろうか——なんて、そんな淡い期待は、あまりにも儚く散っていった。

「端末を見せて」「……夫の浮気を糾弾する妻みたいな台詞だな」

場所も相まって、解像度が異様に高い。

ハイクラスの一室——俺に対して、割り当てられた部屋。なりゆき的に説明義務から解放されたがった俺を在歌が追いかけてきたことで、こんな光景が展開されてしまっている。

「女性を自らの部屋に招く場合、それなりの準備をしておきたいんだけどな」

琉花子に続いて二人目の来訪だったこともあり、余計、そう思う。

「……端末、というのは正確じゃなかった。資産額と、送金履歴だけで良い」

微妙にサジェスティヴな発言をしたつもりだったが、在歌の方はまったくの無反応。完全なる無視。こっから濡れ場に持っていける人間なんて、現存人類にはいなそうだ。

しかし……見せろと言われたからには、開示するしかない。

「ほら、なんなりと」「…………」

俺の端末を受け取った在歌は、公認会計士もかくやといった目で数字を覗き込んで——。

「意味がわからない。どうして獅隈君は……他の受験者と、送金し合っているの？」

アプリケーション上で確認できる送金履歴には、金額と送金者の名前が記されていた。

正答報酬金という概念がある以上、基本的には事務局からの送金が主になる。

で、次点でデュオやトリオを組んでいる協力者からの送金、俺で言うなら、芹沢在歌という名前だけが頻出するはず。そのはずなのに、なんなの、この惨状は――。

在歌が言いたいことの内容は、まあ、こんなところだろうな。

「これが一人二人だけなら、私もここまで言わない。でも、何人もの人と送金し合っているから、余計にわからない……答えて。彼ら彼女らと、いったい何を目論んでるの？」

緻密に詰めてくる在歌から、同時に、不安定な感情の揺らぎも押し付けられてしまう。

……潮時、なのかもしれない。隠し通すには、資産額というのは目立ちすぎるしな。

あらかじめ答えを用意しておいたのは……やっぱり正解だった。

「初日、俺は在歌に勝つために相当数の人間に協力を頼んでいた。それは知ってるよな？」

「……それで？」

「そして、送金者として記載されている名前は全部、そいつらの名前でもある」

「……どうして？」

「正答報酬金を預かる時の契約に、そういう条件を付与していたんだ。お互いに、適宜送金を行う――資産ランキングを擬似的に偽るために、な。三日目の段階で、各受験者の総資産がバレるのはわかっていただろ？　それはつまり、誰が下位で誰が上位なのかが、すべて筒抜けになるということでもある。上位の奴を陥れるには、願ってもない情報だ」

わかりやすいところで言うなら、問題を探す行為そのものへの妨害。

あるいは、さっきの琉花子のように狡猾に、緻密な奸計を練ってからの実行。

そんなことがまったく無いと言い切れないからこその……お互いのための保険。

「だから、俺が資産のやり取りをしていた相手に、ランキング上で十位以上の奴はいないはずだ。三日目の段階では目立たないように、狙われないようにするためにな」

「………………」

「資産をならすよう提案したのも俺だよ。正答報酬金の一時預かりを願い出るためにはそれなりの手土産も必要で、資産を送れない以上、知恵を手土産にするしかなかったんだ」

「……目的は、なんとなく掴めた」

「そりゃ良かった。疑われたままなのは、こっちも嫌だしな」

一通り釈明は終わり、現状、俺から言えることは尽きて――だが、しかし。

「でも……本当に、それだけ？」

在歌の疑いの目は晴れないままで、早々に退出してくれる気配もなかった。

「他に、どんな理由があるんだよ。戦術の提案をすることで、俺に対するリターンを得るための術を受け入れてもらう。お互いに Win-Win にするための、一つの交渉材料だろ？」

「ええ、わかるわ。獅隈君の言っている内容は理路整然として、隙が無い。メリットデメリットで考えても、どうして正答報酬金の一時預かりができたのかってことへも、一応は正しい回答になってる——そのうえで、聞く。獅隈君に、他の意図は？」

在歌の口調は問い詰めるというよりかは……縋り、求めるようなモノに変わっていた。

「…………………不安なの」

「何がだ？」

「自分が間違っているんじゃないかって……たまに、そう思う」

「……俺が勝手に汲み取っていいのか？」

悠然と——俺は、両の腕を大の字に広げてやった。

「何人かは、信頼関係を崩されたことでリタイアする羽目になったみたいだけどな——一個、言っておく。俺は、在歌のことを絶対に裏切らない。もしも屋敷たちの様を見て焦燥に駆られたって言うなら、ハグでもチークへのキスでも、いくらでもしてやるさ」

「……それをして、何かわかるの？」

「わかるかもしれないし、わからないかもしれない。というわけで、どうだ？」

「……いい、遠慮しとく。なんだか、都合の良い口実に使われている気もするし」

提案を退けながら、在歌はラムネ菓子を口に運んでいた。もはや見慣れた光景でもある。

「詰問タイムが終わったわけだし、そろそろディナーへ行かないか？」

「……」

「基本、栄養は食事で摂取したほうが良いぞ？　ブドウ糖だけじゃ、バランスが悪い」

「……ねえ」

ＰＦＣバランスの重要性を説こうかと思った辺りで、在歌は返事をしてきた。

「獅隈君が良ければ……昼間の続き、してほしい」

またしても、主語が無くて——ただ、在歌が読み聞かせてほしいものが俺についての物語だということは、細かい修飾語で説明されなくても、あっさりと理解できてしまう。

「俺が——獅隈志道が、どうしてパートナーに養われたいのか。ひいては、金が嫌いなのはどうしてなのか？　……在歌が聞きたいのはたぶん、この辺の内容だよな？」

念のための確認に、彼女は小さく頷いてくる。

「……私はまだ、君のことを知らない。セレクションにおいて他人を知ることなんて不要だと思っていたし、それが間違っていたとも思わない——だけど。少しずつ、君に対しての個人的な関心が芽生えつつあるのも、事実。ずっと一緒に、いるわけだし……」

「そう思ってくれるだけで、俺は素直に嬉しいよ」

「一応言っておくと、あくまで人間的な興味だから」

色恋沙汰では無いと釘を刺してきつつも、在歌の熱心さは鳴りを潜めないままで。

「差し支えなければ、君の行動理念や過去を教えてほしい。それがどんなものだったとしても、否定しないから——何より私が、知りたいと思ったから」

「……それがたとえ、面白くもなんともない話だったとしても？」

　ままならなさを仄めかしても、在歌は黙って、受け止めてくれるだけだった。


　彼女の方から自発的に興味を持ってくれたのは、俺にとっても喜ばしいことだ。

　ただ——俺は、適切に語れるだろうか？

　芹沢在歌が獅隈志道という人間を理解できるような、そんなストーリーを——。


「——獅隈志道の生まれた家は、それはもう、リッチだった」

　見切り発車で切り出したものの、語るべき内容は決まっている。

「父親は資産家で、母親もまた、資産家だった。いわば上流階級だな。俺は生まれた時から常に満たされていて、境遇にも満足していた。庭の写真でも、見せたいくらいには」

「……機会があるなら」

「準備しておくよ。でだ。加えて、両親ともに善良な人間でもあった。そしてこれは、俺の主観ではなく社会的認識に基づくものと捉えてほしい——ＮＧＯへの寄付や孤児院の設立、環境保全への投資に犯罪被害者への支援。そういったものに、精力的だった」

　淡々と。起きた事実だけを回想するかのように、俺の舌は車輪のように回る。

「そんな二人が、俺は誇らしかった。富む者が、富まざる者へ分け与える。それが偽善だったとしても、一人でも救われる人間がいるなら讃えられるべきだと、そう思っていた」

一度言葉を切ってから、獅隈志道の記憶を更にたぐり寄せる。

……ここからは、声や挙動が不自然にならないよう、気を張る必要があった。

「それで――俺が十二歳の時に、二人とも死んだ」

「…………………………………」

「HAHA、わかりやすいリアクションだ――ま、ありふれた理由だよ。自分の人生に絶望した男がセミオートライフルでもって不特定多数を道連れにして、そのうちの犠牲者二人が俺の両親だった、というだけの話だ。銃社会じゃあ、よくあることだな」

「……その、ご冥福をお祈りするわ」

「信仰は違えど、祈ってくれるのは嬉しいよ。で、まあ、死んだわけだ。獅隈志道の両親は若くして、天国へ旅立った。となると、残る問題は二人が残した資産がどうなるのか、という話だが――親族連中の誰からも、その話ばかりをされた。なんなら聖書の読み上げの最中にまで、だぞ？　相続がどうだのなんだの、当然ノイローゼにもなる」

当時の情景を思い浮かべながら――俺はまた、言葉を切った。

「カウンセラーに、不満をぶちまけまくったよ。この世に神がいるなら、どうして俺の両親は死ななければならなかったんですか？　あれだけ善行を積んでいたのに、何故、他人の憂さ晴らしのための犠牲になったんですか？　……思い出すだけで、具合が悪くなる」

　精神科医の前で喚く幼少の獅隈志道は、やけに無様で、みすぼらしく思えた。

「ただ、行き着いた答えは、残酷なまでに簡単だった。俺の両親が金持ちで、善人で、何より持たざる者に寄り添ってしまったから。自分の幸せよりも、他者の幸せを優先してしまったから――そういや、銃乱射の舞台は設立して間もない孤児院だったっけな」

「……思い出した。かなり昔に、ニュースで……」

　これだけ嫌な記憶の合致も無いだろうなと、失笑してしまいそうになる。

「というのが、一連の流れだが――わかるだろ？　金のせいで、俺は家族を失った。失うどころじゃ飽き足らず、財産や思い出の場所も簒奪された。さっき言った庭も、今となっては写真のデータしか残っていない。親族に土地ごと、根こそぎ持ってかれたからな」

　……ロサンゼルスの不動産は、遺児に託すには勿体ないだけの価値を有しているらしい。

「で？　こんな俺に金を稼げと？　……すこぶる愉快なジョークだが、しかし、わからないな。金を手にして億万長者になったら、良いことでもあるのか？　金には無限の可能性があるって？　……そうだな。なまじ富んでいたから、俺の両親は撃ち抜かれたんだよな」

　鼻の頭を掻きながら。どうにかして、感情を押し殺している風を装う。

「逆だよ。金のせいで、人は死ぬ。そこまでいかずとも他者と争い、踏みつけにし、人よりも富もうとする。ステータスとして、持つ者であろうとする――うんざりなんだ」

「……アメリカからここに来ているのは、身内の人と縁を切りたかったから？」

「ご明察。ついでに言えば、皮肉も利いてるだろ？　金が嫌いな人間が、金に支配された学園に進学しようとする。俺を映画化したら、きっとコメディに分類されるだろうさ」

「………………」

「……他の進学先も探してはみたんだが、どうにも無理だった。ただでさえ国を跨がなければならないというのに、他の条件をクリアするための遺産もツテも今の俺には、毛ほども残っていなかった……自分の無力さを実感したのは、これが最初じゃあないけどな」

とにかく、あの自由の国を捨てることになるなんて、思ってもみなかったよ、と。

殊更に明るくしてみせる俺とは打って変わって、在歌は暗い表情をしていた――その他の詳細な部分も、あまり聞いてこない。人死にが原因ってのが、やっぱり大きそうだ。

……そろそろ締めよう。

不幸を嘆いてばかりでは何にもならないことを、俺は、その身で思い知っている。

「恋人を求めてるのは、それが一番、わかりやすいものだからだよ。真実の愛は、金で買えない。少なくとも、俺はそう思っている。俺が嫌いな金を否定してくれる、とも――幸い俺は、ガールフレンドと話すことが好きだったからな。正直、都合が良かったんだ」

「……」

「……全部、在歌の言うとおりだ。程度の低い目的で、ここで叶える必要がなくて、何よりも独善的な思想を前提にしてる。だが、他にどうしようもなかった。第三言語を学ぶことやベンチプレスを上げることよりも、自分の未来を考えることは難しかった」

金と関わりたくないと偉そうに掲げても、実際、金が無ければ生きていけない。

資本主義経済の円環に、獅隈志道は縛り付けられている――。

「だから俺は……思考を放棄した。エゴを通すための理屈を作り、それを正当化した」

言い終えて。無性に喉が渇いて、ノベルティのペットボトルに手を伸ばした。

「――以上。ご清聴、どうもありがとうな」

バックヤードに予め補充されていたかのように、獅隈志道の過去は綺麗に陳列された。

それをどう思い、どう処理するかは――それもやはり、在歌の自由だったわけだが。

「……事情は、理解した」

立ち尽くしていた在歌は、視線を窓越しの夜景から、俺の方にスライドさせてくる。

「君が私の夢を否定したのも、今は納得できる。君の両親と私の目的は、似ているから」

俺より余程哀しそうな表情を浮かべて、それでも、在歌は。

「そのうえで――私は、獅隈君の主張を肯定してあげられない」

「だろうな。むしろ、それでいいんだ。耳を貸す必要も無い、戯言みたいなものだよ」

「だけど……強く否定しようとも思えなくなった」

「……哀れだからか？　だったら、やめてくれ。これだけ喋っておいて言うのもファッ◯

ンおかしいが、俺は別に、誰かから同情されたかったわけじゃない」

「違う、そういうことじゃなくて……その、君なりの出来事があったってわかってしまった以上、私には、何も言う権利が無いような気がしたの」

その結論は、正しさを重んずる彼女、だからこそのモノかもしれない。

肯定も否定もしないというのは、この場における、おそらくは最適解だった。

「だから。これはあくまで、私が思ったこと、だけれど……」

一度自らのスタンスを定めたうえで、在歌は小さな声で呟いてくる。

「……何か別の目的とか夢とか、そういうものを探してみるのはどうかな、って」

「入学した後の話か？　自分から金を稼ぎ、大きな何かを成し遂げることを目指せって？……無理だよ。恋人に養われ支えたいという目的ですら、後付けなんだから」

「完全無欠のオールマイティなんでしょう？　……だったらそれくらい、できるはず」

「っ……ああ、そうだ。俺に足りていない能力は無いし、やろうと思えばなんだってできるさ。だが……それだけだ。完全無欠だが、完全無欠でしかない。動力が無いんだ」

「なら、それだって見つければ良い」「簡単に言ってくれるけどな……」「……」「……」

エンジンのイカれたスーパーカーのような俺を、それでも在歌は諦めてくれなかった。

叶うなら、また走り出してほしい――そう、訴えかけている。

「……難しいな。セレクションを通るよりも何よりも、遥かに難解だ」

「三年間もあるんだから、寄り道は、いくらでもしようがあるでしょう？」

「それもこれも、無事に入学できた後での話、だろうけどな」

「――そうね。だからこそ、明日からも私たちは、着実に努力を続けなきゃいけない」

「問題を解けって？」「それはもう、諦めてる……探してくれるだけで、良いから」

困ったように笑顔を作って、それから在歌は、出入口へと向かっていって。

「……食事に行きましょう。早く済ませないと、閉まっちゃうでしょうし」

つまらない話をした自覚はあるものの、どうも行く気にはなってくれたらしい。

だったら、少しは成果があったかもなと、俺は彼女の背中を追いかけようとして――。


「――――なに、これ」


耳慣れた、電子通知音。

お互いの意識が携帯端末へ向き、確認すると、クラウドメールが届けられていた。


『最終資産ランキングで上位三〇名の受験者が獲得した資産は、たとえ入学できずとも全額譲渡されます』

Chapter7　Bet or Die

俺と在歌の心理的距離は、少しずつだが縮まっていたような気がしていたが――。

ただ、それとこれとは話が別といった具合に、今日の在歌は、朝から鬱々としていた。

……原因が特定できるのが、唯一の救いだな。

「昨夜のディナーの時にも話したが、所詮は中間結果に過ぎないんだ。しかも、上回るべき相手もはっきりしていて、琉花子たちと屋敷……」

言いかけて、すぐに口を噤む。

今朝方、屋敷直也に失格処分が下ったという全体連絡が、事務局からアプリを用いたチャットによって伝えられていた――リタイアの屍が、更に一つ増えた、というわけだ。

結んだ契約内容が、プログラム途中での配当を是としていなかったのか。

もしくは、自分のせいで失格になった受験者らへの、贖罪のつもりなのか。

セレクションから屋敷が弾き出されてしまった今では、その真相は闇の中だ。

「……何にせよ、ここから巻き返せば良い。そうだろ？」

キャンパス群のうちの、一つ。

ガラス越しに光が差し込む通路を進みながら、俺は、在歌の悩みの種に触れてみた。

「やることはそうだけれど、事態はそう、簡単な話じゃないわ」

凛然(りんぜん)とした表情は崩さないままで、彼女は返答してくる。

「単に資産額が上回られてるだけじゃなくて、それを、彼女らがどうやって積み上げたかが問題——一位の屋敷(やしき)君はグループの資産を管理していたからって理由だろうけれど、でも、これから会う相手は違う」

直接的な名は出されなくても、誰のことを指しているのかはわかりきっている。

——院瀬見琉花子(いせみるかこ)。

屋敷を潰したやり口から、彼女が好む戦術の傾向も、なんとなく測れた。

他者を陥れることで、自らが優位に立つ。時に狡猾(こうかつ)に、時に大胆に他者を退ける。

俺たちが入学権を得るには——そんな彼女らを、凌駕(りょうが)しなければならない。

「何を持ちかけられるかは知らないが、手短に聞くだけ聞く……そうだよな？」

「……ええ。彼女には、私から確認したいこともあるから」

そこまで話した辺りで、目的の場所に到着した。

なんでも——その琉花子から、俺たちへ話があるらしい。

$

通常時は、長者原(ちょうじゃばら)学園一年生の教室として利用されている空間。

そこに琉花子と、彼女の二人の部下――日浦と城島が待ち受けていた。

「……ね？　あたしの言ったこと、正しかったでしょ？」

入室を確認するなり。机の上で足を組んでいた琉花子は、得意気に話しかけてくる。

「正しかったというよりかは、正しくした、という表現の方が適切な気がするけどな」

ちょうど、琉花子の真正面に位置する座席へ腰を下ろす――在歌は立ったまま。その態度が苛烈な警戒心から来るものだということは、ここへ来る途中でも感じ取れていた。

「そっちからしても、目障りだったんじゃない？　感謝してくれてもいいのよ？」

「次の標的を俺たちに定めていてなおそんなことを言ってるなら、相当白々しいな」

「あら、人聞きが悪いわね。志道の心のなかのあたしって、そんなに悪人に見える？」

「少なくとも、手を繋いで一緒にゴールしようね、ってタイプではないだろうな……なあ。随分目の敵にしてくれてるみたいだが、俺が従者にならなかったことは、そんなにも琉花子のプライドを傷付けるものだったのか？」

それはもう、ファッ〇ンな罵倒が返ってくるんだろうなと身構えていた……が。

「……そうね。不愉快だった。せっかくあたしが、蜘蛛の糸を垂らしてあげたのに」

嫌悪の言葉の割に、琉花子はそこまでの怒気を示さなかった。なんなら、本当に落胆しているかのようにすら見える――本心がどうなのかまでは、俺でも見透かせないが。

「ま、何を自惚れているのか知らないけど、その件は終わった話よ。てか、いつまでも引きずってるのはそっちなんじゃない？　あたしを選べば良かったたって後悔してる？」

「……俺はここに来て行った行動の何一つに、後悔していないいさ」

「中間発表では負けてるのもスケジュール通りってことかしら？　……虚勢よね、それ」

「院瀬見さん——まずは、答え合わせからさせて」

在歌が会話に入り込んできたからか、琉花子は整えられた眉を、大きくひそめた。

「……あんた、周りからよく、空気読めないって言われない？」

「『最終資産ランキングで上位三〇名までには、積み上げた資産が譲渡される』という追加情報、あるでしょう？」

「完全無視かよ、このアマ……まあ、いいわ。それが、どうかした？」


「——あれ、院瀬見さんが流したもの？」

「…………へぇ」


どこか感心した様子の琉花子は、そこで初めて、在歌からの言葉を待っていた。

「厳密に言えば、それ以前に送信されていた事務局名義のクラウドメールも、あなたが送信していた。『八時からエリア開放が始まります』だとか『今日は資産額の中間発表が行われる』だとか——なんの変哲も無い情報だけれど、共通するポイントが一つある」

在歌はさりげなく犯人を断定しつつも、推理パートを継続する。

「それらは全て、プログラム開始時点で受験者側に開示されていた、わざわざ教える必要もない情報よ――事務局側の親切という線も考えられるけれど、だとしたら何故、クラウドメールなの？　プログラムの専用アプリケーションという打って付けのシステムがあるのに、どうしてそれらだけは、メールで送る必要があるの？」

……つられて俺は、端末のクラウドメール。中でも、そのアドレスだけを確認した。

受験者識別番号、長者原、末尾には、ドットコム。

完全に今回のセレクションのためだけに用意されていた端末だからか、継続的なセキュリティは考慮されていないわけだが……だからこそ、在歌の疑念にも正当性が出てくる。

「端末のクラウドメールを利用したのは、チャットアプリと違って発信者名を『学園事務局』に偽れるから。そして、それ以前にメールを送信していたのは、スケープゴートとしての狙いから、でしょうね。最後に送るメールの信憑性を、少しでも増すための――」

心理学で言うところのフットインザドアに近い。最初に小さな情報を通すことで、送信主は受験者らの意識を、自分に都合の良いものにコントロールしようとしていたんだろう。

「あたしには、言っている意味がよくわからないけれど……それで？」

「これが通るのは、事務局側が基本的に無干渉のスタンスを取っていることにある。例えば、禁則事項を犯してはいけないか否かの質問は明確な答えがあるぶん、どの事務局員に聞いても同じ答えが返ってくる。だけど——あの送られたメールが真か偽かを訊ねても、回答されないはず。本当は違うにしても、それを事務局側が回答する義務はないから」

「仮に、あたしがそのメールを流したとして」

どうも琉花子は、あくまで第三者としての仮面を被るつもりらしい。

「だとしたら、それはそれで良いことだと思わない？　目先の金につられて本質を忘れるような馬鹿、ふるい落とされて然るべきでしょ」

つつがない反論は、彼女の平静さを色鮮やかに浮かび上がらせていた。

「それに、少しでもまともな知能を持っている人間なら、あんなの嘘だって、わかるはずよね？　ただ学園に入りたいって意思があるだけの凡俗に、ぽんぽん投資するわけないでしょってことくらいは……現に、上位層の連中は見破ってるだろうし」

それもそう。とりあえず俺と在歌は信じていないし、だったら、他の受験者で見抜く奴は当然いるはず——ただ、このやり口の巧妙な点は、情報の真偽を証明できない点にある。

善意の第三者が貰えるわけないと主張したとして、無条件に信じられるか？

正常性バイアスにかかってしまった連中を、貴重な時間をかけて誰が説得する？

……一度疑惑の色が充満した空間なら、それはより、困難になる。

屋敷が公衆の面前で陥れられたことが、ここにきて、一つの布石にもなっていた。

「あんたがその確認をしたいからここに来たんだとしたら、無駄足ね。あたしは何を聞かれても、肯定も否定もしない。箱の中の猫が死んでいるか生きているかが、外側からはわからないように——そのブラックボックスをあたしは明かさないし、明かせない」

最後まで口を割らなかった琉花子だが、もう、判別は付いたといった様子の在歌。

「そう……なら、これも仮定の話にしてくれていい」

優雅にしらばっくれる琉花子へ、在歌は憮然としたままで訊ねていた。

「場を混乱に陥れて、他人を踏みつけにして——気分は、どう？」

「そうねぇ……暇潰しくらいには、なってるかしら♥」

「……最低よ、あなた」

間に挟まれたら体内から弾けてしまいそうな程の、苛烈な睨み合いだった。

「女同士の争いってのは、どうしてこう、生々しいんだろうな？」

「性別は特に関係ないと思いますが……」

緩衝材代わりに日浦に話しかけてみたものの、賛同は得られなかった。続けて城島にもどう思う？と振ってみたものの、こちらは完全無視。これはまた、嫌われたもんだな……。

「話は終わったようだし、本題に入りましょ——ねえ、芹沢在歌」

で。意外にも、琉花子は俺ではなく在歌に対して、その提案をしてきた。

「あたしと、ちょっとしたゲーム、でもしない？」

「……ゲーム」突如としての提案に、仕歌は当然、訝しんでいて。

「勿論、拒否しても構わないわ。ただ、今のままじゃ勝てないって、少しでもあんたがそう思ってるなら――あたしからの誘い、乗った方が良いと思うけどね」

「その、ゲームとやらの内容は？」

思わず口を挟んでしまった俺に、琉花子は威勢良く応答してくる。

「簡単に言えば、ちょっと変わったオークションよ」


琉花子が提案してきたゲームは、お互いの金銭の増減を前提とした代物だった。

――名を、第一価格オークション。

それは、なんとなく頭で想像できるオークションと、少しだけルールが異なる。

例えば、絵画や骨董品なんかをオークションによって売買しようとする場合、参加者らはスタート金額から徐々に自分が出せる金額をつり上げていき、そうして最終的に最も大金を払った人間が、落札者として選ばれる。こちらの形式は、いたってシンプル。

だが……第一価格オークションの場合、そうはならない。

先の例のような自分の入札額や他人の入札額がわかる形式――公開入札とは違い、他の参加者がその商品にどれだけの値段を付けたのかが一定時点まで秘匿されている、封印入札方式だから。事前に紙か何かに自身の入札額を記入し、それが参加者らのなかで最も高い入札額だった時に初めて、落札者となることができる。

そして。

この場でのオークションにおける入札対象は――『問題の所有権』だった。

「徹頭徹尾、琉花子は普通に問題を解くつもりは無いらしいな」

「初日はちゃんと、従ってあげてたわよ？　……でも、やって思ったけど金額がしょぼいのよね。どんなに大きくても正答報酬金って100万200万くらいしか貰えないし、ちまちま探すのも面倒くさいし……それに。たまに少しだけ頭の回る奴が、正答した問題カードを隠してた場所に置き去りにしてることもあったし。ほんと、めんどくさくてたまんないわ」

「……そんなことしてる人がいたの？」

驚きを顔に出さないようにしつつ、小さく指摘するだけの在歌。解いた後の問題カードは回収するとも捨てろとも言われていないため、そういった小細工をする人間もいたんだろうが……ま、卑怯寄りの手法だな。在歌からしたら、許容できないはず。

「大方、トラップのつもりなんでしょうけど……逆に、あんたらはそういう問題、一問も無かったの？　へぇ――運が良いのね」

どうでもいいけど、と。琉花子は、すぱっと流してから。

「……だったら、別の稼ぎ方を考えちゃえばいい。別に、なんでもいいのよ？　ボードゲームでもギャンブルでも、それこそ殴り合いでも——本当にダメなのは契約締結の段階で弾かれちゃうけどね。逆に通るなら、どんなことでも稼ぐための手段に変えられる」

「琉花子たちが俺たちを上回っていたのは、それがぽんぽん上手くいっていたから、ってことになるのか？」

「そうそう。何せ、問題ってギミックで稼げないような馬鹿ほど乗ってくれるから——ウケるでしょ。正攻法で勝てないような人間が、このあたしを出し抜けるわけもないのにね」

……ゲームを考案し、契約によって相手を搦め捕り、勝利したうえで資産を奪い取る。

屋敷とも在歌とも違うその手段は、院瀬見琉花子が選ぶに相応しい代物に思えた。

「それを、俺たち相手にもやろうって魂胆なわけか」

「ええ——大まかなルールは、日浦があんたらにチャットで送った内容の通り。だけど、念のため口頭でも伝えておくわ。今回のオークションで競り合うものは『第三者から提供してもらった問題の所有権』。これを、あたしと芹沢在歌で競り合おうって話」

無言のままの在歌と違って、琉花子は饒舌に説明を続けてくる。

「入札額の最低入札金額は10万からで、最高入札金額は、その問題で得られる正答報酬金——100万なら100万だし、50万なら50万円。お互いに開示した時に入札提示額が被ったら、落札者はコイントスで決める。ここまで、理解してる？」

「……ええ」やけに親切な琉花子へ更に警戒を強めつつも、肯定の意を示す在歌。

「で。落札者が提示した入札額は、その問題を保有している人間に支払われるわ」

「正答報酬金を在歌か琉花子が受け取るわけだから、その代わりとなるリターンが、これに該当するってことだよな？　……妥当だし、この条件なら問題も集まるかもな」

第三者から提供してもらう、というところだけを見ると、そんな簡単に集まるものだろうかと思ってしまいそうにもなるが……それが捨て問であるなら、話は変わってくる。

持ち腐れる一方の問題を提供することで、ほんの少しでも資産を稼げる。どうせ解けないなら、少しで良いからキックバックが欲しい――そう考える奴は、少なくないはず。

「あ、そうだ。ついでに言っとくと、条件が付帯されてる問題については集める段階で弾いちゃうから。この場で解かなきゃいけないんだし、そんなのやってる時間ないでしょ？」

……日浦から送られていたルール書の、フェーズの項を参照する。

『フェーズ：

１：芹沢在歌・院瀬見琉花子の両名に全問の情報（問題内容と正答報酬金の額）が開示され、各問に対する入札額をオークション進行役の人間にチャットで送信する。

２．両名が全問への入札額の送信が終わったら、どちらの入札額が大きいかを一問ずつ開示していく。

3．最終的に全問の開示が終わり一問ごとの落札者が確定した後、問題の解答へ移る。また、この際に初めてオークション進行役の人間から落札者に対して問題番号が明かされたうえで、実際の問題カードも渡される』

オークションの工程と問題解答が一体化されている以上は、そうするしかないだろう。

とまあ、一応ここまでの説明に、異議を申し立てたいようなポイントは無かったが……。

「ただ、ここまでの条件だけだと、あたしも芹沢在歌もこんなことする必要が無い。普通に問題探したり、他のことで資産を積み上げるほうが、よっぽど良い——でしょ？」

……どうにもきな臭くなってきたのは、俺の気のせいじゃあないはず。

「だから、こうするの。まず、あたしも芹沢在歌も、入札は絶対にする。この問題には入札しないとか、そういうのはナシ。そのうえで——問題の所有権を得た人間が正答できたか否かによって、お互いにペナルティが発生するようにする」

「……それが、チャットに書かれている、タイムペナルティという部分でしょ？」

「ええ。問題を正答できたら相手に一時間、問題がばら撒かれてるエリアへの、進入禁止を強いることができる。逆に、自分が正答できなかったら自分が、進入禁止になっちゃう。正答報酬金のリターン以外にも、相手に時間的リスクを負わせることができる——どう？多少はスリリングだと思わない？」

……嬉々として言ってくる琉花子だったが、事はそう、穏やかじゃない。

そもそも、捨て問というのは解けないからこそ、捨て問になり得る。ということは、自ずと問題の難易度も上昇するため——ペナルティを負う可能性も、比例して高くなる。

……どれだけ在歌が賢くても、そんな彼女にも解けない問題はあるかもしれない。

「ローリスクローリターンが嫌なら、ハイリスクハイリターンにしてしまえばいい——あたしかあんた、どちらかがダメージを負うことを前提にすれば、そっちだって、このゲームに参加する意義が出てくるんじゃない？」

「……」

「きっちり資産を増やしたうえで、あたしにペナルティを被せられるかもよ？」

対抗心を煽るかのように、琉花子は不敵な表情を作っていた。

持ちかけられた側の在歌は——深い呼吸をしてから、こちらを向いてくる。

「どう思う？　やるべきか、やらないべきか」

人に意見を聞いているとは思えないほどの決意が、彼女の声色には宿っていた。

「やりたいなら、やればいい。いつも通り俺は、止めやしないさ」

「なら、質問を変えるわ——院瀬見さんは、正しいと思う？　間違ってると思う？」

「……その答えは俺よりも、在歌こそが一番知ってるんじゃないか？」

「…………わかった」

頷いてから、在歌は再び、琉花子と相対した。

「――貴女の誘い、受ける」「良い返事ね……ちなみに、動機は？」

在歌が琉花子へ近づいていったことで、彼女らの距離は、一メートルも無くなった。

「あまり言いたくはないけれど――院瀬見さんのやり口は、ひどく不快よ」

「あら、酷いことを言うわね。でも、どうして？　セレクションって、根本的に蹴落とし合いでしょ？　自分が優位に立つために他者を退けるのって、当然のことじゃない？」

「だとしても限度があるし、あなたのそれは、遥かに逸脱している。それどころか、他人の苦痛を見たいがために、セレクションという舞台を利用してるようにすら見える」

「どうかしら……で、そんなあたしを始末したいから、やる気になった？」

「場合によっては、退けることになる」

「ふふっ……良い、凄く良いわ、芹沢在歌。その身の程知らずな態度だけは、本当に好み。調教して、ぐちゃぐちゃにしてあげたくなっちゃうくらいには――」

トラッシュトークは、無限に続きそうな勢いだったが……先に引いたのは琉花子だった。

「――ま、いいわ。さっきまでの内容は、日浦が契約として文章化してある。後はそれを芹沢在歌が受け入れて、第三者から問題が集まったら始めるけれど――本当に、やる？」

琉花子の最終確認の後、在歌も口を開いた。

「一つ、不満があるのだけど……二人組のタイムペナルティと三人組のタイムペナルティでは、時間の価値が違う。削られるマンパワーに差があるのは、不平等でしょう？」

「……ま、確かにそうね。だったら、こっちのタイムペナルティだけは三人に科されることにしても良いわよ？　内容を微調整したいなら、好きにしてくれて構わない」

「…………」返事をする前に、在歌は琉花子の表情をじっくりと観察していた。

「いえ、結構……私の目的は今、達成されたから」

「は？　何それ、どういう意味？」

「どうしても、私を卓に着かせたいんでしょう？　だから多少の異議を受けても、妥協しようとしている。でも、本来の院瀬見さんはそんなの絶対に許さないはず。自分の決めたルールは、無理にでも押し通そうとする――だから、今の貴女には他の意図がある」

「……意図ってのは、例えば？」「イカサマで、私を嵌めようとしている」「…………」

「使うなら、覚悟はしておいてほしい――まあ、言っても無駄かもしれないけれど」

琉花子からの返事は無く、それを在歌は咎めたりもせず――ともあれ。

在歌と琉花子の契約に基づくゲームが、ここに締結された。

『契約対象者：受験者識別番号18：芹沢在歌×受験者識別番号99：院瀬見琉花子』

『契約内容：

1：両者は本契約に基づき、第一価格オークションの全工程を円滑に進める。

2：当該オークションにおいては『問題の所有権』を競り合うものとする。
3：当該オークションで競り合う問題は『第三者から提供された問題』を使用する。
4：当該オークションで提供された問題は、オークションの全工程が終了するまでは芹沢在歌・院瀬見琉花子のいずれか落札した者のみしか、解答してはいけない。
5：工程の進行中に不正行為や著しい遅延行為が確認された場合、並びに契約に反する行為が確認された場合は、その対象者に対し、失格処分が適用される』

$

競り合う問題については、オークション進行役として日浦が集めてくることになった。

……万全を期すなら、琉花子に与している日浦を、そのポジションに座らせるべきじゃない。この場に関係の無い第三者を二、三人引っ張ってきて、そのうえで、関連するすべての役割を一任してしまうのが、公平性を担保するための、理想の方策のはず。

だが、プログラムも後半戦に差し掛かった状況で、そんな頼みを聞き入れてくれる人間が簡単に見つかるかと言われたら……まあ難しい。各々、自分のことだけで手一杯のはず。

それに——実際のところ、それはデメリットばかりじゃない。

琉花子や日浦が最初から嵌めるのを前提で行動しているのであれば、むしろ、させてやればいい。誘いを受けた時点で在歌だって充分警戒をしているはずだし、何より、それを暴くことができれば、二人まとめて、失格処分に追いやってしまうことすらも可能だ。

そして。それらのカウンターを考えるなら、できるだけ相手を、監視しやすいポジションに縛り付ける必要がある。それこそ進行役のような、一番目に付くポジションに――。

三〇分ほど経過した辺りで、問題を一定数集め終えた日浦が、教室に戻ってきて。入れ替わるようにして、俺と城島はオークションの場から出て行くように指示された。

本当は、俺もその場に残れるのが理想だったものの……。

在歌からのリクエストがあった以上は、それに従うしかない。

「自分で問題を解く以外の資産の積み上げ方を実行する辺り、上手くやってるんだな」

「……付いてくんじゃねぇよ」

教室棟の通路内。俺の数歩先を歩いていた城島が、鬱陶しそうに振り返ってくる。

「そうはいかないな。在歌から頼まれてしまった以上、お前が何か不正行為をしないか、俺も目を光らせたままでいなければならないんだ。不本意と言えば、そうだけどな」

「端末なら、あの教室に置いてきてやっただろうが」

「だとしても、可能性は捨てきれないだろ？　それに、お前からしても、俺が何かファッ〇ン巧妙な裏工作をしないかは気にかかっているはずだ――相互に監視し合うってのは、俺のためでなくお前や日浦、琉花子のためにも、重要なことじゃないのか？」

とまあ、一応はお互いのメリットになると、そう説明してやったわけだが。

「いらねぇよ、そんなもん……だいたい、お嬢が勝つことは、もう決まってんだよ」

俺に対しての苛立たしさを零しながら、城島はにべもなく断じてきた。

「どうだろうな。今回の契約内容とオークションってものの性質を考えると、わかりやすく勝ち負けがどうこうって話にはならないような気もするが」

「なら、勝手にそう思ってりゃ良い。後になってから、好きなだけ喚いとけ」

「ストリートで健気に働く女子店員相手に、お前がやっていた風に、か？」

「……」「なんだ、怒らないのか？」

「……どうせキレるなら後のことまで考えろって、お嬢に、そう言われたんだよ」

がりと首の裏辺りを掻くだけで、城島は必要以上に感情的にはならなかった。

「ほう。お前が素直に従うだけ、琉花子は良い女なんだな」

「んなわけねぇだろ……あそこまで性格がクソな女、オレは見たことねぇよ。そんなもんは、テメェだってわかんだろ？」

「……ま、場の調和を重んじるような人間なら、そもそも屋敷を陥れないだろうさ」

「ああ。そんでツラも良いから調子に乗りやがるし、しかも喧嘩まで強ぇから、その辺の奴じゃ、誰も止めらんねぇ……フルコンタクト空手で、全国一位取ったらしいからな」

「なんだか、もはや褒めてないか？」「あぁ？」

饒舌だった点に触れてみたところ、思い切り凄まれてしまった。おお、怖い怖い。

ただ。それでもなお、城島からの琉花子に対する人物評は続くようで。

「……一番ヤバいのは、頭がイカレてるとこだ」「……例えば？」

聞くと。城島は岩のような図体を通路の床に下ろし、そのまま壁に背中を預けながら、胡座をかいていた。俺との会話より、これ以上の移動の方が億劫に思えたらしい。

「タイマン張るってなったら、普通は一対一の素手でやんだろ？　……だが、お嬢は違ぇ。タイマンっつってんのに平気で仲間何人も連れて来て、しかも、金属バットでボコボコにするような奴なんだよ。自分が勝つためなら騙し討ちもするし、武器だって使う」

「そこだけ聞かされると、単に卑怯な印象が先行してしまいそうだ」

「そりゃ卑怯だろ。んで、やられる側からしたら、ムカついてしょうがねぇ……ただ、味方からしたら、あんだけ頼りになる奴もいねぇんだよ。オレらがやんねぇようなことも簡単にやっちまって、そんで結果も出しちまう。だから、どんだけクソでも信用できんだ」

「……自分が切り捨てられるかもしれないってことは、微塵も思わないのか？」

しっかりと無礼な質問だが、それ以上に自然な、第三者的所感でもあった。

「オレらの中間発表の資産額、端数まで、きっちり揃ってんだろ？」

「…………なるほどな」

琉花子が本当に自分のことだけを考えているなら、それは取り得ない選択だ。トリオを組んでいようがなんだろうが、一円でも自分の資産を上回らせることでケアを図るはず。あれでいて……部下には、真摯に向き合っているのかもしれない。

「お嬢は普通に他人を騙しやがるし、敵を利用できるだけ利用して、使い捨てちまう……でもな。そんだけ最悪なことしておいて、オレとメガネにだけは公平なんだよ。資産額は頼んでもねぇのに揃えやがるし、契約は敵にしか使わねぇって勝手に決めやがるし、何より、5000万なんてふざけた金を、オレらと組む前に……」

「5000万？」

「……なんでもねぇよ。つーか、オレを監視してえだけなら、黙ってやれ」

時間は終わりだと言わんばかりに吐き捨てられ、そのまま城島は独り言つ。

「……タイマンなんて張らねえことが、テメェらの、唯一の勝ち筋だったってのによ」

遠回しに示唆され。俺は思わず、あの教室に残してきた在歌の姿を想像してしまった。

向こうでは、もう——ゲームが始まっている頃だろうか？

$

……粘つくような焦りが、私の胸中に渦巻いている。

当初、私はこのセレクションプログラムの性質が自分の適性にフィットしていると、信じて疑っていなかった。解法を冠しているならば、私には強大なアドバンテージがある。五教科でも雑学でも『明確な答えがあるモノ』の知識には、やっぱり自信があったから。

……ただ。もしかしたら、その価値観こそが、間違っていたのかもしれない。

あくまでプログラムで問われているのは、問題を多く解いたかではなく資産を積み上げたかどうか。それを初日に獅隈君との勝負で理解していたはずなのに、私は自らの信条を曲げないことに拘って、結局、中間発表では芳しくない順位に終わってしまった。

挽回、しなければならない。とにかく、結果を出さなければならない。

結果を出せないなら、私がここに来た意味が無くなってしまうから——。

そして——院瀬見さん。おそらく彼女は上位層である私を意図的に潰すため、こんなゲームを提案してきたんだと思うけれど……だったら、それを利用すればいい。

巧妙な罠が隠されているとしても、見抜いてしまえばいい。結果的に、院瀬見さんが脱落することになったとしても、それはやむを得ないことで——。

……本当に？

私は、問題を解くことでの正当な競争の末に、勝利を望んでいたんじゃないの？

彼女のゲームで大きな成果を挙げたとして、それは元々の手段とは違うんじゃない？

何より、院瀬見さんがそうだからと言って、私に彼女を蹴落とす権利はあるの？

………心と行動のズレに対する焦燥を、無理やりに鎮める。

考えるだけ、それらは私を追い詰めてきて——今はそれが、邪魔だった。

「これより、入札者二名による第一価格オークションを開始します。まず、事前に——外部からの不正を避けるために、どの問題を誰が提供したかについては落札者が決定後、問題解答フェーズの段階で開示致します。付随して、こちらの問題カードの実物もその際に僕から手渡す形になりますので、ご理解の程を、よろしくお願い致します」

教壇に立つ日浦君は、手に持っていたプラスチックの束をすぐさま懐に隠していた。

「加えて。オークション進行中の不正行為は、進行役の僕を含めて固く禁じています。芹沢さん院瀬見さん、両名には重々理解していただくよう、よろしくお願い致します」

「はーい」頬杖を突きながら、気のない返事をするだけの院瀬見さん。

最初に注目していたのは、二人の言動。アイコンタクトがあるかどうか、端末に触れているかどうか、耳に何か、イヤホンのようなものをしているかどうか——ただ。

注意深く観察していても、それらしき行為の形跡は掴めなかった。端末は机の上に置かれ、二人は言葉を交わそうとするどころか、視線を合わせようともしない。

その正々堂々とした態度はむしろ、オークションをつつがなく進行させることに注力しているようで……まさか、そんなわけない。他の受験者の人ならともかく、院瀬見さんがりするのだろうけれど……それだって、私にはわからない。

どーーただ、院瀬見さんがどの問題にどの程度の額を提示するのかがわからない以上、その損益分岐点を推し量ることができない。院瀬見さんにも解きやすい問題の傾向はあった

だから、なるべく入札提示額は抑えたうえで、問題の所有権を獲得するのが理想だけれ

を与えられるけれど……とはいえ、資産を積み上げることができなければ本末転倒だ。

ゼロでしかないから。勿論、それを解くことができたなら院瀬見さんにタイムペナルティ

答報酬金100万の問題を100万円で獲得したとしても、私にとってはプラスマイナス

だけど。今回のオークションの場合、考えなしに入札提示額を高くしてはいけない。正

普通のオークションなら、欲しい物品に対して糸目を付けずにお金をベットしていい。

に意識が向きがちだけど、私が考えなければいけないのは、それだけじゃない。

欠伸をしている院瀬見さんを横に、私は思考を並列に切り替えたーータイムペナルティ

「……」「……ふぁあ」

問題に対しての入札提示額を、僕の端末にチャットで送信してください」

「では。お互いに、入札対象となる問題の内容と正答報酬金をチェックの後、それぞれの

オークションが最後まで滞りなく進むかどうかすらーー現状、怪しいのだから。

とにかく。隙を見せてはいけないし、見逃してもいけない。

奸計を用意していないはずがない。屋敷君を陥れたことだって、記憶に新しいんだから。

「――あんた、総理大臣になりたいんだって？」

十問中、九問は確実に正答できることを把握して。後は、入札提示額をどれだけの額にするかを考えていた頃に――院瀬見さんが、急に話しかけてきた。

「どこで、そんなこと」「え、マジなの？　……よく目指すわね、そんなもの」

――ぎり、と、奥歯を噛みしめてしまう。どこかから噂を聞きつけ、その真偽は知らないままで鎌をかけてきたんだろう。引っかかった後で気付いたのが、余計に悔しかった。

「……父親に憧れて、この国を良い方向に進めたい。ま、どうせそんなとこかしら」

「今この場で、そんなこと関係ないでしょう」

「そうね。ま、だから、なんとなく思っただけ――とんでもない偽善者ね、って」

……その言葉を素通りさせられるほど、私の心はまだ、成熟しきれていなかった。

「院瀬見さんに、何がわかるのよ……」

「わかるでしょ？　だって、そんなの無理だもの。誰も彼もが救われるだなんて、そんなの有り得ないわ。富む者貧する者の区別が付けられてる以上は救われる機会だって平等じゃないし、どれだけ目を凝らしても、救いの手が差し伸べられない人だっている」

「………」

「もっと大きな話する？　もしもこの国が誰しもが恵まれて救われる国になったとして、その皺寄せはどこに行くと思う？　――他の国、でしょ？　あたしたちが紅茶を飲む自由が他の国の人の労働で成り立つように、どれだけ頑張ったって、その事実は変わらない」

……どうして彼女は、こんなこと言ってくるのだろう。

「できもしない理想をパフォーマンスで口にして、やってる振りをして——嘘吐きの偽善者。あたしからしたら、政治家なんてのが一番、信用できない存在」

そんなのは、他でもない私が——誰よりも、わかっているのに。

「……やめときなさいよ、そんなこと。父親が総理だからって、あんたがならなくちゃいけない理由にはならないでしょ？　適当に進学して、適当に働いて、適当に結婚して、それでいいじゃない。世の中のだいたいの人間って、そうやって生きてるでしょ？」

「…………して」「なあに？」「院瀬見さんから、入札提示額を送信して」

獅隈君がどれだけの配慮をしてくれていたのかが、彼女の言葉のせいでわかって。

聞くに堪えなかった私は、別のことを強要した。

「あたしがなんか、不正をするかもって？」

「私の入札提示額を、日浦君から院瀬見さんに伝えるかもしれないでしょう？」

「……ほんと、疑い深いわね。そんなこと、しなくていいのに」

院瀬見さんは、いとも容易く端末を操作して——。

「ほら、これで満足？」

日浦君に送信し終えたようで、端末を裏向けにして、こちらに渡してきた。

ここに来てもまだ、私は院瀬見さんたちの思惑がわからないままで。

……もしも。もしも獅隈君が私の立場だったら、彼はどう考えるんだろう。

意図のわからないストレスを退けるために思い浮かべてしまった存在は——家族でも友人でもない、一週間前には面識も無い人のことだった。

「——お二方から入札提示額が出揃ったため、これより順番に開示していきます」

日浦君の言葉で、ようやくオークションの本番が開始された。

「一問目。問題番号912・『自然淘汰を種としての遺伝子を軸に解釈するべく用いられた、動物行動学者リチャード・ドーキンスが提唱した概念は何か?』正答報酬金200万円の問題ですが、芹沢在歌さんの入札提示額は120万円。院瀬見琉花子さんの入札提示額は10万円——落札者は、芹沢在歌さんに確定します」「……」「……」

お互いに、特に異議は挟まれない。あっさりと、入札者が私に確定する。

「二問目。問題番号179・『自分が体験している世界は全て脳が見ているバーチャルリアリティに過ぎないのでは、という仮説を軸とした哲学命題をなんと呼ぶ?』正答報酬金150万円の問題ですが、芹沢在歌さんの入札提示額は80万円。院瀬見琉花子さんの入札提示額は10万円——落札者は、芹沢在歌さんに確定します」

二問目もまた、私の手元に渡ってくる。

——決定的な違和感は、ちょうど五問目の入札が行われたタイミングで生じた。

「五問目。問題番号22・『鎌倉時代、後鳥羽院が編纂させた新古今和歌集は全何巻で構成されているか？』正答報酬金は１２０万円の問題ですが、芹沢在歌さんの入札提示額は70万円。院瀬見琉花子さんの入札提示額は10万円——落札者は、芹沢在歌さんに確定します」

ここまでの全問すべて、私が問題の所有権を落札していた。

——院瀬見さんが、最低入札提示額である10万円しか提示してこないから。

「……よほど学が無いの？」「失礼な女ねぇ……」

開示は続く。六問目、七問目、八問目——。

院瀬見さんの入札提示額は一貫していた。最低額の、10万。

それは、最後の問題になっても変わらなくて。

「十問目。問題番号５０８・『二〇二〇年に最も年間出荷台数が多かった家庭用ゲームソフトは何か？』正答報酬金１３０万円の問題ですが、芹沢在歌さんの入札提示額は10万円。院瀬見琉花子さんの入札提示額は10万円——両者の入札提示額が同額のため、こちらの問題はコイントスによって決定されます——お互いに、表か裏を選んでください」

「表」「裏」「芹沢在歌さんが表で、院瀬見琉花子さんが裏ですね——では」

日浦君は目を閉じ、５００円玉を爪だけで弾いて——出目を操作しようともしていない。

「――裏。こちらの問題の所有権の落札者は、院瀬見琉花子さんに確定します」

そうして、最後の問題の所有権だけが、院瀬見さんに渡って――。

「最初から、私に難問を押し付けることが狙いだったの？」

「さあ、どうかしら」

「……事前に宣言しておくけれど、私は落札した九問全て、正答できる。だから、院瀬見さんが九時間のタイムペナルティを負うことは、自動的に確定したことになる」

「……ってことは、あたしはすっごくピンチってこと？　あら、どうしよう……」

口先だけで焦って見せて、その間、院瀬見さんの余裕は一向に崩れない。

目に見える不正はなくて、事前に考えられる不正はすべて、契約で封殺している。

このままいけば、大きなリターンを得られるはずなのに……どうしてだろう。

私は何か、重大な見落としをしている気がしてならなかった。

$

在歌からではなく、何故か琉花子の方から、チャットで連絡が来た。

『面白いものが見れるから、そろそろ戻ってきなさい』

――面白いもの、か。それが俺と在歌にとってのハッピーエンドであれば、ただただ嬉しいだけのことで終われるんだけどな。

「結局、最後まで付いてきやがって……」「おかげで暇を潰せたろ？」「うるせえよ」

城島とともに、在歌らがオークションをやっていた教室へ戻ってくる。

入室は阻まれなかった。どうも、もう既にオークション自体は終わっていたらしい。

「――では、オークションの最終結果を発表致します。芹沢在歌さんが落札した問題の所有権は九問。院瀬見琉花子さんが落札した問題の所有権は一問。以上でオークションの工程を終了し、これより、問題の解答フェーズに移行します」

「……やけに大漁だな。高掴みしてでも、問題の解答権は渡したくなかったのか？」

着席していた在歌に声をかけつつ、どういった流れだったのかの説明を求める。

「……」

だが、在歌は返答しなかった。張り付いたかのような、緊張した面持ちのまま。

「では、芹沢在歌さん。問題の解答フォームへの解答をお願いします」

促され、在歌は粛々と端末に解答を打ち込んで――。

「――――」

表情も、身体も、オーラも、在歌を構成する何もかもがフリーズしていた。

「……間違えたのか？　在歌でもわからないだけ、そんなに難しい問題だったの……」

バッドマナーを理解しつつも、俺は在歌の背後に歩み寄って、そのまま端末を覗き見た。


『この問題は、既に他受験者が正答済です――』


「……どうなってるんだ、これは？」

日浦に視線だけで詰め寄ったものの、彼のメガネの奥の瞳は、実に冷淡だった。

「問題を正答できなかったため、芹沢在歌さんには一時間のタイムペナルティが加算されます。また、当該問題の提供者は受験者識別番号181：九里圭太さんであり――現在の問題保有者は、受験者識別番号99：院瀬見琉花子さんです」

『オークションで競り合うものは「第三者から提供してもらった問題の所有権」』

『落札者が提示した入札額は、その問題を保有している人間に支払われるわ――』

「…………ああ、そうか。そういうこと、か…………」

事前に提示されていた情報と、琉花子が口にした情報とが頭のなかで組み上げられ。

刹那。

俺は、このオークションが何を目的に行われたのかの確証を得る。

「……他の連中が正答済の問題を、どうやって在歌に押し付けられるか？　オークションの趣旨とは逆を行く択を通せるかどうかが、琉花子にとっての分水嶺(ぶんすいれい)だったんだな」

「――ええ、その通りよ」

俺からの総括を聞いた琉花子は、自らの策謀を意気揚々と語り始めてきた。

「志道(しどう)なら察したと思うけど、今回のオークションを行うために集めた問題は、事前に他の受験者から巻き上げた『正答済の問題』よ――あたしも真似(まね)してばら撒(ま)いても良かったけど、せっかくなら、もっと効率よくリサイクルしようと思ってね」

「オークションで競り合う問題はあくまで『第三者から提供されたもの』。正答済とはいえ第三者から提供されているわけだから、ここはまず、問題ない……そして、それを『現在時点で保有しているのは琉花子』だから、在歌が落札時に提示した額を琉花子に対し、送金しなければならない……理屈としては通っているが、あまりにもダーティーだな」

「異議があるなら、一緒に事務局に行く？　良(い)いわよ別に――結果は覆らないけどね」

「事前に、第三者で試したな？　そして、これが問題無い確証まで得ている……」

ここまで大がかりな仕掛けをするに当たって、その辺の準備を怠るはずがないしな。

「……ねえ。そこまで頭が回るのに、どうして芹沢在歌を止めなかったの？」

なんなら感心していたくらいの俺に、琉花子はそんな初歩的な質問をしてきた。

「在歌がすると決めたなら、俺はその選択を受け入れるだけだからな……今までずっと、そうやって一緒にやってきたから」

「……………あっそ。あたしを拒絶するだけあって、本当に愚かなのね」

言い捨てるだけの琉花子。一方で、彼女はまだ喋り足りないらしく。

「ぶっちゃけ、ここで芹沢在歌を始末することもできたのよ？　日浦に預ける問題の総数を二十問ぐらいにして、その二十問全部を、押し付ければいいだけだし」

「二十時間のタイムペナルティを食らったら、在歌がこの教室——エリア内にいる時点で個人間契約に触れるわけだからな。だが、そのリスクは負えないだろ？　もしも在歌がお前と同じ額だけしか提示せず、コイントスによって全問、自分に渡ってきたら——」

「ほとんど有り得ないけどね。ただ、絶対じゃないし……仮に始末したら、芹沢在歌から入札提示額も回収できなくなる。資産は少しでも積み上げなくっちゃダメ、そうでしょ？」

ま、芹沢在歌はそこまで頭が回らなかったみたいだけど——と。

そこで琉花子は在歌を一瞥して、俺もまた、視線を彼女へ移した。

「………………………」

狼狽し、この状況を打開するための反論も、琉花子に対する罵倒も紡げない。

双眸からは、普段の力強さが消え失せていて——。

「芹沢在歌さん、二問目です。問題の解答フォームへの解答をお願いします」

日浦の抑揚の無い声が、教室内に木霊した。

問題が既に正答済である以上、在歌が端末で解答しても正答報酬金を得られない。

消化試合——今から繰り広げられるのは、在歌が淡々とダメージを負うだけの工程。

「どうしたの？　早く答えないと、いつまで経っても終わらないじゃない」

「そ、れは……」

発音もあやふやな在歌に、琉花子は足取り軽やかに近づいていって。

——右の平手を、机の上に思い切り叩き付けた。

「とっとと答えろや、負け犬」

びく、と。在歌の背中が、小さく跳ねる——たったそれだけの所作が、このオークションにおける勝者と敗者とを、如実に描き出していた。

「……あんたみたいな身の程知らずが、あたしは、世界で一番腹立たしいのよ」

詰め寄られた在歌はずっと俯いていて、何も答えられなくて——。

首だけを動かして、背後の俺を視界の隅で窺ってくる。

……その痛々しい表情にしてやれることは、この場では何一つないと言うのに。

『本契約におけるペナルティ：芹沢在歌は以降九時間、指定エリアへの侵入を禁ずる』

$

ひとまずは、今回のオークションで発生した諸々（もろもろ）についてを整理しよう。

在歌（ありか）。計九問に対する入札提示額が、合計で1010万円。落札した問題が琉花子（るかこ）の用意した正答済の問題である以上は正答報酬金の獲得もできないため、総計が丸ごと損失となる。

一方、琉花子。自らの策謀で用意した問題は一問しか落札していないため、出費は10万円――だが、問題の所有権が自分にある以上はその少額の負債すらも打ち消され、在歌からの1010万円の送金を、満を持して受け取ることができる。

単純に、資産額の変動で見れば在歌が圧倒的に損をしたわけだが――これに、問題を正答できなかった際に発生するタイムペナルティも、重くのしかかってくる。

琉花子のほうは一時間。もちろん痛いが、とはいえ擦り傷くらいのものだろう。

問題は在歌。実に九時間、問題が隠されているエリアへの侵入が禁止される。

プログラムの残り日数は、残り一日で――もう彼女は、ほとんど問題を探せない。

……致命的。基本的に、事を起こすには指定エリアへ滞在する必要があるわけで、この終盤でそれができないというのは、あまりにも大きすぎるダメージ。

――大敗だな。してやられた。在歌は間違いなく頭が良（い）いし細心の注意も払っていたんだろうが、今回は琉花子が上回っていた。事前に在歌の資産と時間を削るための策を弄し、卓につかせ、最終的にはタイムペナルティを含めて、再起不能なまでの所まで持っていった。屋敷を潰したやり方とは別の、それでいて、巧みな手段を用いたうえで。

在歌が失意に陥るのも……それはもう、無理もないことなのかもしれない。

その日の夜、二十二時頃。

ハイクラスのエントランスを抜けて外に出ると、湿気を多く含んだ夜風がゆるりと吹いていた。空は漆黒の雲に包まれ、雨粒がまばらに、地面へ落ち始めている。

ファッ〇ン悪天候の中。俺はほんの少しだけ急ぎ足で、裏手にある駐車場へと向かった。

「――まるでショーシャンクだな」

全身を小雨に濡らした在歌を見て、チープでしかも、ズレた例えが口を突いて出る。端っこの方、コンクリートの地面に三角座りというこぢんまりとした格好からは、自傷への達成感やら複合的なメッセージ性やら、そういったものは感じられない。

敗北者による、落胆――それだけが、今の在歌からは滲み出ていた。

「白湯か緑茶、どっちが良い？」

ビーフオアチキンの要領で、俺は両手に温い缶を一つずつ持ちながら訊ねた。

「……いらない」「いいから飲んどけって……身体、もっと冷えるぞ？」「………………」

色の無い目で俺を見た後で、在歌は黙ったまま、緑茶の方を手に取った。

「チャットで聞いた時は、なんでそんなところにいるんだとは思ったが……外の空気を吸うには、この時間帯だともう、ここしか無いんだったな」

「…………」

長々とした沈黙の後に呟かれた言葉は、まったく別のことに対するものだった。

「……軽率な行動をしたことを、謝罪させてほしい」

「琉花子の誘いに、まんまと乗ってしまったことか」

頷いて、すぐに視線を下げてしまう在歌。

「やるべきじゃなかった。私がしなければいけなかったのは、特定の誰かと競うことじゃなかった。そのせいで、獅隈君にも迷惑をかけることになった……」

「結果で見れば、そうなるんだろうが」

強引に慰めても意味は無いだろうから、すんなり同意する。このセレクションプログラムにおいて誰かと組むということは、その相手と資産を共有するということに等しいしな。それは今日まで在歌と正答報酬金を等分してきたという事実からも、明らかだった。

しかも、明日の最終日は、在歌までいなくなる――マンパワーが減少するというのもそうだが、ソロで探索しなきゃいけないのは本当に、精神的に滅入りそうだ。

「……ま、終わったことはしょうがない。それで……こっからどうする？」

白湯を含んでから、別段なんでもないことのように訊ねてみる。

ただ、在歌はカーポールに尻を置いていた俺と、視線を合わせてくるだけで。

「………わからない。もう私には、どうしようもない」

「失格になったわけじゃあるまいし、諦めるのは早いさ」

「そうだけど、ほとんどそれに近いわ……仮に私が負債分をなんとか埋めたとしても、その間で院瀬見さんたちは、より資産を増やすはず。他の受験者の人たちだって、そう」

それもまた、事実。逆境なのは、誰に言われなくてもその通り。

ただ……俺の知る芹沢在歌という人間が選ぶ選択にしては、あまりにも物寂しい。

「総理大臣になりたいんだろ？　長者原学園が最も理想的で、ここじゃなければって話だから来たんだろ？　……諦めて、本当に良いのか？」

「そんなのわかってるっ……でも、でも……」

紛れもなく叶えたい大志だからこそ、突かれた彼女は一層、弱々しさを見せてくる。

そうして――。

「………私には、過ぎた夢だったのかもね」

頭を垂れながら。決定的な敗北を喫した在歌は、述懐の泥中へと沈んでいった。

$

幼い頃の無知な私にとって、画一的な正しさこそが、生きるうえでの指標だった。

よく学び、周囲を慮り、法令や倫理観、社会のマナーやルールを遵守すること——善。

難題から目を背け、他者を無為に虐げ、自己愛だけを肥大化させて生きること——悪。

こんなの全部、理想論で。現実を知らない子どもだから、言えることで。

だけど。なんとなく、人として優先すべき事柄は世界のどこかに用意されているような気がしていて、それを守ることが私のなかの、正しさの基準だった。万人に等しく作用する正義が確かにあるんだって、そう、信じて疑わなかった。


『たとえ善人でなくとも——そう在ろうとする心は、崇高な理念になり得るはずだ』


当時、まだ閣僚だった父は幼少の私にそう教えてくれて。言われた私はそれを、大切に受け取った。清廉潔白であることを自分に課して、この国の舵取りを担っている父を尊敬して、将来は私も政治家として、誰かを助けたいって思って——。

正しさと優しさで敷き詰められた、私の理想。

その何もかもが幻に過ぎないことは、それから緩やかに知ることになる。

柱時計が年老いていく様のように、徐々に、でも確実に、私を取り巻く何もかもは変わっていった。住み慣れた一軒家はタワーマンションに。毎日の食卓は両親とじゃなく一人で。衣類や生活必需品は最低限のものから、とりわけ高級で、時には華美なものに――。

形容できない息苦しさを決定づけたのは、父の変容だった。

『必要であれば、狡猾（こうかつ）に立ち回ることで自らの主張を押し通さなければならない』

『格差が完全に是正できないならば、敢（あ）えてそのままにして最大公約数を取ればいい』

『持たざる者は、持つ者に支配され続ける。だから在歌（ありか）。お前は、持つ者になれ』

……変わってしまった、というよりも、私の成長に伴って父は、少しずつ本当の正しいことを伝えるようになったんだと思う。事実、私は父のロジカルな主張に対する反論を持ち合わせていなくて、かろうじて否定するには感情的になるしかなかった。

でも。それがどんなにしようがないことだったとしても、言葉にしてほしくなかった。

父が立派な政治家なら。私が一番尊敬する人なら、絶対にそんなこと言わない――。

永遠に、そう思わせたままでいさせてほしかった。

学校は好きだった。新しい知識を得るのは楽しかったし、何より、家にいる時より都営線のシートや教室の椅子に座っている方が、気持ちが落ち着くようになってしまったから。

父に対する自分勝手な失望。私の正しさが否定されるような感覚。そんな、どうしようもなく波立つ心情を一時でも忘れられたのは……一人のクラスメイトのおかげだった。

親友だった。性格や趣味嗜好が対照的だったぶん、余計に馬が合った。テスト期間に私が勉強を教えるのも、休みの日に外出したりするのも、何もかもが新鮮で嬉しかった。ボードゲームを趣味にするようになったのも、彼女と一緒に遊んだのがきっかけだ。

『アタシ、在歌と一緒にいる時が一番楽しいよ――』

人付き合いが得意とは言えない私にとって、その言葉は本当にかけがえのないもので。

それで……その全てが過去形になってしまったことが、今でも私の心残りだ。


中学三年生の冬。彼女は、一週間の出席停止処分を受けた。

その時点では、援助交際なのでは……という話で。

放課後、チャットでそれとなく『今から会えない？』と送ると『うん』とだけ返ってきた。冷たく乾燥した風の吹く十二月の夕方が、私には途方も無く恐ろしかった。

対面して、すぐ。「もう隠し事したくない」というのを皮切りに、全部打ち明けられた。

彼女の家庭について教えられたのは、その時が初めてだった。母親の再婚相手が絵に描いたような醜悪な人間で、家計や将来への積立金が使い込まれていった、という話。

それで……ちょうど私と知り合った辺りから、そういうことを始めたらしい。

最初は、遊ぶお金のための出来心だった。けど、今は違う。学費が欲しかった。

在歌(ありか)みたいになりたかったから。もっと学んで、早く自立したかったから。

だから、お金が必要だった。お金が無いと、自分の将来も夢も、何一つ掴(つか)めないから。

……痛切な叫びだった。なのに、途中からどうしても、頭に入ってこなかった。

精神的に不安定になっていた彼女が、会話の最中に口に放り込んでいた物体は――。

ショッキングピンクの色をしたそれは、人が摂取してはいけない類(たぐい)の何かだった。

私のラムネ菓子と彼女のそれとには、色以上に大きな隔たりがあるように思えた。


ひとしきり悩んだ末、私は正しいことをした。

東京の街に粉雪が舞っていた、その日の朝――私の唯一の親友は逮捕された。

援助交際が原因じゃなくて、ドラッグの所持・使用。三年以下の懲役もしくは罰金、あるいは、その両方――次の日には既に、教室から一人ぶんの机と椅子が片付けられていた。

……これが、いつ、どんな状況でしたためられたものなのかはわからない。

ただ――最後に彼女から届いたチャットのメッセージは『ごめんね』だった。


三日ほど、警察で話を聞かれた。どうして教えてくれたの?とも言われた。

……相手が親友だから、黙っておくべき？　いや、違う。親友だからこそ、止めなくちゃいけなかった。これ以上取り返しがつかないところまで行く前に、終止符を打たなくちゃいけなかった。手段は一つで、彼女の両親も学校も当てにならないと思った。最悪な選択肢のなかで、まだマシなものを選ばなくちゃいけなかった。それが、正しいことだった。

私がすべきことで、それが一番正しくて——でもそれって、誰にとっての正しいこと？

あんなに大切な親友を躊躇せず捨てられるのって、人としておかしくない？

もしかしたら、目の前で起きた非日常が怖くなって、逃げるためだったのかもね？

悩んでる風なのも、親友を冷たい檻に追放した事実から、楽になりたいだけでしょ？

……自己嫌悪が押し寄せて、しばらく眠れなかった。傍観者にしかなれなかった自分に対する憎悪と言い訳ばかりが頭のなかでばらばらになって、鳩尾の辺りが苦しくて、誰が悪いかとか何が原因かとか、そんなことばかり考えてしまった。

父に……お父さんにも話を聞いてほしかった。答えじゃなく、過程が欲しかった。

そんな、些細な望みすらも叶わなかったのは——。

父の所属する与党で、総裁選が行われていたからだった。

私の不眠は、父がまだ40代の若さで内閣総理大臣に就任しても、収まらないままで。

憂鬱な夜中——リビングに飲み物を取りに行ったら、そこには母がいた。

自動的に総理大臣夫人になった母も、私と同じように疲れた顔をしていた。間接照明だけに照らされた室内で母はワインか何かを飲んでいて、私に気付くと「在歌も飲む？」なんて笑えない冗談を言ってきた。そんなこと、普段は絶対に言わない人なのに。

心配になって、水の入ったグラスを母に持ってくると――ぽん、と頭を撫でられた。

「お友達のこと、気にしてるんでしょう?」「うん……」「在歌は、本当に良い子ね」

そのまま、母は私を弱々しく抱きしめてきて――。

「でもね。こんなこと、お母さんが言っちゃ、ダメなんだと思うけど――どれだけ正しいことをしても、もしかしたら、何の意味も無いかもしれないわ」「……どうして?」

「だって――汚職や不倫をしているような人でも、総理大臣になれてしまうんだもの」


私の理想が粉々に砕け散った後、亡骸の上に残ったのは義務感だった。

このまま、父の存在をなるべく遠ざけて、素知らぬ顔して一生を送ってく?

親友のことは不幸な出来事だったと括って、想い出の中に封をしてしまう?

私の描く正しさなんてものは最初から無かったねって、そうやって諦める?

……嫌だ。尊敬の対象も友情も無くしたのに、もうこれ以上、何も失いたくない。

せめて、この正しさだけは貫き通したい……。

それに――私には、責任があるはず。父が自らの地位のために汚い手段で誰かを陥れたなら、それを断罪する人間は私じゃなくちゃいけない。親友を切り捨てた償いを行動で示すなら、もうこれ以上、同じような人が生まれない社会構造を作らなければいけない。

やっとわかった。この世界に、絶対的な正しさなんてない。それを理解して、そのうえで不条理を退けるには——大きな力と、それに見合うだけの人間になる必要がある。

『どんな篩にも挫けない、そんな貴方を——我々は、心から待ち望んでいます』

危機意識に誘われ、自分の進路を改めて考えていた最中。一つの選択肢を見つけた。お金によって、自らの野望を実現させる——奇しくもそれは、父と同じ行動だった。だけど私は……絶対に父のような人間にならない。掲げる正しさだって、諦めない。……セレクションの受験を決めるまで、それから一週間も経たなかった。

$

途切れ途切れに語られた出来事の数々を、俺はただ、黙って拾い上げていた。

「だから、ここに来たはずなのに——ダメね、私」

最後にこぼされた言葉は、雨雲の端から覗く三日月すら、聴いていた気がする。

「院瀬見さんにも言われたわ。偽善者、だって——そうね。私は結局、自分の目的を押し通すために、国を動かす権利を求めてたのかもしれない。誰に対する償いかもわからないまま、ただ、そうしなくちゃいけないって感情だけで動いてたの」

気丈でクールな在歌のイメージが剥がれ落ちて、今の彼女は、十五歳の女子らしい弱音を吐き続けていた。それは、ずっと張り詰めていたからこその反動なのかもしれない。

「だけど、その意思ですら、ブレてばっかり。正しい手段で勝とうとしていたのに院瀬見さんとの勝負には焦って、乗ってしまって。一人で戦おうとしてたのに、獅隈君のことを許容して、頼りたいって思っちゃったくらいで――どうしようもない、子どもみたい」

萎んで役目を終えたバルーンみたいに、儚さを伴って笑う在歌。ぬるくなった白湯のボトルを握りしめるだけで、俺は未だ、彼女に対しての言葉を選びきれていない。

「……資産額、合わせなくて良い。私の過失なんだから、私が全部受け入れる」

「在歌が落ちることになってとしても、か？」

「…………責任を果たすって、そういうことだと思うの」

屋敷と同じように、今の在歌は折れかかっていて。

重圧や罪悪感から逃れるために、一番楽な道を選ぼうとしていて――。

獅隈志道は、何を語るべきなんだろうか？

彼女を奮起させるためには、どんな話をしなければならないんだろうか――。

「……なあ、在歌」「……うん」「色々と苦労してきたみたいで、大変だったな――」

うん、と。再び首肯しようとする在歌に、俺は告げた。

ああ、そうだな――ようやく、固まった。

「――なんて、こんなくだらない慰めの言葉が、今の在歌は本当に聞きたいのか？」

「………………え？」

自分でもわかるほど、冷淡な声だった。

多少の同情はある。日本の一般的な高校生のなかではかなりハードな過去だな、とも思う。傷つき取り繕っていた心を、少なからず癒やしてほしかった、というのも察する。

だが――気休めだけの憐憫を、今の彼女は本当に望んでいるんだろうか？

「諦めたくないいんだろ？　動機が個人的なものだろうがなんだろうが、誰かのために生きたいってのは、本当のことなんだろ？」

「そう、だけど……でも、私にはもう、どうすればいいか……」

「誤魔化すなよ。思考し、行動する。すべきことは、たった一つだ……それとも、諦めるか？　……まあ、それならそれで、いいんじゃないか？　ここでなくても政界への繋がりは持てるし、そもそも、総理大臣になることだって、別に義務じゃないしな」

「…………」

「ただ……思うに、人生における重要な局面で逃避してしまうと、それは悪癖になる。こんな不幸があったから。今は万全じゃないから。自分にはできないから。諦める理由を探すことばかり達者になって、精神が緩やかに摩耗する──そういう意味で言うなら在歌の父親も、元々は、在歌のような理想を抱いていたのかもしれないぞ？」

こんなに真面目に話す俺の姿を、在歌はたぶん、初めて見るはず。

だからこそ、威力がある。

「……なんて、言ってみたけどな。他の誰でもなく、俺がそうなんだ。金を嫌っておきながら、しかし実際、生活のためには金が必要だった。その事実から目を背けるために、パートナーという仮宿を求めようとしていた……それじゃあ、何の解決にもならないのに」

最後には二者択一を強要できるだけの、強制力すらも出てくる。

「正直なところ、その考えを今すぐに変えることはできない。だが……少なくとも今この場では、向き合おうと思った。芹沢在歌のためなら、そうしても良いと思えたから」

そうして、俺は──獅隈志道は、言った。

「Do or Die.　やるか、やられるか──お前は、どっちにするんだ？」

——全てを語りきった後で、振り返る。

これは、正解だったんだろうか？　芹沢在歌は、やる側でいてくれるだろうか？

一抹の不安と共に、破綻した場合のことまで、綿密に考えてしまっていて——。


「……そうに」「なんて？」「偉そうに、って——そう、言ったのよ」

小雨に濡れきった在歌は、足元を気にしながら、それでも立ち上がりながら——。

「でも……ありがとう。そうよね……反省も後悔も、全部が終わった後に……いいえ」

さっきまであったネガティブで煩雑な表情は、綺麗に洗い流されていて。


「——入学した後に、することにしたわ」


瞳には、かつて見たラピスラズリの原石のような美しさ、そして逞しさが戻っている。

どうやら、在歌はまだ、戦ってくれるようで——。

「…………なあ、在歌。一つ、頼まれてくれないか？」

——その姿は、俺の決心を後押しするのに、充分すぎる火力を有していた。

$

翌日。【黄金解法】最終日、午前中。

目で追える限りの受験者は、その全員が殺伐としていた。残り時間を気に懸けながら問題を探す奴や、おそらくは、組んでいる相手と口論している奴——今日ですべてが決するというのもあるんだろうが、とりわけ、追加情報の『上位三〇位以内までには資産が譲渡される』という情報を鵜呑みにしていそうな人間ほど、焦っている様子が目に付く。

これこそが、送信主が望むカオスと言うなら——目的は、充分達成されていそうだ。

なんて。何気なく琉花子のことを考えながらも、長者原学園南東《ストリート》。

誰でも使えるコワーキングスペースに赴くと、既に彼女は到着していた。サングラスを付けたまま、紅茶のペットボトルを優雅に傾けている琉花子——余裕綽々の様子だ。

「俺の方から呼びつけといてなんだが……そんなゆったり構えてて良いのか？」

声をかけると、彼女も挨拶をスキップしたうえで今の状況に触れてくる。

「ええ。どうせ、一時間のペナルティは遵守しなくちゃならないし——それに、あたしが動かなくても、勝利はもはや、揺るがないところまで来ているだろうしね」

……ま、そうだろうな。最大の障壁だった屋敷は始末していて、在歌の最終日の行動まで制限できたわけだ。めぼしいライバルは、もういないと考えて良さ気でもある。

「芹沢在歌、あの後どんな顔してた？　ゲームの席に座って、最終的に散財することになって、巻き返すのが困難なくらいの結果になって——ほんと、無様よね」

「特段、変わった様子はないさ」

「さあ、どうだか。あの手の女は対してメンタルも強くないくせに虚勢を張るのだけは上手いから、一人になったら後悔して、メソついてそうなものだけど」

「なんだ、バレたか。実はそうなんだよ。ただ、だからこそ俺がブランケット片手に駆けつけてやって、在歌の瞳から流れる涙を拭ってやって、何、大丈夫さと声をかけて——」

「……嘘吐き」

琉花子はヒールで踏み潰すかの如くあっさりと看破してきて、それから。

「で、何の用？　昨日のゲームに不服でも申し立てに来たのかしら？　……まさか、芹沢在歌のペナルティを反故にして、なんて言いに来たわけじゃないでしょうね？」

「……いいや。オークションに関してはもう終わった話として消化しているし、それに、後者に関しては俺が懇願したところで、琉花子は了承してくれないだろ？」

ええ——と。改めて余地が無いことを、妖艶な笑みでもって示してくる琉花子。

どの道、そんなことがしたくて足を運んでいるわけじゃあない。

俺が彼女に言いたかったことは、ただただシンプルな宣言だ。

「……なあ、琉花子。俺はお前に、金が嫌いだって言ったよな」

「覚えてるわよ？　あたしを拒絶する理由としては、あまりにも愚かだったから」

琉花子はサングラスを外し、折り畳み、侮蔑を乗せた目で俺を見てくる。

「それは今も、変わっていない。俺は、金が嫌いだ。金を巡って発生する諍いも嫌いで、それに固執する人間だって許容したくなかった。この学園に入学しようと思ったのも、将来的にそれら外敵から自分を隔離するための、止むを得ない我慢だと認識していた」

「……」

「でもな……それが幼稚な現実逃避でしかないことも、本当はわかっていたんだ」

資本主義から目を背け、女性のパートナーという立場を被り擬似的に逃れようとする。

自分の嫌悪感を他人に押し付け、そのくせ自らを、完全無欠だと定義し続ける。

獅隈志道の抱える、利己的な矛盾——それにヒビを入れたのは、いったい誰なのか？

「心変わりしない、とも保証できない。俺の考えの方がやはり正しいと、そんな風に悟る日が、いつかは訪れるのかもしれない。だが、それでも……」

「……長々としゃべって、それで？　あたしに何が言いたいの？」

自分自身の心に整理を付けるための話題を切り捨てながらも、俺は告げた。

「……約束しよう。俺たちが、勝つ。膨大な資産を積み上げ、琉花子らを上回る」

「っ…………」

勝利宣言に口を真一文字に引き結んだ琉花子は、険しく顔をしかめていた。

だが。

「…………どうして志道は、あたしに協力(ベット)しなかったのよ」

彼女が最後に見せた表情は、独りぼっちで置き去りにされた迷子のように寂しげだった。

……金と、搦め手(からめて)と、プライドによって厳重に包まれていた、院瀬見(いせみ)琉花子の人間像。

ただ、その本質は才覚故に孤独で、未成熟で、他の手段を持ち得なかった女の子でしかないのかもしれないな——と。俺は去り際になって、そのことにやっと気付いた。

Chapter8　黄金は何処に

時は流れ、その日の夜——十八時。

入学セレクションプログラム【黄金解法】の、最終審判の時。

……初日とは、雰囲気も何もかもが違う。ある受験者は自身の敗北を理解していたからか落胆していて、ある受験者は入学の権利が無いことはわかっているにもかかわらず、満足げな表情を浮かべている。その梯子が今から外されるなんて、思いもしない様子で。

「……いつ頃から、獅隈君はあの戦略を考えていたの？」

在歌と、正門で合流した後。

ここにきて彼女は、素朴な質問をしてきた。

「概要を聞いた段階で、一応は用意してたな。本腰を入れるかどうかは、抜きにして」

「中間発表の資産が、私と違っていたのは……本当は、初期投資をしていたから？」

「……教えなかったことに対する叱責は、甘んじて受け入れるよ」

「いえ、良いのよ。だってそれは、理想に拘泥する私を最大限、尊重してくれていたからよね？　……結局、私は君に、支えられるだけの形になってしまったわけだけれど」

「そんなことはない。そのための種銭を生み出してくれたのは間違いなく在歌の力だし、もしもこれまでの正答報酬金がなかったら、ここまですんなり事は運ばなかったはずだ」

とまあ、まだ何も終わっていないわけだが……結果を待つ俺たちは、極めて落ち着いていた。できる限りのことはやりきったと、なんなら、達成感すら抱いていたくらいに。

「…………」

その様子が。まるで諦めていない素振りが……まあ、気に食わないんだろうな。

数メートル離れた先に立っていた日浦や城島、そして琉花子が一瞬だけこちらの方を見てきて、こちらの視線に気付いた瞬間、すぐにスクリーンへと目を背けていた。

琉花子は琉花子で、勝利の確証があるんだろう……だからこそ、不安もあるはず。

どうしてお前らは、そんな平気な顔をしていられるんだ――と。

『――それではこれより、セレクション生選抜プログラム【黄金解法】の最終結果を発表します。中間発表と異なり、今回スクリーン上で発表するのはセレクション通過者の氏名と最終資産額のみとなりますので、あらかじめ、ご了承ください』

群衆最前列に立つ呉宮の声が場に響く。久しぶりに聞いたが、やっぱりハスキーだ。

「それでは、獲得資産額一位の受験者から発表します――」

やがて――中間発表の時と同じように、スクリーンに結果が開示された。

『**一位：芹沢在歌**　**受験者識別番号：18**　**最終資産額：￥4億40万**』

「…………………………………は？」

──あれだけ、絶対的な優位を保っていたはずの琉花子が。
ただの一度も、自らの勝利を疑っていなかったはずの彼女が。
掲示された情報を突きつけられたことで、あんぐりと呆けていた。

『**一位：獅隈志道**　**受験者識別番号：42**　**最終資産額：￥4億40万**』

『**三位：院瀬見琉花子**　**受験者識別番号：99**　**最終資産額：￥3億8998万**』

「以上の三名へ、入学の権利を与えます。また、対象者となる三人は明日の午前十時より今後の日程説明を行いますので、事務局本部棟までお越しください。その他の受験者の方々につきましては、本日までのホテル滞在が許可されています。各々好きに過ごしてください──では、以上でセレクションプログラム【黄金解法】の全日程を終了致します」

「あの、すみません」「上位三〇名までの資産ってのは、いつ受け取れるんすか？」

「…………はあ？　何を言ってるんですか、このバグ共は」


「さて――ハイタッチでもしとくか？　あるいは、今度こそハグとか」

「引き続き、遠慮しておくわ」

「今くらい、喜びを爆発させても良いんだぞ？　……ほら、飛び込んでこいよ」

「せめて人目に付かない場所で、そういう提案はしてほしいのだけど……」

「俺と在歌の二人きりなら、良いってことか？」

「……い、今のは言葉の綾よ」「ＨＡＨＡ、やっとデレてくれたな」「デレてないから」


「――――どう、なってるの？」


二人きりの、歓喜の和。

そこへ琉花子が、右手にサングラスを持ちながら、呆然と近づいてきた。

「……結果の通りだよ。俺たちが、琉花子たちを上回った」

「たった一日で、これだけの資産、どうやって……」

答えなければ刺す、といった具合だった。

プログラムは終わった。だったら……教えてやっても、構わないはず。

「……なあ、琉花子。お前は本当に、今回のプログラムにおける一番の難敵だった。資産を積み上げ、他者を沈めて、そのうえで確固たる基盤を築いていた。そのための手段を否定的に受け取る人間も多いだろうが……ただ、それは琉花子が最大限思考して、努力していただけなんだって、今の俺は、そうも思える」

「そんなこと、あたしは聞いてねえよッ！」

琉花子の足下で、亀裂音が炸裂した――ズタズタになったサングラスの破片が地面に散らばっていて、俺の心からの感想も切り刻まれて、俺の言葉は彼女には届いてくれない。

結果が伴わなかったから。一位を奪われたから。プライドが、傷付けられたから。

その原因が俺たちにあるならば……責任を持って、最後まで語るべきだろう。

「狡猾にして、優秀――だが、お前は本質に辿り着くだけで、それを最大限利用しようとしなかった。自分の退屈を紛らわすための、玩具として扱ってしまっていた」

「……ほん、しつ？」

「ああ。このプログラムの本質は『問題を解くこと』でも『他者を蹴落とすこと』でも、ましてや、『一方的に搾取すること』でもない――『プログラムが包括する概念を利用し、いかに利益を創出するか』だけが、問われていたはずだ」

$

プログラム四日目の夜。在歌が琉花子に陥れられた、昨日――。

「捨て問を売買する市場――？」

「ああ。そして、より正確に言うなら……問題を商品化して、マーケットを作りたい」

俺はアプリケーションからとあるチャットグループを開き、在歌に見せ付けた。

五〇人近くの参加者の名前が、メンバー欄に刻まれている。

「……ここに名前のある受験者らが、そのための最初の顧客になる予定だ」

手法としては、本当に簡単なものだった。

問題を見つけたが自分では解けない問題を持て余していたAと、問題自体は解けるけど見つけられなかったBをマッチングさせる。そして、Bが問題を解く代わりに正答報酬金をAに30％渡す。解く側と解かれる側に、それぞれメリットがあるシステムを作る。

そのうえで――場を提供した俺にも、正答報酬金の20％が入ってくるようにする。

「どうしてこんなことをするか？　……当然だが、オンラインマーケットやプラットフォームビジネスで一番儲けられるのは、市場の運営者だ。物流やら広告やらの元となる場を提供することで、様々なマネタイズを実現する。有名どころは、何個か思いつくだろ？」

そして、今回のケースで言うなら――仲介手数料による収益。

売る側と買う側だけでなく、俺が場を提供して仲介することで、他者の利益を自らの利益に変える。誰が問題を解こうが、運営者に利益が発生するシステムを築き上げる。

……屋敷のグループ戦術が失敗したのは、根本的に自分の利益に繋がらないという点を解消できていなかったからだと、俺はそう思っている。誰だって、損はしたくない。それが後から自分のためになるとわかっていても、どうしたって、不安は消えない。

だが——この方法なら、その問題点をクリアできる。正答報酬金は確実に手元に入ってくるうえに、現状はキープするだけの捨て問を、プラスへと昇華することができる。

「……疑問だったんだ。どうして事務局は意図的に解きづらい問題を配置したり、一方で、図書館などの施設は開放するのか——おそらくだが、事務局側はハナから、こうなるように目論んでいた。問題を受験者間で流通させるため、そこに気付かせるために条件を付けていて、容易に解ける手段を配置することで、本質はそこじゃないと仄めかしていた」

解かれて良い、消化されて良い——そこに、より効率的に稼ぐ手段が隠されている。

黄金へと至る、最良の解法がある——。

「この手段が、最適解かもしれないってこと？」

「さあな。ただ……逆転の一手に足る戦術には違いないと、俺はそう思っているよ」

「……私たちが中間発表で上回ってたら、この手段は取らなかったつもり？」

「しなくても勝てるようなら、それに越したことはないからな。それに……金が嫌いと豪語しておきながら裏で密かに取り組んでいたってのは、やっぱりスマートじゃない」

「私が上手くできなかった時の、そのために用意してくれていた保険なのに？」

……ま、その辺の解釈は、言わぬが花だろうな。

「そういうわけで、在歌――俺たちの資産を増やすための仕事に、協力してくれないか？　逐一チャットグループを管理して、他の受験者と個人間契約を結んで、場合によっては別のマネタイズ手段も考えて――やらなければならない作業は、山ほどあるからな」

「……」

「夜通し、いや、明日の最終資産発表までぶっ通しになるかもしれないし、何より、在歌のポリシーを捻じ曲げる仕事だ。それをわかったうえで――協力してほしい」

内容を咀嚼しながらも、若干の動揺を示していた様子の在歌、だったが――。

「先に曲げてくれたのは、獅隈君の方でしょうに」

「チャットグループへの加入金なんかは取っているし、他にも、取るべき部分からは取るつもりだ。だが、足下を見るつもりはない。在歌がそれも嫌だと言うなら、別に……」

「協力させて」

――在歌はそこで、はっきりと、そう言ってくれた。

「君なら、他者を必要以上に踏み付けにしないこともわかるから……何より、独りよがりになるのはもう、止めにしたいから……むしろ、こちらからお願いさせて」

「…………ありがとう、在歌」

彼女なりの最大限の譲歩をしてくれたうえで——肯定、してくれた。

$

事の顚末を聞き終えた琉花子は、星々の散る空を仰いでいた。

「懸念が無かったわけじゃない。この戦術で一番危惧していたのは、自分と同じようなことをしようとする奴の存在だ。そうなると市場の食い合いが起きて、対処しなくちゃならない。そして、それをできる人間は限られていて、俺は琉花子も辿り着くんじゃないかと思っていたが——見誤ったな。お前は金と人の使い方に、より目を向けるべきだった」

最後に琉花子と接触した時に、確信できた。

彼女は、それをしない。気付いたとしても、俺と同じ手法は取らない。

他者を退けることに美しさを見出す琉花子は、ライバルの利益を許容しない。

「お前は、搾取し蹴落とすことに終始していた。他人を自らが稼ぐための取引相手ではなく、安寧を脅かす害悪としてしか見なかった。最後の最後まで、プライドが邪魔をした」

彼女に明確な敗因があったとするならば、おそらくはそれだろう。

俺と在歌は、少しずつ曲げた。お互いの価値観を、少しずつ変容させた。

ただ——琉花子は曲げなかった。その、ほんの些細な違いが、今の現状を生み出した。

「…………………」

琉花子は額に手を当てていて、そして、そのまま俺と在歌に背を向けてくる。

──彼女の視線の先には、日浦と城島が立っていた。

「悪ぃな、お嬢。一位になりたかっただろ？」「……我々の力が及ばず、申し訳ない」

「違う、そんなのどうでもいい──なんであんたら、あたしに全額送金してんの？」

……スクリーンに表示されている名前は、琉花子だけ。部下二人の名前は無い。

「あたしたちの資産は、三人全員、同額に合わせる。そう、命令していたはずよ」

「口約束だけで、契約はしてねぇだろ？」

「いいから答えろよ……あたしが言ったことに、どうして逆らってんだよ……」

「──それもまた、俺が原因だよ」

本人らの口から説明させるのも忍びない。この場で泥を被るべきは、俺だろう。

「午後、だったっけな。チャットグループに、日浦が加入した──最終的には二百人近く、半分を超える受験者が参加してくれたうえに、情報統制はせず好きなだけ喧伝していいって話をしていたからな。まあ、その辺の誰かしらから聞きつけたんだろうさ」

そのうえで……チャットグループのログを見た部下二人から、秘密裏に接触を受けた。

中間発表時点で十位以内の受験者全員が、俺のチャットグループに入っていること。

それは、屋敷(やしき)らグループの残党を筆頭とする下位層も、同様であること。

加えて、彼らの一部は自分たちを陥れた琉花子(るかこ)に対して強い恨みを持っていて、自分が入学できずとも上位の誰かしらに資産をまとめることで、一矢報いようとしていること。

その結果、場合によっては俺と在歌(ありか)以外の第三者が、琉花子らの資産額をまとめて捲(まく)る可能性があること。

これらの事実を知った二人は、どうにか対策を打とうとしてきたらしく——。

「チャットグループ内の雑談チャンネルの方は、どうも俺が思い描いていた方法とは違った活用をされていたんだが……ただ、それも成り行きに任せようと思っていた。市場を提供する側の俺は、自我を持ってはいけないからな。勧めなかったし、止めもしなかった」

そうなるかもしれないし、そうならないかもしれない。

俺が二人に言ったのは、ある意味もっとも残酷な言葉だったのかもわからない。

だから——ここにあるのは、事実だけ。日浦(ひうら)と城島(じょうじま)が琉花子に対して送金をしたことによって、琉花子だけは、首の皮一枚繋(つな)がったということ——だけだった。

「金があれば、なんだって手に入る……だっけな」

「………」

「たぶん、だが。日浦と城島が琉花子に送金したのは、琉花子だけでも確実にセーフティラインに持っていきたかったから、なんだろう。つまりはそれだけの信用を、お前は図らずも二人から勝ち得ていたんだと思うが……それも、金で手に入れたもの、なのか？」

「……………ええ、そうよ。あたしがこいつらに、金をくれてやるって言ったから……」

「その件について、ですが」

日浦は自らのメガネを外し、目元を何度かマッサージした後で告げた。

「僕も城島くんも、それは受け取りません」

「…………………………………………何、言ってんの？」

「長者原学園の学生ならともかく、一般人がそんな大金を貰っても困るんですよ」

「ゾーヨゼーとか言うのがあんだろ？　……めんどくせぇんだよな、そういうのは」

「……な、なら、あんたらはなんで、あたしに……」

「お嬢はここに、どうしても入学したかったんだろ？　……そんだけだよ」

ぶっきらぼうに言って、それから城島は、ふんと鼻息を鳴らした。

「……我々二人が戦えたのは、ほとんど院瀬見さんの力によるものです。コミュニケーション能力に欠ける僕と、学力が足りていなくてすぐに感情的になる城島くん。はっきり言って、他の人間と組んでいたら、何の日の目も見ずに中下位に沈んでいたに違いありません」

「勝手に一緒にすんじゃねえよ」

バシン、と。日浦の背中を引っ叩いてから城島は言う。

「……最初は、なんだこの乳と尻がデケぇだけの性格悪ぃ女は、って思ってたけどな」

「セクハラも良いところですね……」

「けどな……お嬢の下で動くのは悪くなかった。全員敵に回してでも勝ちたいってのがわかりやすくて、なんなら、面白ぇくらいだった——だから、お嬢が行けよ」

「ええ。僕たちは別に、ここに是が非でも入学したいわけじゃありませんしね」

口々に繰り返される言葉に、琉花子は一度だけ、大きな地団駄を踏んだ。

「何勝手に、気持ちよくなってんだよ……ふざけんなっ……ふざけないでよ……」

——事の詳細は、俺にはわからないが。

自分の価値観や行動を否定されながらも、そのおかげで自身が救われたという現状が琉花子にとっては本当に、心の底から腹立たしいことだったようで。

暗がりに雫が何滴か落ち始めるのを見て、俺と在歌はゆっくりと、踵を返した。

泣き顔なんてものは、誰だって見られたくないだろうから——。

2024年3月7日

通知

2024年度 長者原学園　入学セレクション
『ＥＸプログラムNo.20　黄金解法』

以下の者はプログラム通過を認めセレクション合格とし
入学の権利を与えます。

記

- 芹沢在歌　　　受験者識別番号：18
- 獅隈志道　　　受験者識別番号：42
- 院瀬見琉花子　受験者識別番号：99

以上

長者原学園　理事長

Chapter9　山吹色の朝

勝利の晩餐の後に部屋へ戻り、シャワーを浴び、ストレッチの後でベッドへ突っ伏し、泥のように八時間近くは眠り、起きて軽めの筋トレをしてから再びシャワーを浴び――。

一連の健康的なモーニングルーティンの末の、翌日。

昨日伝えられていた通りの時間に事務局棟へ足を運ぶと、そのまま応接間へ通された。


「――ごきげんよう、獅隈志道さん」


艶やかなロングヘア。薄くパープルのリップが引かれた唇。漆黒を纏ったドレス。

それらすべてが添え物にしかならないだけの、圧倒的なまでのカリスマ性――。

「さ、どうぞおかけになってください。リラックスできる、楽な姿勢で構いませんから」

日本経済を統べる一族であり、学園理事長――長者原茉王は歓迎の言葉とともに、ちょうど、在歌と琉花子に挟まれる形で空いていたレザーチェアを目だけで指し示してくる。

「ぐっもーにん、お二人さん」「……」「……」「あ、挨拶くらいは返してくれないか？」

「お三方とも、まずはおめでとうございます――五日間もの間、さぞ大変でしたよね？」

押し黙るだけの二人と、居心地悪さに髪の束感をチェックしてしまう俺。

それら背景事情を、察してくれたのかどうなのかは知らないが。とはいえ理事長は、努めて和やかに、心から労っているんだということを、薄い笑みによって表してくれる。

普通なら、彼女の放つ鈍痛にも似た緊張感に、気圧されてしまうのかもしれない。

だが……俺の心は実物を見たことによる感動だけで、一瞬で埋め尽くされてしまった。

「……初めまして、理事長殿。映像で見るよりもさらに、お美しいですね」

「あらあら……社交辞令だとしても、嬉しいことを仰ってくれますね」

「いいえ、お世辞なんかじゃありませんよ。俺がこの学園を選んだうちの数%ほどは、理事長殿のかくも麗しい姿に見蕩れてしまって……」「っ……」「……っ、朝から気色悪いな」

両サイドに座っていた女子二人から、同時に舌打ちが飛んできた――態度が悪いのは結構だが、俺の陽気なコミュニケーションがその尻拭いをしている側面は、多少なりともある気もする。これから世話になるんだから、少しは愛想良くした方が良いんじゃないか？

「……ふふ。今年のセレクション生もまた、個性的な方々が集まりましたね」

ただ。一瞬だけ漂った不穏な空気は、理事長の言葉によって、更に上から塗り潰される。

「入学セレクション全体の動向については、呉宮さんのレポートや事務局員の方々からの報告によって、適宜伝え聞いておりました――そのうえで。お一人ずつへ、手短な挨拶をさせていただきたく存じます」

光も闇も一緒くたになった、理事長の底深い瞳。それはまず、在歌へと向けられた。

「芹沢在歌さん。受験者のなかで誰よりも多くの問題を正答した貴女は、紛れもない賢者です。その緻密な知性を、入学後は更に実用的に研ぎ澄ますことを期待しています」

「……恐縮です」

座ったままで辞儀する在歌は、少々緊張している様子。ま、わからんこともないな。

「院瀬見琉花子さん。盤外戦術で戦況を優位に進めようとしていた点は、なかなかどうして持ち得ない視点です。それは貴女の個性でもありますから、存分に育ててくださいね？」

「一度落としたくせに、よくもまあ、そんなこと言えるわね……」

対照的に、琉花子は不機嫌そうだった。何か個別に、恨み事でもあるような気配だが？

「最後に、獅隈志道さん。そうですね、貴方は――」

俺の頭から爪先までをじっくりと観察して。それから、理事長は告げてくる。

「極めて優秀、です。自身はただの一問も問題を正答することなく、それでいて鮮やかに資産を積み上げてみせた――呉宮さんが考えていた最適解へ、辿り着いてみせた」

「……へえ。やっぱりあれが、事務局側が想定してたやり口なんですね」

ラフに訊ねると、理事長は意味深に、それでいて穏やかな態度のまま応じてくる。

「実は、ですね。本セレクションを行う前に、在校生の方を対象に模擬プログラムを行ったんです。期日や場所などは大幅に縮小したうえで、なのですが……そこで一位となった生徒の方も、獅隈さんと同じ行動を取っていました。小規模な市場を作り、自らが問題を解かずとも利益を受け取れるシステムを構築する……といっても、その方は並行して自身でも問題を探し解いていたため、獅隈さんほど極端では無かったかもしれませんが」

他人が問題を解くことすらも、自分の利益に繋げてしまう——ま、手段としてはそこまで難解な話でもないからな。俺以外にも考える奴は、やはりいるということなんだろう。

「在校生の方が到達するのは、当然かもしれません。ただ、セレクション生の方でそれを実行し、しっかりと結果を出してみせたというのは……いやはや、素晴らしいことです」

「賞賛されて、悪い気はしませんが。ただ、今回の成果は決して、俺一人で生み出したものじゃないのでね……在歌がいなかったら、俺はそもそも、実行していたかも怪しい」

「まあまあ。謙遜までするだなんて、獅隈さんは本当に、クールな方なのですね」

「HAHA、その通りですよ。獅隈志道は単なる能力だけでなく、性格でも……」

「では、感想はこの辺にしておいて」「こ、この辺にしてしまうんですか……」

理事長がばっさりと話題を切ったのと同時に、事務局員が何人か、入室してくる。

綺麗に折り畳まれた制服一式と、それから——。

ブライトイエローの通帳を俺たちの前に置いていって、彼らはすぐに退出していった。

「お土産にしては、些か無粋かもしれませんが。どうぞ、お受け取りください」

「そういや、初日のオリエンの時に身体測定もありましたっけね」

「サイズが合わない場合は、お気軽にご相談を」「……その、理事長」

俺が制服のことばかりを気にしている間に、在歌は通帳の方を検めたらしい。

「1、0、0、0万円が記帳されているんですが、これは……」

「お察しの通り、ただの入学祝いです」

……なんだろうな。

この程度じゃ驚けなくなってきた辺り、俺も染まり始めているのかもしれない。

「あらかじめお伝えしておくと、お三方だけでなくAO生の方にも、同額を最初に支給します。それだけの投資の価値が、今のあなた方にはある——そう、確信していますから」

「…………端金ね、こんなの」「ええ。その通りですね、院瀬見さん」

琉花子の控えめな悪態を、耳ざとく拾い上げる理事長。

「才気溢れるお三方を、我々は歓迎します。既存の価値観に縛られず、卒業後には培った能力を用いて、社会に多角的な利益をもたらす。そういった存在になっていただけるよう必要に応じ、我々も投資いたします——が、この程度では、やはり足りませんよね？」

一貫して柔和だった理事長の態度に、静かに迸る熱情が宿ったのを理解させられる。

「もっともっと。いっそ、我々の資本が尽きるだけの膨大な額を、是非とも投資させてください。未来の億万長者を生み出す、お手伝いをさせてください。その投資こそが巡り巡って、より良い明日へと繋がる——我々は、そう信じていますから」

「……」「……」「ですので、くれぐれも——我々に、損をさせないでくださいね？」

理事長の含みある結びの言葉に、再び沈黙してしまう在歌と琉花子。

「あー……ちなみに。これがマイナスになったら、いったいどうなるんですか？」

俺は空気の清浄を試みるべく質問してはみたものの……生憎それは、逆効果で。

「誠に残念ですが——この学園には、いられなくなるでしょうね」

理事長は眉を落とし、どこか悲しそうな表情を浮かべるだけだった。

……やれやれ。

この学園に居座りたいと願うなら——どうも、金と向き合い続ける必要があるらしい。

$

「一度、アメリカに戻るのよね？」

事務局棟から出た矢先。背筋を伸ばしていたところで、在歌から今後を聞かれた。

「昨日のディナーの時に教えた通り、ま、そうなるな。戻らず済むならそれが一番なんだが……ビザ延長やら何やら、ファッ〇ン面倒な手続きが俺を逃がしてくれない」

「それなりの猶予があるとはいえ、疲れそうね」

「やむを得ないさ。せめて親戚連中とは、顔を合わせないようにするつもりだけどな」

自嘲しながら言い切ると、固い表情を作られてしまう。在歌は本当に良い奴だな。

「……ねえ。その……」

「なんだ、どうした、そんな神妙な顔をして……もしや、デートの誘いか？　ようやく獅隈志道を、受け入れるつもりになってくれたのか？　だったら俺は、その提案を……」

「いえ、それは無いわ」「が、ガードが固すぎる……」

コメディショーの舞台俳優か何かのように、大げさに肩を落としてしまう。で。そんな俺を見て口ごもり、何かを迷っている様子の在歌だったが――。

「……私はずっと、一人で物事に取り組むつもりだった」

――どうも彼女には、思うところがあるらしい。察してすぐ、耳を傾ける。

「セレクションでもなんでも一人で戦って、一人で結果を出そうと思ってた。そうしなきゃいけないとも感じてて、でも……それが不可能だってことも、今回で思い知らされた」

「……無理かどうかは抜きにしても、辛いルートだろうな、とは思うよ」

「うん……だから。それはもう、止めることにする」

ふっと、肩の力を抜きながら、在歌は俺に、小さく笑いかけてきた。

「誰かに信頼されて、協力してもらえる人間になる。自分も誰かを信頼して、協力できるような人間になる。正しさを守ったうえで、もっと、大きな視点を持てるようになる――この国の舵取りをするのだって、一人じゃできないことだろうから」

宣言は、抱えてきた荷物をようやく下ろせたかのような、安らかな笑みを伴っていて。

「……養われる以外に、何か見つけてみてほしい」

「だから、獅隈君も……」「俺も？」「……養われる以外に、何か見つけてみてほしい」

……どさくさに紛れ。以前も触れてきた俺の将来のことを、在歌は話題にしてきた。

「せっかく、セレクションを通り抜けたんだから。それだけの力が、君にはあるから」

都合良く褒めそやしてきて、ただ……彼女の自然な笑顔の前では、否定するのも難しい。

金に司られた学園で、俺にしかできない何かを見つける。金と、向き合う。

ここに来る前の獅隈志道なら、きっと、断固として拒否していたんだろうが……。

「わかった。在歌が言うなら、騙されてやる。少しくらいは、寄り道してやるさ……だが、あくまでそれは、暫定だ。決して、在歌に養われるのを諦めたわけじゃないからな？」

今の俺は素直に受け入れてしまって、辛うじて冗談めかすのが、精一杯で……ただ。

「………………それなら、良かった」

在歌はそう言って、少し恥ずかしそうにして、顔を背けるだけだった。

……はたしてそれは、どちらの返答に対する感想だったのか。

あえて聞かなかった辺り——やはり俺は、どうしようもなくスマートだよな。

$

在歌と別れ、長者原学園から最も近いタクシー乗り場まで歩いてきたところで──。

「……神戸から、だったよな？　今から帰るところか？」

一人きり。ジュラルミンケースに腰を下ろしていた琉花子へ、何気なく声をかけてみた。

「……………………死ね」

「怒った時の在歌でも、俺にそんな暴言は言わなかったっけな……」

「あんたらの関係性なんて、どうでもいい……よくもまあ、気軽に話しかけられるわね」

「たった三人だけのセレクション生だからな。ずっと敵対したままなのは、どうにも」

ついでに「あのハイブランドの紙袋は配送してもらったのか？」なんてことも聞いてみたものの、彼女は返事をすることもなく、前髪が崩れていないかを手鏡で確認するだけ。

「……自分を選ばなかった男から、こんなこと言われたくないだろうけど、な」

聞かれないなら、それはそれで、デカい独り言だと思ってくれていい。

「春から同じキャンパスに通うことになった以上、俺は琉花子のことも知りたいし、できれば親しくなりたいんだ。金がどうのこうのとか、そういうことじゃなくていい。偉そうに説教したいわけでも、琉花子の考え方を変えるつもりもない。ただ、些細なことを話せる程度の関係。そういうところから初めてみたいと思ってるんだが──ダメか？」

「……………………」「……気が向いたらで良いから、検討してみてくれよ」

ダメ元で頼んでみて、そのまま背を向けようとする——顔も見たくない相手と一緒にタクシーを待つってのは、やっぱり辛いだろうしな。俺が別のところで拾えば良い話だ。

「……………ねぇ」「おっと。雑談くらいは、してくれる気になったのか？」

ただ。並々ならぬ心境の変化があったのか、琉花子はぽつりと、俺を呼び止めてきた。

雪解けできるなら入学後でも構わなかったものの、会話したいと言うなら、喜んで。

だから俺は、再び琉花子の方へ視線をやりながらも、続く言葉を待機して——。

「上位三〇名云々ってメール——本当に送ってたの、志道でしょ？」

「……………………は？　あれは、琉花子が流したんじゃないのか？」

「演技なら、もういらないわ——あたしじゃない。そんなこと、考えもしなかった」

琉花子はつかつかと俺の方に近づいてきて、

「あれで一番得をしたのは誰？　——市場を作って稼ごうとした、志道と芹沢在歌」

「いや、待てって。言ってることが、俺にはどうも……」

「あれを流せる胆力があるのは？　——受験生の中じゃ、どうせ志道だけ」

……どれだけの弁明をしても、琉花子の中の犯人は特定されてしまっているらしい。

「あんたらが正答済の問題を拾わなかったのだって、考えてみればおかしい。初日から、そういう問題があったのよ？　偶然じゃないはず……それも、志道が発案したの？　妨害する手段を誰かしらに教えたりしていたの？　……芹沢在歌には、バレないように？」

「…………」

「芹沢在歌があたしとゲームするのを止めなかったのは、あの女が負けるとこまで見越してたから？　……むしろ負けてもらった方が、都合が良かった？　あたしに勝たせて気持ちよくさせて、それ以上の戦術を考えないようにさせたかった？」

生唾を呑(の)んで。俺は一度、呼吸を整える。

「そこまでできるのにあたしを、あたしだけを脱落させなかったのは……どうして？」

「……余剰金で誰かを蹴落とすって戦術は、俺が良くても在歌が許さないだろうさ」

「…………あたしに、屈辱を与えたかったってこと？」

琉花子は首でも絞められたかのような息苦しさを帯びた表情を作り、そうして——。

——俺の背中に両手を回し、まるで親に愛をせがむ子どものように、抱き締めてきた。

柔らかな感触とフローラルブーケの香りに、正常な思考が邪魔される。

院瀬見(いせみ)琉花子の行動に整合性を求めようとしてみても、アンサーが見つからない。

わからない。彼女がどうしてこんなことをするのか、まるで理解できない。

「あたしがこうするって——それは志道(しどう)でも、読めなかったでしょ？」

「…………………」

「……暴いてやる。志道の仮面を剥(は)いで、それで、今度こそあたしのものにする。手段は、金じゃなくたって良(い)い。どんなことをしてでも、志道のことを手に入れてみせる……」

どん、と。

雑に押し出されてすぐ、彼女は通りがかった黒のタクシーに乗り込んでいった。初老のタクシードライバーはぱちくりと瞬(まばた)きをした後で呑気(のんき)な表情を作っていて、青春ですなあとふざけたことを言ってから、彼女のジュラルミンケースをトランクに収めていた。

……後部座席の窓ガラス越し。彼女の目は、一度たりとも俺から離れなかった。

「——————院瀬見琉花子(いせみるかこ)。暴くのは(それは)、不可能だ」

往来激しい国道沿いに散乱する排気音によって、その声はいとも容易(たやす)く轢死(れきし)した。

同時に——俺(獅隈志道)は、俺であることを打ち止める。

……ここにいたのは、ただの偽物(Faker)。

義務と忠誠だけで稼働する紛(まが)い物(もの)は、やがて——羽田(はねだ)に向け、両の足を動かし始めた。

Progress report　by named07:Faker

暗室に用意したモニターへ、無差別連続的に映画を流す。

ジャンル、評価、製作国。それらを僕、私、あるいは俺は——一切、問わない。

どれだけ杜撰な脚本でも、どれだけ社会的道義に反した内容でも、さして問題も無く。

鑑賞者たる自分が見ているのは、常に単一の概念であり——登場人物の個性。

彼は、どういった価値観で動いている？　彼女は、どういった概念に不快感を示す？

正義か悪か？　過去に傷はある？　肉体関係の有無は？　根源的な恐怖は何？

別々のミルクパズルからピースを拾って、無理やりに当てはめるかのように。俳優が演じる人格を分解し、それらを一つずつ拾い上げる——部分部分に矛盾が生じたなら、別の切片を探せばいい。純白の雛形のなかでは、どれだけの虚飾も許されているのだから。

……そんな単純作業を三日も続ければ、新しい自分が完成する。

フィルムの内の虚構から生まれた、嘘未満の自己。仮初めの仮面。十三個目の戸籍。

つまるところ、今の俺——獅隈志道もまた、使い捨ての人格に過ぎなかった。

$

指定された座標は、ロサンゼルス郊外の教会だった。チャペル内から流れ出る間延びした賛美歌を聞き流し、晴天の下、教会墓地の十字架の群れをも素通りする。

「お、来た来た……長旅、ご苦労さまだったね！」

来訪者の俺を見るなり、そいつは——。

ノーヴェンバー・ファイルマンは、神経に差し障るだけの陽気さで出迎えてきた。

「——ANOH=IOS=LOGI=MELLFO」

「直接会う必要は、どこにも無いじゃんって？　うん、その通り——まあでも、ほら。世界でたった六人しかいない友達とは、できる限り顔を合わせたいじゃない！」

それに、他の人とは、なかなか連絡が付かないんだよね、と。

簡易暗号(マンスリークリプト)すら用いない不用意さから飛び出してきたのは、吹けば飛ぶだけの軽い言葉だった。何もかもが薄っぺらで、重さも意味も無い。

「さて、それじゃ……まずは、進捗の話を片付けちゃおうか！」

しかし、本質的にこちらがどう思うかなど、こいつは気にしていないらしい。

真新しい墓の前に立つファイルマンは、不意に、自らの指を鳴らしていた。

「まずは、結果から。キミは長者原(ちょうじゃばら)学園の入学セレクションを潜(くぐ)り抜け、無事、今後三年間は学生としての身分を得られた――おめでとう、コングラチュレーション！」

……続く言葉を予想できてしまうことすら、無性に煩わしい。

「いやあ、ボクも苦労した甲斐があるってものさ。戸籍を作ってあげたり、直前のタスクの後処理もやってあげたり、なんなら、入学セレクションそのものにまで携わってみたり。でも、大丈夫だよ？　友達のために協力するのは、友情における基本的部分だからね！」

「……黙れ。お前に依頼したのは本来、戸籍と痕跡の偽造だけだったはずだ」

「おっと、つれないね……人からの善意は、喜んで受け取ってよ」

「善意だと？　こちらとお前の繋がりを邪推されないか、お互いの素性が露呈しないか、想定外の事象が発生しないか……お前が無意味に介入したことで、余計な思索が増えた」

とりわけ【黄金解法】説明会の際の、一言――ラプラス社と仕事をしている、などとこいつが口にした瞬間は心底から、関与させるべきでなかったと辟易したものだ。

「神経質だねぇ……仮にバレても大丈夫だからこそ、ボクたちはこんなにも自由なのに」

「……尾行と盗聴器の有無は確認済だ。情報が漏れた場合、お前が責任を取れ」

言いつつ。何故会話言語が日本語なのかをはじめとする諸々の疑念について、俺はすべてを保留した。対面で、そして、この男とのやり取りを速やかに終了させるため――社内サーバーに送信した必要情報を、口頭で再度、繰り返す。

「クロエ・ローレンスの処遇については、現時点では放置で良い。対象の共同研究が臨床試験の段階まで到達して初めて、排除か買収の措置を検討しろ——無いだろうがな」

「了解了解。ま、キミが仰る通りで癌の根絶なんてこと、Laplus&Companyが——というより、今の会長が健在の間は、絶対に許さないだろうけどね」

——タスク1。クロエ・ローレンスとの接触、並びに今後の処遇の決定。

機内で隣の席だった人間と、同じ目的地に向かう……そんな偶然、あるわけがない。

「関連して。長者原が進めているという話の『対ラプラス社計画』については、現時点で全貌解明どころか、足取りすら掴めていない。一方で、現理事長である長者原茉王との接触は既に済んでいるため、場合によっては積極的な干渉を行っていく方針だ」

「それも納得。なんなら眉唾なんじゃない？って思うくらいだね」

——タスク2。俺たちの属する企業への、脅威把握。

現状、ただ存在する、とだけしか伝達されていないものの……考察する必要は皆無。

会長の命令は絶対であり、俺たちはただ、会長のためだけに存在する。

であれば……ファイルマンの返答は、問題外。

「お前、長生きする気はあるのか？」

「会長は、これくらいのことで癇癪を起こしたりしないよ」

「…………さあ、どうだろうな」

自分で口にした手前、即座に話題を打ち切る。こいつがスペリオル湖に沈められようが子会社の人体実験のクランケになろうが、そんなことは本当に、どうでもいい話だった。

「最後——学園を乗っ取れるかどうか、だが。これについては、極めて容易だ」

「ま、だろうね。最悪、一族全員、殺しちゃえばいいわけだし」

「……考え得る限り、最悪の一手だな。長者原学園が抱えるリソースを奪取するのが本来の目的だというのに、みすみす市場価値を落とすような真似ができるわけないだろう」

「ハハ、そんな怒らないでよ。ちょっとしたジョークじゃ……ごほんごほん」

……舌打ちではなく鉛玉で黙らせられるなら、どれだけ楽だろうか。

「会長からの命が下ったなら即座に、適切なオペレーションを実行する。物資、人員、情報操作、必要な要素についても追って、通知する——報告は、以上」

タスク3の経過報告を語り終えた時点で、四分二十四秒。

整えられた体内時計に狂いは無く、俺は即座に、この場から離れようとする。

「待った待った！　……仕事の話だけがしたいなら、わざわざ呼び出してないって」

「悪趣味な話題なら、お前の悪趣味な部下と、いくらでもすればいいだろうが」

「おっと。なんかそのラフな言い方、今のキミっぽいね——獅隈志道くん？」

……俺が今以上の権力を持ったならば、最初に着手する作業は間違いなく、ファイルマンの排斥だろう。言葉を交わす度、理解したくもないのにそれを、強く確信できてしまう。

「とにかく。ボクが聞きたいことって、そんなカタログ的なことじゃないんだよね」

ファイルマンは、またしても指を鳴らしてくる——高らかで、不快な音だった。

「まず、さ……キミ、なんであのセレクション内容で、一人で戦わなかったの？」

過干渉。お互いの管理領域や信条を侵さないはずの俺たちのなかで、こいつだけは平気で踏み入ってくる。くだらない興味という名の土足で、いとも容易く——ただ。

「セレクションの通過者は、こちらがコントロールする必要があった」

背後から急に撃ち殺されない保証も無い。よって、粛々と事実だけを答えてやる。

「……もっとこう、スパッとわかりやすく答えてほしいんだけども」

「単に入学すれば良いだけだとでも思っているのか？　俺と同じような立場の人間がいない保証は？　第三者組織のスパイだけでなく、公安組織の犬が潜り込んでいる線は？」

「ええ？　いやいやいや……無いでしょ、そんなの」

「無いなら無いで、良い。しかし可能性がゼロじゃない以上、ケアすべきであり——事前に入手した受験者名簿から身元調査をかけた段階で、通過させる人間は絞り切っていた」

聞いたファイルマンは、長々と伸びたダークベージュの先端を指で巻いていた。

「……ま、いいや。で、キミにとって都合が良かったのが、芹沢在歌ちゃんと、院瀬見琉花子ちゃんの二人だったってことね——でも、本当かなあ？　ほんとは下心でもあったんじゃないの？　二人ともキュートだし、ほら、ペットにするには打ってつけ——」

「前者は現日本国内閣総理大臣の娘で、後者は大企業の令嬢、という背景も大きい。社会的立場が明確な人間はスパイの可能性も低いうえ、入学後で行えるアクションの幅も広い」

「無視ね、はいはい……過程はどうあれ、最後はその二人だけを通すつもりだった。だから接触の機会を多く持って、二人のことを知ろうとしたと……ハハ。だったら、途中でうんざりしただろうね。トリオを組むのが一番楽なのに、あの二人、水と油なんだもの！」

……ファイルマンの指摘自体は、間違っていない。

が、両者と対面で接触し、セレクションの枠組を理解した後。事前に立てたスケジュールは、放棄せざるを得なかった。あの二人が反発し合うのが目に見えていた以上、三人組のプランに固執すべきでない。芹沢在歌だけを懐柔し、積み上げた資産を土壇場で院瀬見琉花子へ送金することで合格者を限定する方が、確実性は担保される——不幸中の幸いだったのは、日浦涼介と城島凱からのアシストだろうか？　二人の存在によって、水面下でプールしていた院瀬見琉花子を押し上げるための資産に手を付けずに済んだのだから。

偶然とはいえ、リスクを回避できた事実は、今後にも繋がるはずであり……しかし。

……一度も接触していないはずだが、こいつはいつ、どこで、それらの情報を拾った？

「よし。なら、次だ——今のキミ、なんであんなキャラなんだい？」

監視カメラの情報や、ファイルマンの部下による尾行——端末か。俺の端末にのみ——いや、おそらくはすべての端末に、盗聴ソフトでも仕込んでいたのだろう。

自己解決の後……飛んできた質問にも、回答を行う。

「一方的に個性を押し付ける方が、隠密行動は円滑に進む」

「へえ、そういうもんなの？　ボクはスパイなんてしたことないからわからないけど、それでも、なるべく目立たないようにする方が良いんじゃないって、そう思っちゃうけど」

「それをやって、前回は大幅に予定が狂った。意図的に無能ぶったことで軽んじられ、結果的に不測の事態を招いた——よって、今回はある程度、主導権を握っても不自然ではなく、かつ、芹沢在歌と院瀬見琉花子との接触が容易な人間性を設定した」

「それが、女の子が大好きで、お金が大嫌いな獅隈志道くんってことね……でも、前者はともかく後者については、流石に浮くんじゃないの？」

「浮いていい。むしろ、一定の関係を築いた後ならば指摘されるべきポイントだ」

「……ああ、そゆことね。事前に用意してたバックボーンをそのタイミングで教えてあげることで、もっと仲良くなるための布石にしちゃおうって魂胆なわけか……キミって奴は、なかなか酷い男だなあ。そんなことばかりしてたら、誰にも信用されなくなるよ？」

「…………お前のように、か」

皮肉に、ファイルマンは肩を竦めるだけだった。

「じゃ、最後のクエスチョン——キミのやってること、全部回りくどくない？　せっかく事前にプログラムの内容とかも全部教えてあげようとしたのに、そういうのも断っちゃうしさ。通ろうと思えば、いくらでも楽な方法があったはず、だよね？」

……言ったところで、こいつには理解できないだろうが。

「不安は、極限まで拭いさらなければならない──凡人なら、尚更」

獅隈志道なら絶対に言わないであろう言葉を聞き、ファイルマンは真顔になっていた。

「え、どこが？　一〇カ国語近く器用に話せて、劣悪な環境下でも結果を出し続けて、今ではボクと同じ、会長の後継者候補にまで登り詰めてるじゃない。いやほんと、嘘じゃないよ。だったらもっと、突飛なことを言ってあげるから」

「他人を矯正しようとするな……殺されたいのか？」

「ボクの知る限り、キミは直接的に誰かを手に掛けた経験は無かったよね？」

「お前が最初の一人になる」「そのヴァージンは、別の人で捨ててほしいなあ」

下品な返しに吐き気を催しながら……言うなれば、マクガフィン。

俺という個人は、他の人間でいくらでも代替できる。

語学力、生存能力、資金調達能力。現在の、密偵としてのタスクも同じく。

だったら俺は、どこで差を付ければいい？　何でもって、価値を示せばいい？

……結果だ。絶対に、失敗してはならない。

Do or Die──やれなかったら、俺は命を支払わなければならない。

よって、間違っても他者の能力を軽んじてはならないし、自分が特別に優れていると思ってはならない。加えて、他人が都合良く動くと思ってはならない。信用すべきでないし、自分が無条件に信用されているとも考えてはならない。情報の真偽を精査し、それが偽だとしても構わない準備をしなければならない。保険もまた、有るだけ必要だろう。

……回りくどくなるのも、自然なこと。

そして、根本的に——ファイルマンに必要以上に貸しを作るなど、あってはならない。

「なんだろうね……心配性もそこまで来ると、一つの才能だと思うよ？」

そのまま、眼前の男は悪びれもせず「ところでさ」と展開してくる。

「——学生ごっこ、楽しめそう？」

獅隈志道が過ごした一週間が、脳裏に回帰する。

芹沢在歌（せりざわありか）とは幾度かの衝突を経て、互いの過去を共有できるだけの関係性になった。

院瀬見琉花子（いせみるかこ）とは敵対者としての視点から人間性を理解し、入学後の基盤を作った。

プログラムの過程では、目的を達成する以外の出来事も発生した。すべては獅隈志道にとって新鮮な出来事で、彼のこれまでの人生において、経験し得ないものばかりだった。

詳細に、今日この場に訪れるまでの何もかもを顧みて——そうして、思う。

…………虚しいな、と。

獅隈志道が芹沢在歌に語った全ての言葉は、その何もかもが恣意的だった。銃殺されたという両親は、ファイルマンが戸籍の整合性を取るために適当に選んできた無関係の他人だった。お前が訝しんだ俺の思想も、お前が悲しんだ俺の境遇も、それらは全部嘘だった。院瀬見琉花子が固執していた獅隈志道なんて、どこにもいなかった。彼女がどこに魅力を感じていたのかは知らないが、すべては取り繕われたものだった。瞬間瞬間の言動はそれに照らし合わせ出力されたもので、感情の発露すらも、厳密に管理されたものだった。

軟派で、ナルシストで、何よりも金が嫌いな、獅隈志道。

……そんな人間は存在しないのにもかかわらず、しかし、他人は信じてしまう。

ほんの少しの逡巡と共感を見せ付けるだけで、お互いを理解した気になってしまう。

偽物が本物の振りをしていても、誰も気付かない――。

…………その事実は、あまりにも空虚だった。

「それが俺の役割だと言うなら、遵守する――それだけだ」

「……つまらない模範解答、どうもありがとう」

失笑しながらファイルマンは、またしても、指を鳴らした。

「あ、そうそう。こっちも報告することがあってね——これ、誰のかわかる?」

示された先に佇むのは、やはり墓。

「……後継者候補のうち、誰か死んだか?」

「まさか。皆、まだまだ平穏無事さ——ほら。キミが今の仕事をする前にやってた、ダークマーケットあるでしょ? ……あれ、ど忘れしたな。名前、なんだっけ」

「……エルドラド。それが、どうした」

「そうそう、それ。キミが言ってた通り、10億ドル近く稼いだ辺りで運営権ごと売却したんだけど——その相手の組織と、ちょっとだけ揉めちゃってさ。どうもこっちの素性を知りたがってたらしくて、挙げ句の果てにはウチを脅してやる!とかなんとか言ってきて」

「…………それで?」「しょうがないから、やっちゃったんだよね」

どうも、殺したらしい。

——顔も知らない他者に特別な感情は抱けず、普遍的な同情だけがそこにはあった。件のマーケットが俺の管理下にあったままなら、墓が増えることも無かっただろうに、と。

「そいつが眠るのが、それだと?」

「うん。というより——この辺のは、全部そうだね!」

……周りを見やる。

一〇、二〇、三〇——十字架が五〇を超えた辺りで、俺は数えるのを止めた。

「いやあ、現場はどうも凄まじかったみたいでさ！　殴って撃っての殺し合いで、血と臓物が散らばりまくっちゃって——いやぁ面白かったよ！　ついでにボクが卸してる銃火器の実践テストにもなったし、ほんっと、こんな機会をくれたキミには感謝しなきゃね！」

同調も、糾弾も、道徳的議論も——それら何一つ、する気は起きなかった。

持つ者は、持たざる者を蹂躙できる。俺がこの場で訴えても、その原理は覆らない。

同様に。俺がこの場から立ち去るという選択もまた、確実に覆らなかった。

「……もう行くのかい？　他にも面白い話、ストックしてあるんだけどなぁ……」

「今後の定期連絡は別の担当を用意してほしい——会長に、そう伝えろ」

表情を窺う必要もない。どうせ、薄気味悪い笑みを浮かべているんだろうから。

「……またの機会に、Faker《行商人》。ボクはキミのこと、気に入ってるよ？」

分裂する個を、辛うじて繋ぎ止めるための呼称が耳を突く。

——Faker.

存在自体が偽物で、金を稼ぐことしか能がない俺には——実に相応しい名だった。

$

Laplus&Company. 日本では、ラプラス社、という通称が用いられる超巨大企業群。

現会長は、ユラ・ディスダイン――。

それは誰もが知っていて、誰もが知らず知らずのうちに関わっている。ペンを製造し、航空機を飛ばし、大衆映画を撮り、医療を進歩させる。脈絡の無い事象に共通しているのは、母体がすべてラプラス社であるという点だろうか――ある経済学者はグループの経済規模を約一京円などと算出していたが、それも、あながち間違いではない。

長者原が霞むほどの、莫大な組織構造。表向きは、世界最大の企業体。

そのうえで――ラプラス社が既に世界を支配していることを、誰も知らない。

掌握、ではなく支配。

世界の戦争が終結しないのも、ヨーロッパ某国の財政破綻が起きたのも、一向に癌の特効薬が開発されないのも、日本の行方不明者が年々増加傾向にあるのも――こちらが知る限り、そのすべてにラプラス社が関与している。そのうえで、誰も認知できていない。

よって——私立長者原学園に、獅隈志道という偽物が流入したのも。

彼の本懐も、また——その全ては、秘匿されたままでいなければならない。

あとがき

タイトルに『ビリオネア』と冠されている話を書くに当たり、せっかくなので、自分が億万長者になったら欲しいモノをぼんやり考えてみました——人は強欲な生き物であり、私も例外ではありません。贔屓球団への寄付以外にも、個人的物欲はあるのです。

・肩こりとストレートネックが、劇的に改善されるような作業用チェア
・一度横になったら、まとまった時間を確実に、ぐっすり眠ることができるベッド
・心身の不調を予防するための、毎日の健康的な食事（朝・昼・夜の三食）

……私に必要なのは根本的にお金ではなく、規則的な生活リズムと運動習慣なのでは？
というわけで、初めまして。あるいは、お久しぶりです。著者の黒鍵です。

頭脳バトルものをやりたいなあと考えた際、同時に頭に浮かんだアイテムが、お金でした。そもそも単体でも理解しやすい要素であり、にもかかわらず、それを欲しがる理由が千差万別である点に、人間ドラマを掘り下げる余地があるのではと思えたからです。
例えば。芹沢在歌にとってお金は、総理大臣へ至るための、何よりも効果的な手段。

院瀬見琉花子にとっては、特別で素晴らしい自分の存在価値を証明するためのモノ。
獅隈志道にとっては……なんなんでしょうね。それが本当の意味で明かされるかどうかもまた、お金に左右されるような気が……な、生々しい話は、控えときましょうか。

第一。物語をお届けできるという機会自体、圧倒的にプライスレスなことですからね！

露骨な好感度調整を終えたところで、以下、謝辞になります。

イラストを担当してくださった白蜜柑さま。時にクールに、時にキュートに、時にシリアスに――筆で物語の解像度を高め鮮やかに描いていただいたこと、深く感謝致します。ラフ画の段階で色々と差分を提案してくださったのも、個人的には凄く嬉しかったです。

担当編集さま。今回こそはと余裕あるスケジュールでの執筆を目指していたはずですが、不思議なことに今回も全然無理でした。た、たはは……笑い事じゃないですね、ええ。

加えて、毎度の事ながら関係各所、すべての方々には頭が上がりません。私が物語を表現できるのは、多くの方々の協力があってこそです。この場を借りて、拝謝致します。

コスパやタイパが叫ばれる昨今、未知のラノベにお金と時間を費やすのは、カロリーの高い行為です。お付き合いくださった読者の皆さま、本当にありがとうございます。

少しでも琴線に触れられたのなら、これに勝る喜びはありません――では、また今度。

ファンレター、作品のご感想をお待ちしています

あて先

〒102-0071　東京都千代田区富士見2-13-12
株式会社KADOKAWA　MF文庫J編集部気付
「黒鍵繭先生」係　「白蜜柑先生」係

MF文庫J

ビリオネア・プログラム
汝、解と黄金を求めよ

2024年 7月25日 初版発行

著者 黒鍵繭

発行者 山下直久

発行 株式会社 KADOKAWA
〒102-8177 東京都千代田区富士見 2-13-3
0570-002-301（ナビダイヤル）

印刷 株式会社広済堂ネクスト

製本 株式会社広済堂ネクスト

Printed in Japan ISBN 978-4-04-683795-0 C0193